开花的眼睛

陈春琴　著

国文出版社
·北京·

图书在版编目（CIP）数据

开花的眼睛 / 陈春琴著 . -- 北京 ：国文出版社，
2025 . -- ISBN 978-7-5125-1815-5

I . I247.7

中国国家版本馆 CIP 数据核字第 2024G9V136 号

开花的眼睛

作　　者	陈春琴	
责任编辑	侯娟雅	
出版策划	凌　翔	
责任校对	陈一文	
装帧设计	吉建芳	
出版发行	国文出版社	
经　　销	全国新华书店	
印　　刷	三河市中晟雅豪印务有限公司	
开　　本	787毫米×1092毫米	16开
	14印张	212千字
版　　次	2025年1月第1版	
	2025年1月第1次印刷	
书　　号	ISBN 978-7-5125-1815-5	
定　　价	79.80元	

国文出版社
北京市朝阳区东土城路乙 9 号　　邮编：100013
总编室：（010）64270995　　传真：（010）64270995
销售热线：（010）64271187
传真：（010）64271187-800
E-mail：icpc@95777.sina.net

目　录

开花的眼睛

晴晴一早就跑到了百花盛开的公园，置身其中，弥漫着淡淡的花香，五彩斑斓的花朵竞相绽放，宛如天地间最绚烂的繁星。红的如火，粉的似霞，白的如雪，黄的如金。来得早，还能看到花瓣上沾着晶莹的露珠，仿佛是一颗颗闪耀的珍珠，就像晴晴扑闪的一对大眼睛。随着她的脸上一阵微风拂过，再放眼看去，花海已经涌起层层波浪，晴晴的妈妈慢慢放开她的手，让她跟着花朵们随风摇曳，跳起自由的舞蹈。晴晴的妈妈怔怔地看着眼前的一切。时间仿佛凝固了，就让她与晴晴一直沉醉在这色彩艳丽的花园中，感受着春天的气息和生命的魅力。可是，这种美丽的仙境只是一场她的梦境，一个让她与女儿晴晴带来希望和生机的幻想罢了！

晴晴跟同龄的人不一样。在刚刚出生并睁开眼睛的时候，她就是色盲，世界主要有三种颜色构成，那就是黑色、白色以及灰色。晴晴天生的眼疾导致她的"视界"一直是黑暗的。

"妈妈，这是什么花？它是什么颜色的？它在对着我微笑吗？"

"妈妈，那我借用一下你的相机镜头拍下它们好吗？"

晴晴的妈妈笑了笑表示答应了，她知道，她脸上的微笑，晴晴也能感受到。晴晴讲的相机镜头就是指妈妈的眼睛。很小的时候，医生告诉过她，人的眼角膜感觉神经丰富，主要由三叉神经的眼支经睫状神经到达角膜。如果把眼睛比喻为相机，眼角膜就是相机的镜头，眼睑和眼泪都是保护"镜头"的装置，眼皮会眨动，在每次眨眼时，就有眼泪在眼角膜的表面蒙上一层薄薄的泪膜，来保护"镜头"。

"可是，妈妈，我的眼睛怎么没有镜头了呢？"

晴晴的妈妈温柔地蹲下去，对晴晴说："因为你的眼睛会开花。"

接着她让晴晴深吸了一口花香，然后晴晴在妈妈的引导下伸出双手，像是一位探索者。在未知的领域里寻找着生命的痕迹。晴晴的手指轻轻地触摸着花瓣，那柔软而细腻的触感，仿佛在她的手指间跳动着一首由蓝毒飘逸天使填词，陈卫东和张翠翠谱曲的歌曲《无言的悲伤》。微微弯曲的手指轻轻地触摸着花瓣，就像是在寻找一段遗失的旋律，又慢慢在花骨朵的轮廓上徘徊，感受到了花瓣的柔软和湿润，手指感受到了花的脉动，感受到了那种微弱而坚韧的生命力。此时，这朵花在晴晴的心中已经绽放出最美丽的光彩。

"妈妈，这是花的眼泪吗？它也会跟我一样哭泣吗？"晴晴摸到了花的露珠。

晴晴的妈妈努力不让自己的眼泪发出声音，她轻轻地抚摸了一下晴晴的小脑袋。

"妈妈，玫瑰的红是哪种红？是你跟我说的小兔子眼睛一样的红吗？我要是兔子就好了！"

"妈妈，金黄色的向日葵，你说朝着太阳就能盛开了，可是，它到了晚上的时候，怎么办呀？"

晴晴的妈妈回答道:"太阳公公下山后，它就把自己的任务交代给了月亮婆婆，晚上就会有月亮陪着向日葵呀！"

"那么妈妈，那我像不像月光下的向日葵，永远开不了花？"

这个问题，晴晴妈妈没有再回答。

夜色如墨，城市的繁华与喧嚣慢慢地被夜幕吞噬。微风轻拂，带来一丝凉爽，却无法穿透外卖小哥刘明身上那厚厚的工作服。他的额头渗出了细密的汗珠，顺着脸颊滑落，留下一道道浅浅的痕迹。他的眼睛紧紧地盯着前方的路况，仿佛要将整个温城的脉络都刻印在脑海中。黑，渐渐布满天空，无数的星星挣破夜幕探出头来，夜的潮气在天空中漫漫地浸润，扩散出一种感伤的氛围。仰望天空变得格外澄净，悠远的星星闪耀着，像细碎的泪花。

　　刘明骑着电动车，在繁华的街道上灵活地穿梭着。他的动作熟练而迅速，每一次转弯、每一次加速都显得那么游刃有余。路边的霓虹灯映在他的脸上，形成一片斑驳的光影。他的心中充满了期待与紧张，期待着能准时送达每一份外卖，希望不要被路上的意外所耽误。

　　突然，前方的交通灯由绿变红，刘明立刻减速停车。他趁着这个机会，抹了一把额头上的汗水，深深地吸了一口气。他的目光在路面上游移，寻找着可能的危险。他知道，作为外卖小哥，安全永远是第一位的。

　　他要努力挣钱，有朝一日能治好自己的疾病，然后到温城的最高楼看一场烟花表演，而不是一直在没有窗户的屋子里回忆老家的星星有多明亮。

　　就在这时，一阵手机铃声打破了他思想上的寂静。刘明迅速掏出手机，看了一眼屏幕上的信息，脸上露出了微笑。他知道，这将是一份新的订单，他要抢单，然后，他需要继续前进。他快速重启电动车，坚定地向前方驶去，瞬间消失在夜色中。灯光和绿荫杂糅，两排大树之间的柏油马路往前延伸，一辆白色的SUV呼啸而过，像闪电般的车灯光束划裂了黑夜，瞬间照亮了空气里垂直落下的道道雨丝，差点就撞飞了正从转弯处骑过来的刘明。

　　四轮车子的急刹声与二轮的电动车倒地声交织着，尤为刺耳，边上的人行道上人头攒动，议论纷纷。

　　隔着车窗玻璃，看着外面人的指指点点，白色SUV车主张亮收回了目光，眼睛注视着前方，仿佛周围的一切都与他无关，看情形大有逃逸之嫌。他实在是太需要跟时间赛跑了，争分夺秒。可是，几秒的迟疑之后，他还是拉开了车门。张亮无比紧张，慌乱上前扶起刘明，确认他的伤势之时，也解释着车里有病危的家人急着往医院走，可眼前这个时间点又是路阻的高峰期，实在是赶时间才如此。刘明看了一眼车内，说道："我没事，就擦破点皮而已，小伙子。但你也不能这么急，安全第一。不说这些理了，你如果相信我的话，跟着我走，我知道有条导航不到的小路，你可以扶病人坐在我后面，我给你送过去会节约不少时间。"

张亮的神情从诧异到感动，戴上安全帽，两个人马上配合默契地往医院的小路开去，此时的刘明也全然忘记了自己的那份订单，"生死时速，人命关天"这个理，他没上学前就懂。

十分钟之后，医院的走廊里响起一阵急促的脚步声和紧张的呼叫。"紧急抢救！病人突发急性心梗，立即进行心肺复苏！"这一呼声像是撕破夜空的惊雷，迅速唤醒了医院的每一道神经。护士们迅速行动起来，打开抢救车的锁扣，取出氧气面罩、除颤仪等抢救设备，同时通知医生。不一会儿，医护团队以离弦之箭般的速度，迅速集结在抢救室病房内。主治医生快速查看了病人的心电图，面色凝重地做出了初步判断："病人心跳微弱，需要立即进行心肺复苏和药物干预。"随着抢救措施的实施，张亮的父亲情况依然不稳定，病房内外瞬间充满了紧张的气氛，每一次电击都像是给他父亲注入一线生机。医护人员们紧盯着监护仪上的生命体征数据，期盼着出现好转的迹象。

与此同时，刘明一直未曾离开半步，似乎他也成了这个稚嫩的小伙子张亮的亲人，时不时安抚他的情绪，这让刚大学毕业的张亮从紧张的情绪中得到一丝宽慰。之前张亮一直在捶打自己的脑袋，说是发现父亲倒地在家时已为时太晚了，怪自己没有及时察觉之类的。

刘明拍了拍张亮的肩膀时，他抬头发现刘明的脸色苍白，这才意识到可能被自己撞出什么内伤了。

"叔叔，我错了，差点忘记你了，我带你去验伤，走走走，别为了我的过错再伤害到你了。"

"我真没事，我可能低血糖了，没事没事。"

"你看着不大好，已经在医院了，咱们还是要仔细检查。"张亮坚持拉着刘明往急诊方向走去。

"我，我是自身身体基础不好，有点累了就这副德性，真不是你撞伤的。"刘明一脸苦笑地回答。

"怎么回事？"

"我肾脏有问题，前几年病情恶化后被确诊为尿毒症，要想摆脱死亡的威胁，最好的途径说是要移植健康的肾脏。这些年我一直在努力挣钱，但排队好多年了，却一直没收到有合适肾脏的音讯。其实像我们这种每天在等待中对抗死亡过日子的人很多，因为肾源太少，极少，而且配型成功的肾脏就更少了。肾脏移植一直是终末期肾病的最佳、最有效的治疗方案，很多人在等待中死亡了。

"只要能有一丝希望，咱就要坚持下去，如果这家医院不行，就换一家医院呀！"

"我都打听过了，现在各家医院的肾脏移植技术已相对成熟了，阻碍这一技术进行的不是医疗技术本身，而是捐献器官的数量极为短缺。目前自愿捐献遗体和器官的人虽然多了起来，但是他们大部分是老年人和重症患者，重症患者的器官已经衰竭，多数不能用来进行移植。目前，需要移植器官治疗的患者有一部分是接受了至亲的捐赠，但捐献者也仅限于接受者三代内血亲，捐献者的血液与其配型必须成功。此外，捐献者本身的身体状况筛查也非常严格，符合捐献条件的成功案例就更少了。这些我都很清楚，久病成医了。"

刚说完，刘明就突然晕倒过去，三分钟后，另一间的抢救室的红灯亮起。

当晨光透过窗户洒在医院时，张亮那年仅五十岁的父亲还是没能脱离危险而死亡。医护人员疲惫的脸上露出了难过的神情，张亮还是深深低下头，真诚地给医生们鞠躬，他知道，大家都尽力了。

张亮做了一个决定，关于他父亲与自己以后的遗体器官捐献的事项。

另一个病房里，刘明身上插满了各种管子，有输氧的，有心肺监测仪的管线、有抢救用的输液管，他的监测仪的心形符号在持续跳动。

次日的晨光洒下，窗外碧绿的树叶开始轻轻晃动，映在纵横交错的百叶窗上，病床前的一男一女，安静地一直站着，那是晴晴的父母在等着刚做完眼角膜移植手术的她醒来。

"由于眼角膜是透明的，上面没有血管，因此，它主要是从泪液中获取营养。如果眼泪所含的营养成分不够充分，眼角膜就会变得干燥，透明度就会降低。角膜也会从空气中获得氧气，所以一觉醒来后很多人会觉得眼睛有些干燥。眼泪的成分和血液的液体部分很相似，胆固醇和卵磷脂等油性成分附在角膜表面，以抑制水分的蒸发，而其中被称为溶菌酶的酶，具有杀菌的功能，可以保护接触到外界空气的角膜感染细菌。"医生讲的这些知识，已经变成了晴晴父母的常识，但他们还是很认真听了一次又一次。

"我们能见见那个捐献者的家人吗？或是，我们想去他的墓前祭拜一下？"晴晴的妈妈很想表达自己感恩的心意，但被医生拒绝了。

"捐献眼角膜的人，在生前已经办好了有关手续。捐献者生前是自愿还要身后得到家属同意的，我们也排查过如死亡证、有否传染病、去世的时间等，要视环境的因素来决定。一般停了呼吸后六小时以内，冬季可以在十二小时以内。所以，这次手术很及时，也很成功。"

医生的话虽是定心丸，但晴晴父母的心还是一直悬着，不敢多言。

整个病房只有勺子划过碗壁发出的金属声，粥碗很快见了底，晴晴吃完后，又开始追问妈妈自己在哪里，为何如何安静。

"晴晴，你不是喜欢奥特曼吗？我与爸爸把它带过来了，你耐心等着？"

"那是动画片，我又不是三岁的小朋友，还骗我呢，哈哈。还有，爸爸，

奥特曼不是一个人，是有很多个的，你还一直陪着我看动画片呢，都不知道
这些。"

"我们相信奥特曼的，相信光。"

直到窗外灿烂的晚霞在天边灼烧后，两三个医生再次进来了，慢慢地，
慢慢地，拆下纱布，一束温柔又奇特的光突然从晴晴的眼睛里照了过来！光
束咻地一下升空，随即像无数的璀璨烟花绽放在她的世界里。

"妈妈，我的眼睛真的开花了！"

风过牡丹亭

第一篇章　逃离春天

"不入春园，怎知春色几许？"可眼前这光景明明是冬天呀！

天色还未亮透，空气中带着深重的夜凉，门口的台阶边，树叶上缀着的白霜还没融化。老旧的屋内，墨水瓶投下一个抖动的圆形影子，她正在专心致志地描画它的轮廓，她的身躯忽然一抖，尖瘦的黑脸慢慢扭曲、变形，像一堆破碎的砖头，碎砖头缝里挤出一阵"呜呜"声，像受了委屈的狗发出阵阵呜咽。她呢，大家都说她像一直处在梦境之中的人，精神恍惚，常常以为有人在敲门，先是轻轻地敲门，接着敲得越来越响，越来越急，来人敲了十二下，对，她数过了，是十二下，因为屋里祖传留下来的最珍贵的西洋钟摆也刚好敲十二下，之后，来人应该停在门外等候。实际上，不管是不是梦境，她都是要过去开门的。

"是的，我在，请你进来吧！"她满身欢喜地使劲说道。

门把手怯生生地转动了一下，满身流汗的蜡烛悄悄地斜了一下烛光。来人往旁边一闪，站在了长方形的阴影之外，只见他弯腰弓背，白衣上披着星夜的尘霜。

她认得这张脸，认识他已经好久好久了啊！

可能是烛光的原因，她的一只眼睛依然隐在阴影里，另一只静悄悄地偷偷地瞅着他。眼睛拉长了，眼珠子像一块铁锈在忽闪。他两鬓灰白，如青苔丛生，银眉很淡，不注意看几乎看不出来。没有胡须，嘴周围的皱纹显得很可笑。这一切像是和她的记忆开玩笑，甚至让她隐隐恼火。那个他，应该是长身玉立、眉眼俊朗、白衣飘飘的少年郎才对！

她站起来，他上前一步。回头皆幻景，对面知是谁？她要记住他的样子。

他的破旧上衣显得太小，哦，衣襟错了位。他手里握着一顶帽子。对，她当然认得他。也许从前还喜欢过他，只是眼下实在想不起来是何时何地遇到他的。

他们肯定经常见面，否则她不会对他的相貌有如此深刻的印象，那不大红的嘴唇，那对厚厚愣愣的耳朵，还有一个尖尖的喉结。

她含糊不清地咕哝了一句"你还好吗"之类的话，接着就握了握他轻飘飘冷冰冰的手，拍一拍自己身边一只破旧的扶手椅示意他坐下来。他在椅子上悬空坐下来，像一只乌鸦蹲在一截树桩上。

"我不请自来，来看看你。你认出我了吗？"

她还在努力想，想努力回答这个问题。

"你我二人过去常一起玩，如今故地重游，你难道说要全忘了吗？"

他的声音实在迷惑了她。

她觉得头晕目眩，依稀记起了当年的快乐，无穷的、无可替代的快乐，这种感觉至今萦绕心头。他是人世间的满目星辰，打败了她所有的喜怒哀乐。

他刚提故地重游？难不成自己与他就像沈园《钗头凤》里的那一对，她觉得自己好多年没有这么强的语言理解能力了。

"你，我们有多久没见了？"

"几十年吧！"

他回答"几十年吧"的神情，感觉像是在说几十天似的。她有点叛逆起来，对他这副说话的敷衍神情极其愤怒。到底是梦呀！可是。不，这不可能，他确实是个人呀，怕是自己又什么精神错乱了？然而她身旁的的确确坐着这个人，这个瘦得不像个真实的老人，不，是故人。好熟悉，说出来的话却又如此简单迷离，和真人一模一样。放不下一个人，比被抛弃更煎熬，她怎么可能会忘记？可眼前到底是怎么了？她记得自己没有死，而他因为是横死，所以才会出现他的鬼魂吗？

"你会记得的。肯定会记得的。你记得那亭子吧？村口的那个凉亭。"

看到她没有及时做出反应，他接着发出一声低沉的叹息。就这叹气，她又一次产生了幻觉，好像看到如波似的滚滚灵气，高大茂密的枝叶奔腾，明亮的眸子一闪一闪，伴着一声声永嘉昆曲，伴着那悦耳的声音，他朝她俯过身来，亲切地看着她的眼睛。

"还记得我们的永嘉昆曲《牡丹亭》吗？"

她陷入了混沌不清的想象，但横流的涕泪在布满褶皱的脸上已经开辟出一条条沟壑。

"黑漆漆的，又白茫茫的，如今那树全被砍光了，亭子也没有了，说来痛心，真是令人难以忍受，亲眼看着自己种下的桃树噼里啪啦地倒下，我又有什么办法呢？他们把我赶进沼泽地里，我哭泣，我怒吼，疯子一样狂叫着，我能有什么办法呢？他们都骂我是疯子，是疯子！"

"你不是疯子，你不是。"

"我在亭子外面伤心，止不住哭泣。瞧瞧，这哪里还是桃树呀，他们放火烧了它，只剩下一摊木渣，我边走边哭，走到一个昏暗的地方迷了路，我想去找那个穿着白衣服的你呀！就是找不到，我不停地找，可那条小路弄得错综复杂，让树乱转，我整个人闪现在枝叶丛间，白天黑夜我的耳朵里都有那把火烧起的噼里啪啦的响声。我呼唤着，又听听回音，还是噼里啪啦的响声，我想逃出来，却一点都不管用，我以为自己在梦中，我拼命摇晃自己的脑袋与身体，却一点都不管用。"

她说到这里时，突然走近一看，惊得目瞪口呆，刚才的这个人，椅子上的一个人，脑袋悬空在一根白色的布上，她发出一声尖叫，她知道自己肯定又发梦了。

"哈哈，年轻时，大家都管我这叫春梦，春梦。"她自我安慰又自我嘲笑。

"不，你没做梦，我就在这里，我一直在！"他又出现了，安然地坐在那把椅子上。

"哦，那你是又来我的梦中了，又来我的梦中了！我刚讲到哪里了？对，在梦中，我的记忆总是深刻的。我久久寻你，不知走了多久，穿过那一片不知是柳树，还是一片桃树，甚或是柳树与桃树混植的树林，却找不到安宁与你。要么是死寂，要么是荒凉，了无生趣，令人窒息。要么是让我不敢去想的恐怖。反正，空气里的湿气也充满了血腥，像血一般稠，又像血一般温暖，我不知自己怎么办，我不知道自己是谁。对，我到底是什么？可能是树，也许是花，或者还是什么？"

"我不知自己怎么了，有一天，我瞧见了镜子，我变成了人的一副模样，甚至还学会了人的话语。对。我是人。"

他安静地坐着，听着她的自言自语。他随之陷入了沉默。他的眼睛像湿润的树叶般闪闪发光，她的胳膊交叉起来，烛光没在眼泪中。摇曳的光下，她梳向左边的几缕灰白头发很奇怪地闪着微光。对，那是当年他抚摩过的那几缕发丝呀！

生动的眉眼，鲜活的声音，柔软的身体。穿过多年的岁月，他依旧一身风尘而来，面对面坐着，伸出手，她能感受到他手心的温热，他闭上眼，闻到她周身的香气。

"你是来解开我的一个困惑的吧。我慢慢地想，想得太快可能就忽略了，想那些红妆玉面。"

"我一直在苦苦寻找，"她的声音又幽幽地传来，"狂风暴雨般地寻找，我像丝丝烟雾一般围绕着，但你就像你点燃的烟圈一样飘走了，月光都变得忧伤起来，枯萎的柳树，明亮处楚楚动人，幽暗处又神秘莫测。"

"月光？对，大家都说他是白月光，他是月亮，对，大月亮奔你而来，那还叫什么月亮，那得叫陨石来取我这条命的呀！"她又狂笑起来。

"这就是当年的我呀！是你的精灵，是你的风月无边的美丽，如今我们都没了，我就要死去了，你好不容易来了，就对我说点什么吧，告诉我，你曾爱过我。"她说完最后一句时，将卷藏如钩的杀气深锁在满脸的问号间。

烛光这时闪了几下，熄灭了。她冰冷的手想去摸摸他的手掌。可那熟悉的忧郁消失了。

当她再睁眼仔细看的时候，扶手椅子上并没有人。没有人，什么东西都没有留下，只有一股淡淡的香气，柳树的香气。

"先生，当年那句说爱我的话怕是不作数了吧？"

第二篇章　逃离牡丹亭

胸口处，心跳得热烈。一日与一月有什么分别？一月与一年又有什么分别？她恨极了这无休无止的岁月，恨极了这无情无欲的仙人。多情自古空余恨，好梦由来最易醒。

（可偏偏）一朝别后，二地相思。

只说是三四月，又谁知五六年？

七弦琴无心弹，八行书无可传。

九连环从中折断，十里长亭望眼欲穿！

"我很喜欢这个故事，喜欢这个青春版的《风过牡丹亭》，巴不得下一世，你为女子我为郎。"陶桃用力打出文字，发在自己的微信朋友圈里。

"你不停地翻找文案，只不过在找一个替你讲故事的人吧！"柳离在她的朋友圈下面附言。

电灯明亮，但不刺眼，遮在一个华丽的灯罩后面。靠左手的墙上闪着一面镜子，书桌上放着几本书，风吹开一本书的封面，书名叫《牡丹亭》。

陶桃身穿浴袍，脚穿轻柔暖和的拖鞋从浴室走出来，径直走向窗边，她想透透风，可现实只允许她一周打开窗户两次，让她呼吸空气，窗户被她的自律盖得很严实。伴随七月的雨水，持续地、壮观地打在窗玻璃上，可她被困在《牡丹亭》里面了。

有必要关上窗户，雨敲打着窗台，已经溅在木地板和那把扶手椅子上了。伴随着一声清脆的声响，一个银色"幽灵"迅速穿过花园，穿过树丛，走来。来人正用永昆①曲调唱着《牡丹亭》的"惊梦"片段。

来人唱的永昆像雨点似的落在了地板上。陶桃轻轻地扬起头，合着节拍高声地惊呼看永昆，她要用永昆唱腔盖过下雨。

"你怎么唱上了？"

油亮浓密的头发整齐地梳向脑后，一丝略显秀气的微笑未曾离开张开的双唇，柳离好像不说话也很高兴，像是遇上了什么奇特的开心事，又像是怀里揣着一件宝物，一举一动都很轻柔。

按陶桃的说法，那是他经常研究剧本里的杜丽娘之故。

只是陶桃和往常不一样，她今儿面色苍白，说话时倒也和平时一样，一抽一抽地动，像是夏天打的微弱闪电，好生可怜，全然没了当初活捉"柳梦梅"的气质。

陶桃和他是同学，也是同事，更是合作伙伴。彼此慢慢抿着茶，听着永昆曲，可内心却像有一根绳子一样一直被抽打着。

"说好了，不用等来世，今生我就成全你一回！"当年毕业表演《牡丹亭》的影集此时就摆在桌上，可它像一口天鹅绒般的棺材，她打开它们，注视着，听着永昆曲，听着下雨，直到柳离过来了，在这把扶手椅子上对着她

---

① 永昆是温州昆曲的简称。温州昆曲是南方昆曲的一个流派，因流行在永嘉一带，又称永昆，它与苏州昆曲相似，但曲调稍紧，节奏较快，其道白多用温州方言。

笑的时候，一种清新的感觉才涌上她的心头，像是柳树带露的清香。那清香飘散在每一个地方，桌上，枝头吊灯上，以及脚下的地板上。

"我不应该打断你的剧本创作，你继续写吧！"

那个她，发疯的女角，做梦的女人。

每当双手指表演，她的肩膀就会轻轻抖动，这时她会产生一种平静的喜悦，整个世界都是属于她的。单一，和谐，遵循着协调一致的规律。她自己，他，还有当年的他们，还有这个戏台，在这一时刻都成了永昆曲中最动听的音符。她意识到，世间的一切事物，都是由包含了不同声音的相同颗粒相互作用而成的，一切都是统一的，神圣的，美妙的。

她一直这么唱着，外面虽然下雨，但阳光依然强烈。

"你我都是第一次来到人间，也是最后一次。不妨大胆一些，才能找到自己的爱人。"

这一次，他们不在书桌上讨论剧本了，得走下舞台，走进那片柳树林。两个人的阴影杂乱，还有杂草腐烂的气味，这气味让人觉得有点发晕。

柳离微笑地注视着她，陶桃的双眼弯弯如月牙，笑起来时会露出一双甜美的酒窝。她的头发浓密有光泽，她喜欢佩戴造型精致的小耳环，这增添了她几分秀气与独特。她的打扮简约又淑女，给人一种像桃花盛放般的甜美感觉。

其实，每次面对她时，他都在准备一个告白。可是，没告白之前，他还是计划在完成这部剧本之后，向她坦白一件自己的秘密。

"这是当年老奶奶迷失过的柳树林吧？"

"不对，都奶奶应该是在桃花林。"

"老爷爷的日记曾经写过，他记得都奶奶虽然走在一小块阳光之中，双肘很尖，眼睛灰蒙没有光彩，但开口说话的时候，瘦削的小手上，总是随着凌空挥舞的细手腕闪耀着一只金镯子。充满阳光的空气中，桃花似乎在头发周围跳舞。所以，当时他们是在桃花林相遇的。"

"老爷爷还有这么好的文采？是你这个柳大编剧构思出来的吧！"陶桃被他的话逗笑了，但看他一脸的认真，似乎在复制老爷爷的日记本内容。柳离继续讲他的内容。

"老爷爷说，那桃花林，那下雨天，很舒服，本来在那愉快的一天，是很好的，可是他必须在那时，下决心解决好相恋又不敢相爱的事情，那隐约出现在他们之间的讲不明白的事情，就像她的灵魂延伸出了无数的敏感触角，生活在每样事物之中。要么做那树上的一只蝴蝶，或是一阵风，轻轻围绕着那树，亲吻着他的锁骨与脖颈。这时，树叶上有一滴热腾腾的雨珠，正好落在她的嘴唇上。亭子外面的树，滴着小水点，像鸟儿低语，舒畅地叫着。他朝着她笑，轻轻地，很节制地拥抱了她。

亭子外面的小路是热情的，坑洼里是冒泡的牛奶水。沿着这一条很多人踏踩过的小径，一直往前走，走在幸福里。她走在他后面，看着背后衬衣上的丝织小方格，外面一直花开花落，旋转变化，目的只是为了现在，在此时，那声，柳郎是那么美妙！

她梦见他的时候，总是出现在梦里，懒懒地笑着。

红色的树上停着两只蝴蝶，一只趴在另一只身上。而他们的结合也是在亭子的见证下的。许诺之后，她又沿着小路奔跑，可小路两旁全是柳树，全然没有了桃花。

她的眼睛是那么清澈，眼睛上飘走了一片薄薄的软纸。

"你知道我刚才做了什么决定吗？我一定要跟你好的，没有你，我活不下去。"她一字不差地讲了出来，接着又开始了第二句，"你会带我走，然后，比如在春天，我们就可以……"

他的沉默打断了她的话。接着，安静，发呆，一片光斑从她的裙子上移到了地上，同样无语。

过了一会儿，周围慢慢失去了略带甜味的湿气。随后，他双手深深插入衣袋，没有说话，只是走到前面去，直到不见了背影。

她就这样一直站到天黑。起风了，她才起身穿过枝叶间缝隙，过了桥，桥那边有个小亭子，就是他们一直约会的牡丹亭。据说这个亭子是纪念村里两位永昆曲演员。他们以扮唱《牡丹亭》而出名，后来现实生活中也结为夫妇，被人美誉多时。他们的后人为了纪念，特别在他们的老家修建了这座亭子，命名为"牡丹亭"。

天还未完全黑下来，云层间涌动着消沉的暗紫色，色泽仿佛甜得能拿去酿冰酒的冻葡萄，可是，只是冻，更像没有甜度的心情。

"你看过爷爷的全部手札吗，还是奶奶在生病后梦话记录呀，记得这么清楚？"

柳离笑了笑，没回答。但他可以感受得到，她继续听他讲那些本子里的感受。

那一年，她站在远处等他，一片桃树在无边的太阳的照耀下格外鲜红，水汽隐隐蒸腾的田间则是一片沉寂，像极了他。

弥漫在亭子里的是碧空与期待。桃树在之前下雪时就失去了形状，数不清的桃花随风而来，又随周围无数的桃红涌向高处，在天空闪烁着。夕阳一点如红豆，已把相思写满天。

她一路小跑过来，她的眼睛不停地闪动，像是蒙上了霜雪似的。眯起了毛茸茸的眼睛，幸福召唤她穿越高烧的迷雾与耳鸣，迅速变动的脚步带着病重的脚步，他已经在亭子后面的那个没人居住的屋里了。她的气质既流淌着古典美的韵味，又洋溢出现代时尚的气息。然而，平日里的她总是身着合乎规范的黑色工装，一头秀发整齐地盘在脑后，这种超越年龄的低调内敛和沉稳端庄，似乎成了她的一种自我保护机制。但是此刻，当她流露出那一抹天真可爱的神情时，却无意间揭示了内在的一分稚气纯真。也只有在他面前，她才变得如此小女人。

他的手掌紧贴着她的手掌，再进一步，他修长的小腿就会挤进她的腿之间。再退一步，她的小腿又会一弹抽出来。她清新又热情的发香萦绕着他的耳角，他能感受到。就在他右手的边上是她柔软波动的裸背，曲子一停，他就喘着粗气加速，膨胀，最后终止。他想拉紧窗帘，可她不想。他们必须离开，不能再这样下去了。她头埋进他的怀里喃喃自语，最后却只能绝望地伸直两腿。风又吹了进来，吹起了窗帘布。透过布，进来了一点点光。

就这一点点微光，刺得他极不舒服，就像他害怕被人戳脊梁骨一样地痛。

她再次闭上眼睛，火星开始在她的眼角闪动，然后是他的脸，无穷无尽，在眼前扩散。他热情的嘴唇闪过，她的心揪成一团，撕裂般难受，然后又怦怦地狂跳。

不能这样下去了，快疯了，没有将来，没有以后，眼前只有一堵亭子外的黑木板。她想拼命地往外面逃，逃进她与他的桃花林，只是桃花飘落在脸上时，瑟瑟作响，裂成碎片在拍打她。

他们之前还可以在戏台上跳着唱着，往前迈步，他松开她，将她翻转过来，张开手臂，然后放弃，对她来说这一切就像一个梦，梦落下来，醒过来，也不害怕，没有疼痛。

> 惊觉相思不露，原来只因已入骨。
>
> 则为你如花美眷，似水流年。
>
> 偶然间心似缱，梅树边。

她全然不在意，可他在意。且不说旁人的眼光还是道德的约束，就单他的一双可爱的儿女就会为了他的事情而抬不起来头来，一直生活在别人的指指点点之下。这一点都不好，他不愿意自己一时的情迷意乱而连累到家人。

他又拿起了《张协状元》的剧本，他必须重新好好去读。

翻开的每一页都在细数他们的过往。当初，他也是一个戏迷，无意之中加入这个永昆剧社的兴趣班，两个人就这样相识了，可她见他的第一眼，还未开腔，她就爱上了。"陌上人如玉，公子世无双"，她认定他了，哪怕她的爱没有任何回报。

他的步伐总是异乎寻常地矫健，他的头也总是高高地昂起，他会尽情地呼吸着春天的新鲜空气，他会吞咽着一大早就膨大起来的喉结。

她的头却垂得很低，一缕黑发垂过耳边，有光泽的一串小珍珠耳环是他经常亲吻的，此时熠熠生辉，她认真噘起双嘴，突然间，无缘无故的，她的存在让他深感恐惧。她抬起头来，冲他一笑，眉目传情，前几次，他把这种感觉看作自己的神经系统错误。她和他暗中相爱已经三年了，他不知道何时开始的，更不知道何时才能结束这段关系。

所有的观众落座之后，便都屏住气息。灯熄灭了，一片漆黑密密实实地压在他们头上，他只觉得双目失明一样。那台上，那唱腔，时而温润时而高亢，而黑暗中，周围的一切开始变化，感受到她一把抓住他的手腕，默默往她的衣领口处移。

当灯再次明亮后，他才发现她脸色红润，一切恢复了。梦中她在笑，止不住地笑。蕾丝花边的衣服，笑声，如此美梦。可现在变得不痛快了，变得面目可憎了。要保持清醒，要严格控制自己。三三两两地消失，就像那栋亭子窗口的光，随着人们的睡而熄灭。难逃的宿命，没得救了。

夜晚的来到，也不会忘了阳光的温暖，所以，她又光着身子，随着月光进来了，这不是梦，她记得这边上的那粉色桃花的壁画，她冲向对面，可对面是一堵黑墙。

他看着她，光着双脚，站在床边，他忙把剧本踢到了床底下。

所有的树都在"朝圣"，只有她跑向他。她的身体好像变成了一条绵延不断的虫子，自行蠕动，晃晃悠悠地爬到床上。摆在床案上的一瓶花，掉下了几片卷曲的花瓣。空气似乎阴森森的，她伸出胳膊，摸到床头的位置心猛烈跳着，她知道边上还躺着一个人。他背朝着她，在一弯月光中显得格外白，她深情地寻找他，他没有睡着，她在等着他，他睡着的话会轻轻打呼。于是，她微微一笑，整个身子靠近他，从被单下面伸出双臂，寻找熟悉的拥抱。她的指头摸到了，膝盖碰到了，一个身体转过来，一双黑眼睛在月光下很漂亮。他的目光打着转，从枕头上落在她的胸前、她的全身，睡衣与床单滚成一团。

第三篇章　生死梦境

情不知所起，一往而深。生者可以死，死可以生。生而不可与死，死而不可复生者，皆非情之至也。

月光透过百叶窗窗户，一道一道横切屋里的黑暗。她知道自己要死去了，她已经准备好迎接死亡。所以，她对着镜子，终于决定了，就准备好好收拾一番。

她没法像少女般轻巧地跑过去捧他的场了，是的，她从永昆戏曲社转到了魔术班。

戏台上的表演者们如轻云般飘来，伴着丝竹管弦声声，翩翩起舞，舞姿袅娜动人。

那么多美丽的仙女，他当初的目光却只定定地锁在她一人身上。

看她翩若惊鸿的步伐，看她宛若游龙的身姿，看她眉眼间的笑意婉转，看她舞动时的翩飞衣袂，这些都是当初他喜欢她的深情之眼呀！

她在后台，看着这一切，时光变化，他不再喜欢用深情看她唱戏的时候，她就不再唱了，下定了决心后，她收回了目光。现在，已经开始了下一个表演，是她的节目。她就是魔术师，见证她的奇迹时刻到了。虽然她是女性，但作为魔术师的她精神焕发，西装笔挺，穿着小马甲与笔直的黑裤子，之前站在穿衣镜前，悬着两肘，小心翼翼整理他的领带。在镜子里看到了一个人，所以，她主动邀请他，从镜子里冲他挤挤眼，他吓破了胆，但她说这是最后一次见面了，请他帮忙配合。又看到魔术师用她透明的白色的手指整理黑色的丝质领结的两端，对，她给他送过领带，帮他打过领结。

他被"啪"的一声关进一只黑箱子里，透过箱壁，清晰地传来她的唱腔，可他找不到出口——那个设在戏台中地板上供他遁形的暗道翻板门。怎么办？他在黑暗的暗箱里闷得喘不过气来。只听见魔术师的声音越来越伤心，越来越远，最后消失了。这时候他就会像她一样，总会大口大口喘着让自己醒来，就会像小孩子般的小拳头按在突突乱跳的胸口上，瞪大眼睛盯着白花花的百叶窗帘。看吧，多少年过去了，她不就是一直这样活着吗？

她对爱情的渴望成为越来越轻的内心叹息。

她的记忆好像又恢复了，有次出门，走进昏暗的暮色中，再悄悄地沿着一条小径走去，痛苦地望着桃树附近满枝开花的丛中一对对情侣紧紧相拥的模糊身影。

他说的几十年过去了，其实她清楚地记得，那是五十二年前，当年她才二十五岁，五十二年过去了，五十二年过去了。那是一个下雨后的清晨，第一次上台演出时，就被她帮忙系的领结的扣子卡紧了喉咙，勒得他喘不过气来，就像在最后那次的黑箱子里一样难受。

灰白色的戏服，卷曲的花，一步一迈，似狐似蛇，拂荡生姿，美得令人心惊。可再抬眼时，就消失了。热带的天空又明亮起来。千里无云呢，打起了精神，往前走，暗自庆幸，她眼看就要忘记他了。

对，要忘记为什么跟他在一起了。与此同时，越来越频繁地把自己往泥潭里陷，一次比一次深。泥潭中他们不停吞吸着彼此，不断扭动身体，咬了全身，钻心痛的感受，像两股越缠越紧的绳子。窗帘轻轻飘动，终究也是耐不住屋子外的寒冷，随心而动，与这屋内的温暖相拥。

第三年的那次桃花盛开，他们又租了一间新屋子。花朵纷纷而落，恍如黄昏时骤然下了一场缠绵的细雨，又有新的剧本演出了。

进到睡房，他还在洗澡，洗浴间水声不息。

她坐到梳妆镜前，卸下长耳坠，那是两块品相极好的翡翠，在掌心闪烁着莹莹绿光，那是他送给她的礼物。极长的一条白绸旗袍，直直垂落下来，足以曳地，侧边做的假高开叉，鹅黄绲边。穿上身，简直要把她罩在一团朦胧的光晕中。

水声停息，他穿着浴袍出来，见她歪着头对镜梳发，火钳烫得卷卷的黑发一缕缕放下来，衬得小脸莹白似珍珠。

他走过去，俯下身，嗅她发间透出的桃花味，继而从身后搂住她的腰，下巴搁在她的溜肩上。

旗袍领高，他亲不到脖子，温热的唇便沿着她的下颌一寸寸吻。

她困在了那间屋子里，而他也困在了她设局的黑箱子里。

她好想之后被人们发现他们时，他们已经是两具紧紧纠缠的尸体，就像雨果笔下的《巴黎圣母院》里的那两个人，至死没有人能分开他们，掰开她的手，他的脸，沾满血，然后飘落在厚厚的桃花花瓣上。

书从他的手上滑落了，之前他在地上找了个遍，却再也找不到它的踪影。

光线，水坑，还有黑色的四面木板，那就是他的归处。

一滴明亮的水珠在她的鼻子下颤抖。她记忆深处的某个地方动了一下，有个小很小的东西被唤醒了，开始骚动，影子从那里溜出来，很想一手抓住，免得它又逃了。可是太晚了，又突然消失了。就像寂静的房间有一只老鼠从角落里钻了出来，

演出还在戏台上呜咽着、唱着，倒像一曲激情的歌，但春天的夜晚吸引着他们，两颗心如同一颗心在跳动。爱情的火花，到达了高潮，逃离了戏剧社。更衣室里忙乱而温柔的身躯，他似乎要抱着她过一整个春天。她开始犹豫，要不要打开那个困着他的黑箱子，像一个真正的魔术师一样见证奇迹！

只要她还活着，体验一切，得到一切，触摸一切。睡意眩晕压倒了她，她又跟上次一样被飘着带到了天空。只是这次天空里再也没有桃花了，她醒来的时候，只有柳枝拍打着绝望。

她的思绪上上下下地波动，沿着一个门游动，可是这门，只要她活着，就挡着她，不让她和这个幻想的世界直接接触。她渴望能够让斑驳的声音和鸟的啼鸣穿透她的身体，暂且进入某个路人的灵魂，就像路人走进亭子乘凉一样自由。

一段关系的结束不代表着这段情感也能结束。

天已黯，寂寂无声，一抹淡黄色的圆月在浓雾之中徜徉，散出清冷的月辉。

她站在月色与梦里，身上的每一寸肌肤都镀上了寒光。

陶桃摘下满是水雾的眼镜，哈了一口气后，又重新戴回去："我不想听这个又臭又长的老故事了。"

这时一个温润悦耳的嗓音回应道："到底是故事还是事故呢？"

柳离问的这话好生奇怪，一下子就勾起了陶桃的兴趣："什么意思？你是指老爷爷的死，还是老奶奶为何会疯的，或是装疯的？"

柳离微微颔首表示同意这个观点："多情自古空余恨，此恨绵绵无绝期呀，你想，按老爷爷的疯言疯语，是老奶奶用魔术箱子把他关在里面窒息而死，但毕竟是因为操作失误，老奶奶又疯了，所以根本没法追究刑事责任，倒是举办活动的负责人受了连累。"

"可是，我查过当年的案宗，说是老爷爷的原配夫人发现了他们的事情后，特意在魔术箱里动了手脚，这才让老奶奶间接杀了她的情人，然后才发疯的。"

"不对，事实的真相不可能是这样的，但我们做编剧的不是记者与警察，我们不需要真相，我们只要好看的剧本，所以，我们还是要回到创作的主人身上。换句话说，这本来就是一个因为古代的爱情小说看多了导致的一个出轨事件，怎么现在我都被你带进了错误的爱情观里去了呢！"

"我们的创作来源于生活，你这话就不对了。何况，我们两个现在接了《风过牡丹亭》主编的工作，也有正当理由多收集相关的信息呀，出发吧，要么我们再去采访一下老奶奶。"

"我倒觉得我们可以先从永嘉老村庄里的那座亭子入手调查，说不定会有意外的惊喜发现。"

"要么，我们兵分两路，你去探访亭子，我去找老奶奶与永昆曲那里的人们寻找一些线索。"

"行，那剧本讨论会先延迟。感觉我们一个好好的现代爱情舞台剧现在怎么变成了探案悬疑剧了呢？！"

在一个阳光明媚的夏日清晨，陶桃由于前一天下午摄入的咖啡因太多，夜眠不佳，早早地便从梦中醒来。但她并未选择在床上慵懒地拖延时间，而是迅速起床，开始了一天的梳洗准备，计划提前出门完成任务。电脑开机后，界面直接跳转到了她的每日备忘记录的首页。首页上有一些新的发文正在闪烁着刺眼的红光，这些红光就像是一道道警告，提醒着她有新的内容需要查看。她没有犹豫，逐条点开阅览。突然，有个重磅消息让她一时无法消化，感觉有些懵懵懂懂。不过，洗把脸后，她又重新镇定下来了。是的，早起也赋予了她一份别样的享受，例如，她可以悠然自得地为自己描一个淡雅的妆容，然后下楼去品尝一份心仪的早餐。接下来，她还能在晨光中漫步至地铁站口，搭乘地铁，徐徐前往目的地。可是，被这个消息惊扰后，她无心享受这些了，她必须加快脚步赶往一个地方。

"真的一定要去吗？"

"行吧，来，我抛个硬币，如果摔碎了，今天就不去了。"

"好吧，好吧！"

他们说完发出一阵"波澜壮阔"的笑声后马上出发。

周六晚上七点才路过温州北站的动车，就像一位消化不良的宿醉酒鬼，艰难地吐出一小坨一小坨的旅客。而他们所搭乘的网约车，在车流中龟速地挪动着，老半天也没开到地面。

车里的灯光昏黄，从柳离的角度看过去，陶桃的脸枯得近乎一张宣纸。

很多信息挖得很深，追问也拳拳到肉，还把一些谜题也抛出来追究。尽管并不是第一次见识到对方的严苛，陶桃还是揪紧了心弦，仿佛电话那头逐渐磕磕绊绊的回答是从她嘴里挤出来的。

过了小镇，又拐进了一个村。

摇下车窗，鸡粪和牛粪交杂的腥臭味扑鼻而来，柳离就知道他们已经快到达目的地了。

除了一条摇摇摆摆的进村小路外，这里遍地是这种味道。

风一吹，裹着粪便气息的风尘扬起来，被轿车的前灯照得透亮。那些飘落在空气中的灰尘让远处的亭子在夜晚显得愈加朦胧，眯着眼睛望过去，隐约能瞧见那三个字。

开车绕了村子一圈，陶桃终于找到了和电脑里发来的照片长得一样的院子。

停车，开门。

长发被凛冽的风卷起来，扫在她的眼前。

夜晚不是拜访人家的最佳时机，但初来乍到，除了敲响眼前小院的铁门，陶桃也再无处可去。

院子大门的铁皮很薄，掌心一挨上去就是"哐哐"两声，很快叫出了院子里那小平楼里的主人。

来者是个六十多岁的男人，个子不高，肤色混在夜色的黢黑里。院灯一开，油亮亮的壮实胳膊暴露在袖管外头，他一把拉开了院门。

"你好，我是陶桃，他叫柳离，当然，我们这个是笔名，我们是被指定舞台剧《风过牡丹亭》的编剧，之前我有委托朋友们帮我找一些与永昆相关的材料，是关于你们村里最早演出《牡丹亭》的那两位老人的，听说他们的后人现在回到村子里来了，是这样的吗？"陶桃一边介绍一边仔细观察着眼前接待他们的这位男人，跟心中的形象有点不符合。但这个不重要，很多人与事，就像时间一样，就像经典的永昆《牡丹亭》一样，被磨灭又不断被重塑，被人遗忘又会被人提及。每每聊起永昆曲，不管身边是哪位粗人，都会变得像一位不善言辞的诗人，俯身唱出那熟悉的曲子。

对面略显腼腆的中年男子并不是那两位老人的直系亲属，但却是熟悉当年他们故事的见证人。他是吃百家饭长大的孤儿，在村子里大家都叫他阿回，他自己说实际上是"后悔"的"悔"，还是当年老先生亲自给写的名字，叫"若悔"。老先生姓元，在元老先生还算是村里为数不多读过书的"元秀才"时，阿回就住在他家隔壁一间收拾出来的小柴房里面。至于元秀才，最初是给乡镇上一户姓杜的地主家千金做私塾先生，可不知怎么的，没过三年就给赶了出来。据说还大病了一场，但为谋生计，只得在自家屋子口摆上一张木桌子，做那些为村民代书信之类的活儿。

每个人心中都怀揣着秘密，小心翼翼地生活，但偶尔，他们也会拿出信纸写信，摊开心事。有人给身在隔壁的陌生人写信，也有人忘情地憧憬着可能的爱情；有人跨越大洋，改名换姓，却仍与旧爱通信，试图重新进入他的生活；有人虽身在狱中无所依靠，却也努力给一起在救济院长大的旧友写信，告诉她自己为什么躲到了这里。在那个年代，在那种孤独的村落中，他们也渴望倾诉，渴望能被理解。

"那元老先生是怎么开始学昆曲，又是怎么跟他夫人认识后又一起登台演出的呢？"陶桃似乎比较急，怕中年大叔再聊下去得聊上三天三夜了。

"或许越是深藏的秘密，越是需要被别人聆听和理解。"柳离不经意间插上这么一句。

"元夫人就是每天过来让他代为写信的人。至于元夫人当初是给谁写的信，我不记得了，反正我经常看到她过来说要写信，还时不时会送我一些小糖果之类的。他们两个对我都特别好，说真的，要不是自从我有记忆时，我就被人收养在这个村子里，我都要怀疑他们两个是我的亲生父母呢！唉，可惜呀！"若悔老叔边叹气边陷入回忆之中。

"可能一来二往地代为写信，后来两个人就很自然走到了一起，那元夫人特别喜欢听戏，也经常带上爱凑热闹的我一起去看戏。没过几年，元秀才爱屋及乌，竟然亲自去学了永昆戏曲，说是要唱给元夫人听，再看来元夫人也自然一起学上唱上了。这真真是一对仙人呀，还是有天赋的，尤其是那曲《牡丹亭》，那扮相，那唱腔，三乡十里的人听了都说是戏本子里走出来的真人呢！再后来，也得了一些名气，可能是后半生对戏痴狂如命，他们两个并没有生育孩子，一生都奉献给了戏曲吧！"

"之后的，你们应该都有听说了，元秀才去世后，元夫人就郁郁寡欢，没过几个月也走了。那个亭子并不是村里人纪念他们建的，是他们留下来的钱都给了我，我想着这么好的一对人，就把一部分钱拿出来建了这座亭子纪念他们而已。"

陶桃听完，动了泪珠子："都说现在我们都是数字人了，这种写信人、代写信人的往事却比较动人。还有这永昆曲，我是一定要听上一回的。"

他们离开村庄时，是次日的清晨了，执意从亭子那边的小路过去，可惜柳树也怕冷呀，也会冻得发抖，震落了一树的晨雨。

第四篇章　诀别

好想再给她送次花，可找不到她的坟头了！

"似这般花花草草由人恋，生生死死随人愿，便酸酸楚楚无人怨，待打并香魂一片，守得个阴雨梅天"，但是相思莫相负，牡丹亭上三生路。

"我突然想起了那首歌：我要忘了你的样子，像鱼忘了海的味道，却放不下回忆的乞讨，只剩自己就好！"

"陶桃，你注意到元秀才夫人的姓氏了吗？在亭子边上有块碑文上。元夫人原本姓杜。"

阳光晒在小泥块路上，将天地搓揉成相同的白色，香甜的桃花香伴随一点点的温度徐徐涌入，又清又腻，清朗的是风、是人，腻的是花、是她。

附近栽的全是桃花，已是晚春。很多花大多凋谢，桃花此时倒重重叠叠，好似招摇的胭脂敷在美人面上。

沿着小路走到头，拐进洋房内，楼道羊肠般窄，她踩起楼梯来格外小心。"吱呀吱呀"搭着扶手朝上走，似一条黯淡而曲折的老肠子将她吞咽进去，她一身鹅黄色的旗袍隐匿于灰暗中，唯耳畔的金耳坠摇动着闪烁出暗金色的光，进到厅堂，里头亮堂许多，她要见的人就在里面坐着。不过，那个人此时最宝贝的是衣服中藏着的那个香囊。

佩戴香囊虽是一种民俗，但也是一种预防瘟疫的方法。香囊常用的是具有芳香开窍的中草药，主要有薄荷、陈皮、丁香、藿香、佩兰、肉桂六味中药研磨成粉制作而成，具有芳香化湿、祛暑透疹、理气健脾、辟秽杀虫、醒神开窍等作用。药材的挥发性成分有一定的刺激性，所以，会被建议佩戴时不要长时间与皮肤直接接触，作为中医世家的他自然是很清楚这点。这是他送她的第三个香囊，在他们相识的第三年。

那天是有阳光的，可他走后，她一直站在露天地里，只有凛冽的寒意。她走到桃花林中一直等，等到一片血红色的花落。

"这就是你实地采访后的资料？"柳离问道，对于"她与他"这个二代的《风过牡丹亭》的内容还是有所怀疑。

"你想想，上月我们也去过了，那个村子里为何建牡丹亭？元秀才与元夫人的故事那么动人，而偏偏你在这个亭子后面那排出租屋里安排上了偷情的她与他的剧本，多不符合主题呀！虽说这个偷情的素材也是你听那些大叔大爷讲的，是村民们提供的，加上你看的也是老爷爷留下来的那本日记，可老奶奶疯了是事实，同时，鉴于这两个故事不是同一个主题，所以我又去采访了一些村民，是村子里的女性百姓，是老奶奶生前的还活着的女性朋友们，以及从老奶奶之前生病时照顾她的那些医生、护士那里慢慢探寻得来的真相。"

"真相？意思是，老爷爷的职业是一名医生，他们相爱之后，因为他得知她怀孕后，就特别给她戴了那个滑胎的香囊，导致她在桃花林里流产了？"

"准确地说，之前老奶奶根本不知道自己是怎么伤到了，毕竟大冷天的在外面冻着了，加上体质就差。但事实上并没有流产，老奶奶生下了那个孩子，因为后来得知情人想伤害她之后，她为了保护自己的孩子才在魔术箱里动了手脚，想伤害老爷爷，可到了最后关头，她还是打开了箱子，救回了他。那个魔术表演并没有你之前说的什么意外与事故，我都不知道你为何要编这么一个故事。魔术表演很成功，很多人都清楚，也是老奶奶唯一一次上台公开演出。"

"你是说，那个他，老爷爷，他还活着？他没死？"

"当然，至少，当年并没有意外发生，她还是于心不忍，救下了他。"

"对了，柳离，你为何执意要接这个剧本呀？"

"没什么，陶桃，我想告诉你一件事情。"

"我知道你要说什么。"经过这么多年的相处，她是懂他的，陶桃接着说，"我也知道你为何一定要我陪你一起接这个剧本。"

"你都知道了？"

"当然知道，虽然我们平时都习惯叫彼此的笔名，但我看过老爷爷的照片，你长得跟他很像。"

白雪消退、绿意渐丰，耳听是春水潺潺、燕归喳喳，鼻闻是泥土芬芳、新茶馥郁，肤触是春阳暖照、春风和煦。立春似乎将万物都唤醒了，因寒冷而封闭的感官都重新打开，与这个世界亲密接触。

老奶奶去世后，他天天对着镜子里的自己说话。直到这年立春的时节。对于一个失忆的人来说，不抱头抓耳、哭哭啼啼地问自己是谁，实在是对自己往日的不尊重。但是这老宅子里除了自己，只有一个护工，而且还不爱说话，只道是他吩咐，他想，他要等着哪天有人自己来告诉他。

告诉他，他是谁以及她是谁。

墙上的挂钟指向十二点，"咚咚咚"的声音响起，仔细听却不是从门外传来，而是卧室墙边的落地镜。

他平时一直坐在一把扶手椅子上，此时，到了这个点，他就会站在镜子前，盯着前方，镜面却没有出现她的身影。

迷蒙的灯光下，镜子里有模糊的影子，微微泛着荧光，慢慢勾勒出一个女人的轮廓。

"你还记得我吗？"镜子问，声音缥缈空灵。

他抿着唇，神色有一瞬黯然："我，我们应该认识很久很久了吧！我们有多久没见面了呀？"

"应该就几十年吧！"她说得好像就只有几十天似的。

这个时候，镜子里的人渐渐变得清晰，完美的曲线，海藻般的长发，白皙的鹅蛋脸，长睫水眸潋滟含情。

她跨出镜子，笑出酒窝，他拍拍身边的扶手椅子，示意她慢慢坐下来。

"当初，我说爱你的那句话，是一直作数的。"他突然说了这样一句话。

"我知道，可是，我记不得，先生贵姓了？"她笑着问。

"我姓汤！"

公子，是你吗？

我等你，直到下下辈子的垂暮之年，连鸳鸯都有了它们的一百代子孙，这条看戏的长椅上，依然空留一个位置，等你一起看戏！

苏游现在已经上了岁数，睡眠时间比以前短了许多，特别是入冬后，晚上睡得早，每天早上天刚亮就会醒来。不过，他听从医生的话，不急着马上起身，而是慢吞吞地下床，简单热身。床头柜上肯定会放有保温杯，喝上几口后，他才走出自己的房间。餐桌上已经备好他的早餐了，摆在固定的地方，用的是他老伴最喜欢的一对鸳鸯盘子盛着。

是他老伴放的保温杯，也是他老伴做的早饭。他老伴叫宁珠珠。她已经七十四岁了，却依旧自律，她在固定时间醒来，做好两人的早餐后，去院子里打理她的花草，等他起来后，再和他一起听着戏曲吃一顿早餐。这戏曲基本上也都是《梁山伯与祝英台》和《娇红记》等固定剧目，重复播放，他们已经习惯了，听了几十年。

吃过早饭，他们会分头去做自己的事。

苏游大多时候都会打打太极拳或是画画，偶尔看看创作的剧本；宁珠珠看看电视，也只看戏曲频道或者出门和老姐妹们去公园里散步。他们一周会有两三次一起去隔壁小区那看看儿子，陪陪孙子。

每个周末，他们一定会出现在东城的剧社，不仅是老社员，也是台上的老导师，更是台下的戏迷。

每次他们结束了周末的行程，心满意足地回家，苏游总能看到宁珠珠特别幸福的微笑。步入老年后，他无数次在心里默默感叹，有这么个沉稳可靠的老伴真是当初最佳的选择。

这宁珠珠做饭好吃，从不让他做家务活，性格温和，长得还很有气质，毕竟年轻时那是多么漂亮的一个姑娘。当然，在宁珠珠眼中，苏游同样是一个出色的伴侣，谦逊温润，从来没发过脾气，连说话都是柔声细语的，活脱脱就是从戏剧中走出来的"陌上人如玉，公子世无双"。

作为一个老年伴侣，苏游无疑是绝佳的人选。两个人都过古稀之年了，彼此都觉得此生不会有任何遗憾了。

毕竟他们的生活一直丰富美满，有爱人，有儿子，有媳妇，有孙子，还有可以继续的爱好和向往。

只是，这次苏游伸手想拿床头柜上的保温杯，发现空空如也。走向餐桌，发现今天的早餐更奇怪——他几十年如一日喝米粥，那个鸳鸯盘里会放上两个鸡蛋，可今天热的是豆浆，盘子里放的是油条——她应该知道他最讨厌吃那种油腻腻的食物了。

温柔了一辈子的人好像突然发脾气似的。已经过了更年期，难道还有老年叛逆期？金婚都过来了，她终于脱掉了自己知书达理的外衣，小心翼翼地对他表露出自己的情绪？

他在原地停了几秒，准备把碗盘都拿去放到洗碗池里。

他扭头看她，宁珠珠却像是闹别扭一样故意没看他。

苏游发现宁珠珠真的老了——

腰背有些佝偻，头发变得花白，裸露在外的皮肤也长了老年斑。

一时失神，没抓住手里的盘子——

"啪"的一声。

鸳鸯盘子打碎了。

盘子里的那对鸳鸯碎开了，红红绿绿的碎片落了一地。等心情平静些后，他才回过神来打量她。

宁珠珠正弯着腰默默地收拾着地上的碎片，将打碎的盘子里的那对红色鸳鸯翅膀重新拾起来。

宁珠珠小心翼翼的模样看得苏游难受极了。

想起儿子说的阿尔茨海默病的症状，他深呼吸一口气，什么话都没说，拿着扫把走到宁珠珠身边。

将碎片扫起，丢到垃圾桶里。

宁珠珠全程都没有说话，坐在沙发上静静地看着他，最后那眼神落在垃圾桶里，盯着那个碎掉的盘子，久久没挪开视线。

再后来，保温杯不见了，餐桌上变成了苏游为宁珠珠烧的面条，那个鸳鸯盘子已经换成新的，儿子买了一堆过来，也不会再打碎了，都从瓷器变成了塑料品，虽然耐摔，但却补不了他母亲心中的缺失。

宁珠珠变得不再喜欢热闹，也不再爱笑了，只是还保留着听戏曲的习惯，听的时候经常微微一笑，唇角有浅浅的酒窝。光看眼睛，竟然都保留着三分稚嫩。

其他的似乎都在变化，有一天在听戏曲"醉看花前妙舞，闲听座上新歈。繁华冷落尽消除，片晌顿成今古。一段幽魂渺渺，两行红泪疏疏"时，宁珠珠却回头盯着坐在旁边的苏游突然发问他："公子，是你吗？"

"我，我是苏游呀！"

家人们都暗自咋舌，没想到以前幸福了大半辈子的宁珠珠会得阿尔茨海默病，更没想到她居然忘记了这学问渊博、温润可靠的苏游，苏游可是当年帅了整个乡镇的"男神"，他们的爱情曾经被同龄人所羡慕。

曾经缠绵的温度，此时记忆的劫数，不是每个等待都恰逢花开，宁珠珠的心事，也不是亲近之人就能得知。

苏游叹气说："自从前些年我看她每天照镜子的次数越来越少，就有点感觉她似乎老去了。珠珠很怕老去的。"

"可老去，并不是因为怕就能阻止的。"医生拍了拍苏游的肩膀，转身看着他们的儿子说道："老年是一个完整的且可能会持续数十年之久的阶段，它也是生命中一个正常的、自然的且可预期的必经阶段。然而，当大家把这样一个阶段病理化后，老人其实创造了另一个'世界'——人们似乎一旦到达这个阶段，就必然会遭受不必要的痛苦。仔细想想，人们不会因为婴儿不能奔跑就称其为残疾人，也不会因为儿童在智力发育和情感认知方面都处于较低水平就叫他们'弱智'，但人们的确把老年看成了一种不健康的状态。老年人创造了这样一个社会——所有人一边竭尽所能地活下去，却又一边害怕变老。"

"我们都知道自己会有老去的一天，可能是我母亲还有什么未了的心愿，或说，她现的记忆力是不是存在着一些偏差？"苏游的儿子问道。

最后，苏游听从医生的建议，要让宁珠珠多多熟悉以前的环境，说不定还能记起点什么来，至少对病情是有所帮助的。苏游就提议去东城最大的戏剧团。

尊贵中带着温馨，大气中伴有奢华，谈笑间欣赏演出，优声美影最佳的选择——这是宁珠珠之前对这家剧院的评价。

这周的雨刚下完，车窗外是碧蓝的天空，但天际远处还屯着一堆灰白的云，天气依旧变幻莫测。

全家人在网上预约了票务，车子驶进剧院停车场后，苏游带着宁珠珠与儿子先行进入，儿媳则带着孙子去一楼商场买干果、饮料。当然，在观看演出时也可以自行扫描点零食二维码由服务员亲自送过来。

演出厅十分宽敞，1800个座椅，这次又是上演《娇红记》，座无虚席，还有一些演员站在后排和过道上准备。深棕色木质的墙面搭配深灰色地毯，灯光音响设施极专业，承办大型音乐比赛都绰绰有余。人一脚走进来，声音和光线瞬间被管控，眼光只能投到前方明亮的弧形舞台上。壳体表面上星星点点、错落有致的蘑菇形状的灯，如同扑朔迷离的点点繁星，与远处剧场外的夜空遥相呼应，使大剧院充满了含蓄而别致的韵味与美感。

舞台下，一位头发花白但西装革履、目光炯炯的老爷子正侃侃而谈。他爽朗、健谈，和电视里成功的人士毫无二致。对，他是苏游，他旁边，站着一位老年"少女"，她戴一副无框眼镜，缎子般的头发一半披在身后一半搭在胸前，她是宁珠珠。

"不是的，不是的。"

宁珠珠一直摇头，却记不起所有。

苏游活了这么久，从来没有如此沮丧过。原来被人遗忘是如此心痛。为何偏偏就把他这个朝夕相处的人忘记了呢？难道不应该是印在心底里了吗？

"爸，你们当初不是因戏认识的吗？第一次见面在哪呀？"

"珠珠，你记得我吗？我是谁？"苏游指着演出海报，又指指自己，宁珠珠似乎有了一点反应，等大家都拭目以待的时候，她却又莫名问了一句，"公子，是你吗？"

"是不是回老镇上的村里看看？"有家人提议。

时间如一场不能拒绝的茫茫大雾，世间凡人彷徨地行走于其中，赔尽了一生好光景，方知天道当真无情。

旧的回忆闪现，老的故事重新提起。

云雾起，时间退，且回到这一切的最初。

太阳冒了头，驱散一场雾气，渐渐地，一个江南小镇上的村庄在眼前露出轮廓来。

这地方年岁久，据说有几百年了。镇子不大不小，距离主城亦不远，因着建筑的特殊，既是旅游区，又是居民区。对于因工作而暂时光顾的青年苏游看来，叫"古村落"最适合他的气质。

临近镇上的一间老人院对面的三楼露台上——这也是村里唯一一栋三层建筑房屋了——少女时期的宁珠珠正捧着本《西厢记》，懒洋洋地微眯着双眼，懈怠地陷坐在沙发里。

她其实根本没心思看书。

因为……

空气中飘散着楼下灯盏糕和棉花糖糅合的诱人香气，耳边传来混杂喝彩鼓掌声的"打八仙戏"，变幻莫测的还有温暖的阳光正在摇落前院的树影与冬色。

关键是，一抬眼，就能看到对面老人院戏班子里的后台以及台下的人群，曲尽其妙，声情并茂动人心弦，逼得她一时魂魄出窍。

这些，都正在干扰一个本来很上进求学的文艺女青年的心了！今天是戏班子来的第二天，也是宁珠珠无法安心学习的第三天。

在听说村里要来戏班子后，她的心思就开始蠢蠢欲动了。村里的小孩子每天去往老人院，往返戏场几遭，探究戏班是否来临。在唱戏前几天，大人们奔走相告，家家邀亲约客，人人笑语盈盈，个个喜上眉梢。

时值寒冬，无法草长莺飞，但空气中弥漫慵懒的春天气息。只是今天冷不防被一场大雨所袭击。

乌云层叠，空气潮润烦人，转眼间豆大的雨滴噼啪砸下，苏游为了完成他的剧本创作，正跟着戏班子来到这里，他一手握住伞正感谢这及时雨来给这座古村添的灵气，突然一个姑娘也正跳入屋廊下，笑着抖落发间和衣襟上的水珠，她肤白，可能是刚刚小跑的原因，脸上又透出几分绯红，雨水沿着额头落下眼尾，促使她微眯起眼。她是杏眼，眼角圆而钝，眼瞳黑亮泛水光，一对小酒窝，天生讨巧的长相，不惊艳，但耐看。

这是他与宁珠珠的第一次见面。

"你好！"

"你——好呀！"转过来抬头看他的第一眼，珠珠真是差点把自己的习惯问好给咽回去，这哪能叫"你好呀"，明明出场是要说"公子，似乎是哪里见过的？"

他一身白衣飘飘，风度翩翩，撑的又是一把中看不中用的油纸伞，头戴软帽，气宇轩昂，好俊俏的一公子，要不是说话时有喉结，真怀疑他是女子扮相，这让女人看了都羡慕的颜值怕是世间少有，让珠珠的整颗心都柔软了起来，像吃了云朵味的棉花糖。

"应该是书中见过吧？"苏游微笑着回答了她，一点都不轻浮，"小生这厢有礼了！"

宁珠珠这才惊讶自己心中想的话何时从嘴里竟然问了出来："哈哈哈，是是是，这三分扮相、七分眼神，太像书里走出来的人了。你是戏——是梨园弟子吧？优孟衣冠！"她把"戏子"更改成了"梨园弟子"已经很得意了，这些年没白白喜欢看戏文、听戏曲，百读不厌，击节称赏。

这公子，从书中呼之欲出，跃然眼前。

总之，这"一眼万年"的成语她算明白了。

"神不到，戏不妙，多谢姑娘肯定，我算半个弟子吧，明天就有演出，你可以过来捧场，今天是趁别人在排练时，我出来溜达一圈，想不到下雨了。"

"我肯定会去看演出的，我特别喜欢戏曲，从三年前就喜欢。"宁珠珠说了这年份时又娇羞般转了话题，"生旦净丑，雅俗共赏。还有名曲，不朽篇章。台上抑扬顿挫，有声皆歌，无动不舞；有才子佳人，帝王将相。有市井之徒，纨绔膏粱。演的是悲欢离合、荣辱兴亡、人情冷暖、世态炎凉。"

"看来，你是真的喜欢。"苏游还是第一次遇到如此有文化的戏迷，一下子不知如何接话，只待放下伞，再附上几句，"知戏文戏理，才能唱出好戏。戏无情不动人，戏无理不服人，戏无绝不惊人，看来你是懂行的。请教姑娘芳名？"

"有缘再见！"宁珠珠脸一红，拒绝告知。

"那，伞给你吧？"

"谢谢，不用伞，我喜欢下雨。"说完，她就跑开了。

说是老人院那也是宁珠珠这个年龄才叫的，更早些的时候，应该称为祠堂。前方为戏台，中间的观看区后面还有二层建筑，一楼有佛像，二楼少有人去，因为放置着一些旧棺材。

锣鼓喧天还有百子鞭炮齐响时，各家各户就急匆匆地扛着长凳，拿着椅子，抢占看戏的有利位置。对村民而言，看一场戏如同过一回小年，抢不到好位置，一个冬天都会落下遗憾。靠近戏台的地方很快被抢占，晚来者不得不按序后排，一些顽皮的孩子便爬到戏台四周的围墙上和旁边树上。戏台是木质结构的，多在四根角柱上设雀替和大斗，大斗上施四根横陈的大额枋，以形成一个巨大的方框，方框下面是空间较大的表演区，也是用木板搭建的，上面则承受整个屋顶的重量，两侧后部三分之一处，设辅柱一根，柱后砌山墙与后墙相连，两辅柱间可设帐额，把戏台区分为前台和后台两部分，前台两边无山墙，三面透风，也就是三面可观看，只在后部挂着一道布帘。布帘后面除了摆放道具，用于演员换衣补妆。对孩子来说，那里永远是个神秘的地方，因此总想溜进去看看。戏台四周出檐比较深，下方总能坐上几个皮孩子。

平日里草台班子演出的剧目绝大多数都是老戏，如《五女拜寿》《天仙配》和《女驸马》等。这些戏是草台班子最为传统经典的剧目，尽管村中老少对此耳熟能详，有的能哼唱整段戏词，甚至能对每一句唱腔、每一个动作说出子丑寅卯，但它们如同一首首山歌，让宁珠珠百听不厌。何况她家"近水楼台先得月"，屋子就在这戏台的五六米外。

此时的宁珠珠并不像以前那样，只坐家中的露台上听戏了，而是发挥了五百米长跑的速度，直接往她的秘密基地跑去。

而露天戏场上早已摆满了红色长条椅、木色小板凳。早有村民在观望、唠嗑，所谈论的都是些无关痛痒的家常事。小孩子则台上台下猴子一样又蹿又跳，偶尔还玩捉迷藏，害得大人们难找。大姑娘小媳妇细心梳洗打扮，刘海儿有的飘逸洒脱，有的用剪刀瞄过一刀，头发上搭了梳头油，亮灼灼的，滑溜溜的。小伙子们不管看不看懂戏的，也会结了伴儿，拣了近路往戏场赶。

村里唱戏，看的比唱的更喧嚷热闹。方圆十几里的村庄都能知晓，也乐得屁颠屁颠的，仨一群，俩一伙，或挤满一辆拖拉机，赶来观戏。靠近戏台坐板凳的多是本村乡亲，稍后立着的多是外村人。靠不近台，又不甘心凑合看的，有的双腿盘于杂什垛上，有的便攀上外围的树杈，有的蹲在墙头，还有的趴在房顶上。戏台周围里三层外三层，牵儿抱女，扶老携幼，呼爷唤娘，人人喜挂眉梢儿，一片人声鼎沸。

宁珠珠的心事却全然不在这儿，她想见的人还没有出现。

忽而，台上棒鼓手"啪、啪、啪"几声脆打，三阵锣鼓敲过，戏便要开演，台下唰的一片井然，鸦雀无声。那戏便愈唱愈烈，那胡琴也愈拉愈悠。先是打八仙，接着还有迎财神，台上糖果一撒，台下四处又欢叫起来，好多大人就把孩子骑在自己的脖子上去抢。热闹的开篇后，正戏的花旦就出场了，秀目顾盼流情，长袖拂地若出水芙蓉，兰花指纤细修长，嫩嗓子如燕啄泥，长长的颤着哭腔的清音，把看戏的人心思扯得很远。唱的投入，看的痴迷。村子里被锣鼓点儿敲热了，"咿咿呀呀"的韵致弥漫洋溢着。花好月圆，陈年故事；才子佳人，旧时情怀。这些戏文的确很老套，草台戏班和临时戏台的确很粗糙，可是有什么关系呢？唱戏的人让听戏的人融入跌宕的往昔，听戏的人在别人的故事里潜然落泪。不同的嘴说不同的话，不同的手必然拿不同的钱。舌头是软玩意儿，却是硬实力。

一个小戏台，唱尽了人间的喜怒哀乐、善恶美丑。寻常人物，能文能武能神仙；三尺戏台，可家可国可天下。一颦一笑，一招一式，活生生地把历史故事演得淋漓尽致，让人穿越时空，设身处地，身临其境。听戏的把自己忘了，忘了庄稼忘了收成，都在为一群很远很远的人流泪。

宁珠珠也听哭了，最后，戏班主在戏台上出来答谢时，她才从戏中完全出来。戏班主是个朴实之人，黑红的脸膛，浓眉细眼，高个子，厚身板，走路风风火火，经营戏班子是个好把式，为人随和，在乡里乡亲口中很有口碑。听戏多了，戏班主都成了老面孔。他还有一个儿子，但从来不上台唱戏，只是每次过来都会在二楼处挑一长椅子上坐着认真看戏。

宁珠珠就是从二楼观戏区下去的。二楼的正堂后面还摆放几副棺材，但宁珠珠不怕，她就喜欢固定坐那个角落，有一把长椅子，明明足足可以坐下五六个人，但很奇怪，每次来，都只坐着她与他两个人。

"燕子楼前月色冥，鸳鸯冢上柳梢青。百年秋景愁常在，一枕春醒梦未醒。"这戏曲唱得宁珠珠的眼泪都像珠子一样滚落下来，戏台后面的苏游早就注意到了二楼倚着栏杆的她。

宁珠珠总是比那些老人散场得更晚些，这在苏游眼中无疑成了一种信号，所以等到第六天的曲幕落下之后，他跑到楼梯角那里拦下了她。

"你真的很喜欢看戏哦！"

"你看到我了？"

"是的，你在看我，我也在看你。"这种暧昧的话，从一个戏剧创作出身的人嘴里说出来，就特别有味道。

"你平时还喜欢听什么？"他试图打开话题。

"窦娥奇冤，感天动地。待月西厢，天假良缘。你们表演得都很惟妙惟肖，活灵活现。"

"花才放，草又萋，焦仲卿、刘兰芝化鸟，梁山伯、祝英台化蝶，在幻想的领域里表现人民善良的愿望，生不能成夫妇，死后才可以团圆，往往走向双双殉情的道路。这些虽是名篇但并不美好，毕竟生命是值得热爱的。"

"哟，挺有思想的表演家呀！今天你们的《娇红记》结局我是知道的，飞红梦见二人成仙。第二年清明，娇娘父亲来到女儿坟前，见一对鸳鸯嬉戏于坟前。后人慕名而来，凭吊感叹，名之为'鸳鸯冢'。所以说，有了冢才成佳偶没意思。多少佳人错配了鸳鸯偶。"

她对"卓文君之自求良偶"大加赞佩，认为"人生大幸，无过于斯"。又聊起娇娘提出的选择爱人的标准。戏文中她蔑视不学无术的纨绔子弟，也不要那些朝三暮四、轻薄无行的文人才士，她理想中的配偶是能够和她"死共穴、生同舍"的"同心子"。

在过去，追求浪漫爱情是对传统礼教的反抗，无论是五四运动前后兴起的"恋爱自由"口号，还是更早的"为爱出走"的故事，无一不是对封建纲常伦理的抗争。两个人边走边聊，到了院门口的小巷子。

"来两个灯盏糕。"

"好嘞！"大妈一边回应一边娴熟地忙活起来，只见她拿起一个比巴掌略大的铁勺子，往上面淋上一层米糊，挖了一大勺本地猪肉，加了一个黄澄澄的大蛋黄，又抓了一把白萝卜丝。接着再淋上米糊，把所有食材都妥帖地包裹住，不留缝隙。最后把灯盏糕放入油锅中，灯盏糕像是淘气的胖娃娃，刚碰到滚烫的油，立马就把铁勺子当成滑滑梯，一屁股跳入油锅，溅起星星点点的油。不一会儿，原本米白色的灯盏糕在油的"洗礼"下变得金黄，大妈一勺就顺顺当当地把灯盏糕捞了起来，切上两刀，装进塑料袋里，麻利地递给宁珠珠。

宁珠珠一手接过热气腾腾的灯盏糕，不管三七二十一，"啊呜"一声，咬了一大口，被烫得直跺脚，但还是口齿不清地说着好吃，又把另一个递到苏游手里。这个灯盏糕皮有点微焦，里边儿鼓鼓的，像挺着一个又大又圆的啤酒肚。"皮外酥里脆，馅儿香喷喷的。白萝卜丝新鲜爽口，本地猪肉颇有嚼劲，蛋黄柔软可口，真是人间美味呀！"宁珠珠说完又狠狠咬了几口下去，看得边上的苏游哈哈大笑，院里的戏台已经安静，院外的小摊却依旧热闹。

"喜欢什么？我送你一个？"苏游看到宁珠珠嘴里吃着，眼睛却飘向吹糖人处。

只见那师傅将饴糖加热到适温时，揪下一团，揉成圆球，用食指沾上少量淀粉，压一个深坑，收紧外口，快速拉出。拉到一定的细度时，猛地折断糖棒，此时，糖棒犹如细管，立即用嘴吹气造型。他的手像在变魔术，一会儿变出个孙悟空，一会儿变出个大公鸡，一会儿是小白兔，一会儿又是老母猪……一块糖稀，他捏几下，用嘴一吹，手上就托起了这些生灵。

"要不，我做一个给你？"苏游定是学过的，否则他也不敢如此自信地问这话。

只见他先将一小块饴糖放在手心压扁，然后握起拳头，用另一只手的手指从手心穿过，把糖块堆成管状，再把管的最上端咬掉后就准备吹了。

"我想要一个公子模样。"宁珠珠严肃地开着玩笑。

苏游鼓起腮帮子，不一会儿就吹成薄皮中空的扁圆球状，可是公子长什么样，宁珠珠没说，苏游却直接吹了一个自己的模样递了过去。

"你怎么会这个？"宁珠珠好奇极了。

"因为经常跟着这些戏班子走，只要唱戏的地方，就有这些吹糖人的师傅呀，就顺手学了呀！"苏游漫不经心地回答。

"顺手学？你说得倒轻巧，这怕是从小就在学的手艺吧？"糖人师傅都听不下去了，直接插话道。

"要想学得好，全靠幼时功，是的，小时候就喜欢动手，所以学了。主要是看手法，捏出造型各异的花鸟鱼虫、人物百态，有的还涂上花花绿绿的颜色。吹糖人这玩意儿好看、好玩，玩完后还能吃，一般孩子都喜欢。我小时候见着它就走不动了，不是缠着我爸爸要买，就是跑回家去向我妈要钱，实在没钱买也不肯离去，眼巴巴地盯着这些糖人。有的小朋友图快，就付钱买一个现成的，有的则指定形状要求现做，我就跟着师傅自己学做起来了。"

"看来，你也是一个有故事的人呀，可以把经历写成剧本了。"宁珠珠手里拿着糖人，嘴里吃着灯盏糕。

"聊起剧本，你之前说的那些都是老剧本了，提倡男女相悦、无媒而合，赞成为情殉身，一向被当作典范。题花，和诗，老套路，我现在就想创作新的剧本，所以跟随大部队寻找灵感。当然我这次的行程本来没有上台的，看你确实喜欢，我就友情客串了。"

"你也赞成我的观点吗？真好！"宁珠珠终于逮着一个人能听懂她的爱情观，"你刚上台了？"

"对呀，一个小人物，台下的人都鼓掌了，我向二楼方向偷看了你几眼，你不是还避开了视线吗？"苏游说着这话倒有点害羞起来。宁珠珠是真的没看他，也看不到哪个是他，如果视线不在戏台上，那么她当时的眼神就在边上的长条椅子。

"王宝钏挖了十八年野菜，而何以琛吃了七年自己不爱吃的笋。我喜欢研究这些剧本人设，像祝英台吧，来自上虞祝家，她和马文才一样，出身门阀士族，是贵族，金钱对她来说，从来不缺。祝英台在家排行老九，上头有八个哥哥，以她的姿色来看，哥哥中应该不乏英俊的，在帅哥堆中长大的祝英台，对'帅'这个字眼，恐怕早已麻木。而马文才举手投足间风流倜傥的气质，他的文武双全等这些来自贵族家庭良好教养的特点，在同样身为贵族的祝英台看来并不稀奇，除去哥哥们，她自己也是这样的人。马文才的优点不是优点，于是他的缺点就变得清晰可见。那么能吸引她的是什么呢？爱情需要新鲜感，梁山伯的淳朴、憨厚、痴愚，甚至他的不帅，对祝英台来讲就很新奇。"

"分析得不错哟，要换成现代，祝与马可能门当户对，那我就创作一个新的曲目，让祝与马成一对如何？"

"还有，沈园的陆游与唐婉一直让人牵挂，可我最心疼的却是赵士程，休妻后陆游再娶妻，并很快生了孩子，唐家只能将女儿嫁于当时也小有名气的文人赵士程，但门第远胜陆家。赵士程为人谦和、有才华，对唐婉很好，始终如一地善待着她，拯救了陷入绝境中的唐婉，对她不但婚后体贴备至，以至在她死后还永不再娶。"

"不错，不错。世人只知陆游，却忽略了赵士程。要么，我取曲名叫'马文才爱上赵士程'吧？"

宁珠珠听了大笑了起来，"马文才是个大怨种呀，他没做错过什么事，他只是在十六岁的时候，爱上了一个姑娘，她在他家隔壁的院子荡秋千，她的头发乱了，小脸红扑扑的。他娘亲说为他定下了她的时候，他还让小厮们选了一棵最为粗壮的树，做了架最漂亮的秋千。"

　　时间就在他们的谈笑间过去了。

　　今生太短，来世无期。

　　苏游提出，想牵宁珠珠的手，从心动，到古稀。他的戏文将"十里桃花"写成"一路醉眼的烟雨包围她"。

　　后来的他们就顺理成章地走进了婚姻。回忆不分轻重，只根种在内心深处。

　　五十二年了，够做多少事？可以让每个人手里的手绘人物变成触屏智能手机的照片，也可以让城市从蓝天白云到雾霾笼罩，可以让毛笔写的信件变成了互联网视频，可以让网友原谅一个出轨明星的时间从几年到几天，可以让绿皮火车提速到跟飞机一样，可以让一个少不更事的少女变成老太婆。

　　他们回到了古村落。

　　宁珠珠有好多年没回来了。似乎她的孙子出生后就没来过了。

　　最后一次来，还是那年，替她母亲料理身后事的时候。

　　当时她伤心欲绝，着实不愿在这承载了她整个青春的房子里触景伤情，只匆匆从旧相簿里选了一张母亲的单人照，用来做灵堂相片。

　　相片其实是母亲五十六岁那年为了重办港澳通行证拍的，她笑得眉眼微弯，眼角有淡淡皱纹，和宁珠珠一样的酒窝浅浅陷下去，笑起来是如此明媚。

　　原来的老人院现在已经改成了文化礼堂，依旧还有戏台，只是看戏的人少了，看戏的人也都老了。

　　一切好像都没变，破旧的红砖墙，伸在半空中的晾衣杆，电视机传来的声响。一切又好像都变了，家家户户都安上了空调，高大粗壮的电线杆不见了踪影，原本倒马桶的茅坑改造成了不太干净的公厕。弄堂后门的马路边依旧还停有自行车，只是都变成了共享单车。

"爷爷，这里有好多照片。"孙子在老屋的三楼阁楼间里找到了一些老玩意儿，当然还有很多老相册。

"拿过来给你奶奶看看。"

苏游觉得与她有那么多的美好回忆，为何偏偏都忘记了？如果相册是记忆重现的工具，那么他多渴望能治愈宁珠珠脑海中的缺失。

最近的她，句句没提离开，但每天都像在告别。

"拍了好多戏台的照片呀，你看，这些人都长得好奇怪。"孙子指着照片中那些戏剧演出者。

宁珠珠却不爱翻看老照片，似乎这些都与她无关，只站在三楼的露台上望向老祠堂的方向傻笑。

"想必是回忆起当初与自己的相识了吧？"苏游心生惊喜，自言自语着，"我陪你奶奶去对面二楼那边走走吧！"说完，他一个人搀扶着宁珠珠往五十多年前的方向走去。

"我知道，你喜欢坐二楼角落那条长椅子上看戏，对吧？"苏游自然是记得的，他期待宁珠珠也能开始慢慢记起他，记得那个下雨天，那个躲雨的屋檐，那个"小生这厢有礼了！"的公子。

幸好，长椅子还在，苏游与宁珠珠并排坐在那里。"当年的你，是不是一直在等待那个能与你一起坐在椅子上看戏的少年郎呀！"苏游说完这话，把自己都给甜笑了。

宁珠珠似乎听懂了，回过头来，细细看着他。

久久之后，她又笑着轻轻问出五个字："公子，是你吗？"

苏游心满意足，刚想点点头，却被小孙子的声音打断了："爷爷，这个人是你吗？"小孙子指着相册里的一组老照片跑了过来，相片里拍的刚好就是这二楼，这张长条椅子，椅子上面有两个人，一个少女，侧着头对着坐在身边上的人笑，边上还有一个少年郎，他在认真地看戏！

那个少年郎并不是苏游！

照片的背面还有一行小字：

    我等你，直到下下辈子的垂暮之年，连鸳鸯都有了它们的一百代子孙，这条看戏的长椅上，依然空留一个位置，等你一起看戏！

落款时间比苏游与她认识还早了三年！

消失的但丁之三天

第一天

东城之景色，四时皆风流。巷陌山水，亭台草木，乃至抬头的一呼一吸与脚底下接触的一粒尘埃，都飘荡着风雅而美得不可言喻，纵知其形，亦难解其韵。无须杯盏，一缕杏花烟雨，即可醉人；无须笔墨，一剪清风，便是诗意；无须宣纸，一湖山水，自可成画。水光潋滟，女子一袭霓裳，柳腰曼舞，暮霞红色萦绕，随着音乐与画面背景的灵活切换，那石阶上的才子背影再次出现，他历经千难才寻得此处，而那曼妙佳人的油伞一打开，恍惚间，一眼万年，他们终于相聚了。

舞台上的幕布缓缓挂下，在台下叹为观止的掌声之中，编剧丁一非先生携手话剧主演伍莉老师等众人站在了舞台中央，接受全体观众雷鸣般的欢呼。

华灯闹市，人影攒动，车辇纵横。东城此时的烟火气，确实叫人沉醉。

距离这座热闹的东城大剧院二百多米处的美术馆里，却是另一番情致。丁之孟刚刚结束东城电视台记者的采访，他把鲜花扔到了镜头看不到的垃圾桶里，准备悄悄从安全通道离开。

约摸半小时之后，两辆黑色的小轿车一前一后驶入了丁家大宅。

夜很静了，客厅里的投影电视机还在播着新闻，主持人说着："感谢丁一非先生给东城百姓带来了一场空前绝后的舞台盛宴，之前有传言，说这是你的收官之作，是吗？"丁一非儒雅地回答："我爱话剧，话剧是一门综合艺术，从剧本的创作到导演、表演、舞美、灯光、评论缺一不可，至于是不是收官之作，我会单独召开发布会说明的。"接着电视的画面转向了伍莉："请问我应该称呼您为丁太太还是伍老师比较好呢？"

丁一非用力握了握伍莉的手，深情的目光几乎没有从她脸上转移过。

丁一非与伍莉是大学同学，从校服穿到婚纱，可谓佳偶天成、伉俪情深，是当下那种"我又相信爱情了"的夫妻典范。

"我喜欢当话剧演员，但我更爱丁先生，所以，你觉得呢？"

"好的，丁太太，大家都知道话剧演员主要是靠在台上无伴奏的对白或独白，请问在现实生活中，你们的对话是不是也一样充满唯美与诗意呢？"

"今晚有点累了，请大家多关注我们的作品好吗？谢谢！"以丁一非拥着伍莉离开舞台而结束。

电视新闻开始播放下一条时，丁之孟刚好步入客厅。显示屏里，记者正在解读青年画家丁之孟的话题。

"你看啊，我们的直播弹屏上又有新的评论了，丁之孟简直就是把肖战、胡歌放进榨汁机里鲜榨提纯的浓缩尤物啊！太帅了，关键还又有才华！"

伍莉却很反感这些报道，她拿过遥控器，直接按掉电视，丁一非却一把抢过遥控器又重新把电视打开了。

"让我听听儿子的采访不好吗？"

"有的人说话是口水做的，有的人的话是血水做的。你明知道他不能多说话。不然会出人命的。"她又重新关掉了电视机。这是他创作中的台词，却入戏般成了两个人生活中的对白。

"爸，妈，祝贺你们演出成功！"他们的独子丁之孟一表人才，上前轻轻拥抱了父亲后，转身却是客人般伸出手递到母亲面前。这是一双匀称修长的手，握了握，不粗糙，保养得宜，是双不从事重体力劳动的手。

"也祝你画展成功！"丁一非先声夺人。他瘦却又不嶙峋，平阔的肩与细窄的腰胯，腿直而顺。世俗眼光对成功男人的外貌总是宽容些，有这样的身材就能配得上赞美，但更苛刻些的审美眼光，他也能应付。窄鹅蛋脸，一双温驯的下垂眼，细鼻梁的高鼻，轮廓锐利而五官柔。当然他外貌上也有缺陷，比如颧骨上淡淡的雀斑、屡教不改的驼背，加上他又不爱梳头，总让人担心会有麻雀在他的头顶筑巢。

接着他又转身就走，漏掉了身后妻子的眼神——阴鸷冰冷，是翻滚着乌云的天。

这就是外人所羡慕的幸福一家三口，一直接受着东城所有人的赞赏、检阅。

丁一非走进他在三楼的书房。他喜欢将自己置身于黑暗一片的书房里，很多糟糕的感觉，经常会在失眠的某个瞬间涌上他的心头，因为他最终进入的不过是一个虚假世界，一个由他自己一手营造的，以谋杀与谎言的文字堆积而成的虚假空间。然而正是这样一个空间，乃是他的欲念所在，他的心之所至，是他一切渴望与满足的来源。一个人被谋杀并不能激起作家的道德正义，相对而言，他更关心的是人的欲望怎么就不能直接导向现实的犯罪呢？至少在一部虚构而成的剧本里，犯罪不但可以实现，甚至可以被合理化，因为欲望已经事先被合理化、普遍化了。没有人能够看到，只有他自己知道，他在桌上的封笔之作是《消失的但丁》。

悲伤降临时，从不形只单影，而是气势汹汹。半夜里伍莉爬起来，咳嗽持续着，仿佛要把仅存的一些氧气从她的肺里挤出来似的，喘息时混合着揪住喉咙的空气，仿如笛子吹出的声音一般。她忽然明白了，他拥抱她时的温柔和轻声细语，跟他从服务员手里接过账单时的点头和微笑没有什么不同，都是场面上的东西，是他训练有素的绅士举动的一部分。他把自己包装起来，而她，只不过是他每日戴着面具对待的很多人中的一个罢了。他还有真心吗？她很多次想过，是不是他真的就像他说的那样，把人生当成了一场又一场的戏，而他则享受着掌控剧本的乐趣？而且，距离他和她两个人拥抱已经过去二十七年了，对了，儿子丁之孟已经二十七岁了。夜更加黑了，屋里只有她的哭声还抑扬顿挫着。

在二楼最西边的一间卧室里，丁之孟还在电脑前死守着一个空白的对话框。

直到他准备关闭QQ前几秒，才突然弹出一条信息："杀了人，始终是要偿命的。"

他紧张地敲打着键盘，想关闭电脑，但偏偏CPU不听使唤，他只好一手拔掉了电脑插头，接着瘫坐在椅子上一动不动，只是把眼睛看往东边的方向。东边，有着一间冬暖夏凉的卧室，也是整个丁宅中最好的一间房。

等月亮也因为害怕而躲藏起来的时候，一个人影就悄悄顺着二楼走廊走向东边的卧室。

当丁之孟失去很多年前的记忆，便等于失去了最真实的自我。毕竟童年与少年的记忆是构成自我最为核心的部分，而对于他而言，那些似梦非梦般的记忆，消失又隐现，会将他逼进一座时间的迷宫，他的自我在其中游荡，直至消失。他想选择遗忘，因为这种记忆缺失，夺走的不仅是对往事的回忆能力，还包括生而为人子的体面和关爱。

他知道这是一场毫无胜利可言的战争，也是一场漫长、疲惫的夺爱之路。

外面的天完全黑下来了，窗户缝里透进来的风吹动着床边的阔叶龟背竹。

叶子与叶子在相互摩擦，它们瑟瑟发抖。

"之孟，之孟，我的之孟，之孟。"远处房间传来的这几句呼叫，由晚风带领着，响彻了走廊的角角落落。

这名字的主人——之孟却并没有移动脚步，因为他太清楚这一声声呼叫，实际上也并不是在呼叫他。

阴谋与各怀心事正一点一点增长，就像一头长膘的猪，正乱窜在丁家大宅之中。

第二天

阳光从黑白色的窗帘布里透进来。他讨厌母亲为他挑选的这种压抑心情的颜色，那根本不像年轻人应该有的窗帘布色彩，倒像极了布置灵堂的色彩。月光斑驳，屋内又是白色木系的装修，这一切就呈现出一种怪异的妖艳。之孟看到许多细尘在空中舞动，格外迷人和可爱，他就带着这样的心情开启明媚而充满希冀的一天！父母之所以为他取名为之孟，就是希望他能懂孔孟之礼，所以，他会坚持。

伍莉在一楼洗手间梳洗完毕，就听到窗外喜鹊声。这热闹的鸟鸣声，配上阳台上那盆葱郁的绿萝，以及屋内的几束娇妍的鲜花，使得整个房间都变得生机勃勃，可她并不喜欢这种热闹，孤独才是她内心最向往的繁华。曾经有一条鲜活的生命在她手中逝去，所以，她不喜欢任何有生命的东西，包括她那朝气蓬勃的儿子。头上的梳子正不断划拨脑袋里的伤口，直面她自己的卑污和不堪。她是清醒的，用一点微弱的想象张望生活，给这暗下去的岁月，涂一抹口红。

才至早春，就看到窗外的景象充盈着一片暖意，但如果此时选择出门，仍会觉乍暖还寒。

但日子确是暖和许多了，道路旁的树木，星星点点地缀了绿意。这般枯木逢春的转折，与他家的生活又是多么相似，丁一非似乎在困厄中又涌起了希望。

幸福很容易描述，痛苦则在各种拐弯抹角的缝隙出现，他的剧本创作就是要抓住这种闪念间的东西。"我们内心被禁锢的某种真实感，被文字打开和释放了。痛快淋漓！离现实很近，比现实深，比现实暗，它还会给残酷的内核外面涂上一层甜甜的奶油来诱惑人，并装成假相。"

作为一家之主，他比谁都了解自己，自己就是驯兽师，那野兽，便是自己的性情。

就像这天气，即便是万里晴空的日子，一天也会下四五次阵雨。他忽晴忽雨的心情，可能也是在这片土地上形成的。

门外似乎有人潮涌动，手机铃声响个不停！

各大新闻记者与绘画协会的媒体纷纷前来堵住了丁家的出入。

一夜之间而已，被键盘侠造就的大神跌落神坛。

丁之孟涉嫌抄袭他人画作，大家都希望他能给出一个解释。那些所谓的证据就是草图的照片，丁之孟与父亲一眼就看出是从自己家中最隐私的东间房角度拍摄的。

"请问丁之孟先生如何解释这次展出的'盗梦'系列画展呢？"

"'盗梦'是不是你真的在梦中所画的作品吗？还是盗取别人的作品冒充呢？"

外界的质疑声越来越响。原来是有人举报，举报人是他的母亲。

之孟并没有质问母亲。情绪爆发的尽头只有沉默。

"之梦已经死了，已经死了，你能不能早点清醒过来。"丁一非忍无可忍冲着妻子大叫。

伍莉把嘴角撕得极开，下半张脸所有的肌肉都发力来支撑这个笑。她把两条修长柔软的手臂背在腰间。她知道，自己这个姿态好看极了，如果在舞台上，就像即将引吭的白天鹅。

然而她的眉眼一动不动，听到"之梦"两字后，她眼里的光像是被冻住了，一丝笑意也透不出来。

之孟太熟悉这个名字了。听着跟他同名的这个名字伴随了他二十七年，也纠缠了他二十七年。之梦确实从小就比他有绘画天赋的，她的天赋展现在东屋卧室里，那一张张绝无仅有的作品，堪称出自天才之手。简单清幽的画法，在现实与幻境间辟开若干条秘密的通道，之梦的画作锤炼虽然不是炉火纯青，但都有一种奇异的空灵感，能把人拉拽进一种亦真亦幻的状态里。细致入微的画作后隐藏着很久远的情感，调动出他的记忆与画笔的触觉。每看完一帧，总会让他唏嘘半日。有批判性而又具狂欢性的想象力。最厉害的是，她能使最荒诞不经的梦中出现的画面毫不费力地搬至眼前，视觉表达十分华美，有飞翔般的感觉。依仗着想象的纵肆酣畅，作品又间杂萌态与少女情怀。

而之孟的灵感也在东屋，每晚进去后，次日就能"盗取"之梦的灵感而产生新的作品。

之孟驱车逃出了这个以爱为名义搭建的新宅。

透过车前挡风玻璃，他看到天空有一块上头叠着几团云，像用久的棉被里的破棉絮，白不是正经白，从里到外透着层乌。本以为连续几日阴霾，会在今天破了云见了日，想不到，真相如此透彻，确实让他多年以来的阴影一下子被剥离出来。

手里举了半天的烟，落下一截长长的烟灰。他不敢熄火，怕暖气不够，又想抽烟，只能降下一半车窗。冷空气蓦然闯入，与车内暖风短兵相接，前面的挡风玻璃立马一片模糊。

丁之孟干脆弃了车子，走了下来。他老家的田地与河流是浑然一体的，河不宽，没有任何汹涌之势，安静地围绕着村庄。他径直奔跑在小时候蹦跶过的小路上，碎石并不能阻碍他的脚步，回忆在他眼前自动铺开道路。

十字路口有一棵大树，树干被早晨的露水浸得潮湿。他经常躲在树根后面，等着之梦骑小自行车从村子里一路叫着他的名字。

那时的日子，如天空和平原，如此高远，时光缓慢。午后，蝇飞哄哄，村庄入梦，蝉鸣激荡，在直立的光中。他是不懂睡午觉的，父亲经常带着他寻蝉蜕、捉知了、赶鸭子、偷摘葡萄、掐南瓜花，还常带他溜去河边玩水漂，他得到过许多这样的夏天和一个有着之梦的童年。

丁之梦是他的亲妹妹。

他看到旧屋中，石灰墙壁上有一道明显得并不算笔直的划痕，那是父母帮他与妹妹量过身高的线，不过，线条的点几乎是重叠着的，毕竟是龙凤胎，小时候的身高似乎都是一样的，所以在那单线上加厚了一道而已。

此刻，他发觉自己能够回忆起的，都是一些甘甜的瞬间，它们使自己的外表像那一幅画作般可爱，因为有妹妹在他记忆里面挠痒。

可是，后来之梦死了，一切都改变了！母亲似法官一般，直接对他与父亲进行声讨。父亲逃避一切，只会躲在屋里写着他一个人的剧本，而母亲就把一切的罪责指向了尚年幼的儿子。

自懂事开始，之孟似乎就接受了命运给他的安排，他知道母亲恨他，每次刚一张嘴叫"妈妈"的时候，只会换来"闭嘴"两个字。渐渐地，他喜欢上了画画，躲在有"之梦"灵感的房间里一笔笔画着长大，从之梦死去之后，每一天，他都不再是自己了，而是母亲口中那个杀死妹妹的"凶手。"

父亲的事业越来越成功，他们搬进了现在的新家。母亲依旧挑最好的房间留给了她心中最珍爱的女儿。也不知母亲何时找出之梦生前那么多的画作，摆满房间。平日里，这间屋子是禁忌之地，之孟绝对不敢迈进一步，可是每当夜晚，随着那一声声"之梦，之梦"声响起来的时候，之孟就莫名其妙地会悄悄推开那扇门，安静地坐下来，对着画作发呆。

他知道自己没有"之梦"的天赋异禀，但他需要证明自己的努力，所以他拼命画着画着，希望有一天能换来母亲一个赞赏的眼神。可是，现实击碎了他的唯一的信念，母亲陷害他、举报他。一想到此，他的白衣服沁着汗，绽放着年轻人独有的皮肤的味道，就像冬日里的花一样，连苍蝇都会弄错，跑来在他这些白到发亮的衣服之花上展开翅膀准备吞噬他。

而丁家新宅中，伍莉躺在柔软的沙发上，似乎外面的一切纷扰都能从心底被治愈。在舞蹈学院时，老师就夸她是一块天生就可以靠体形吃饭的演员料。美好的未来在向她召唤，而她毕业后的每一场演出都是如此惊艳成功，她的前途无可限量。直到她发现自己怀孕后，才意识到必须要面对——生育会造成身材的变化，甚至会影响事业。不，不，她不想被传统的道德绑架，说什么没有生育过小孩子的女性是残缺的，她爱自己的工作，也爱身边为她创作的男人，她想为他生孩子，所以，她决定离开大众的视线。那短短的二年，消失在他漫长的思念之中。

为了自己的身份，以及赋予身份上的各种完美标签，丁一非默许了伍莉的牺牲。

想当年，他们期盼着，要生两个孩子，一男一女。男孩取名为之孟，拥有才华横溢的一生；女孩就叫之梦，能过上梦幻般的生活。如果是龙凤胎，那就更加完美了。

加上他所追求的权力、地位、金钱、名誉。对，他都拥有了！可是，这几个关键词似乎又正在离他远去。哦，他想起来了，是他正在创作的《消失的但丁》中的灵感丢失。

他崇拜但丁在幽暗的森林中迷失了道路后就开始了幻游，在遇到豺、狮、狼三头猛兽之时，最崇拜的古罗马诗人维吉尔还能前来搭救，在偶像的帮助下，还能游历地狱和炼狱。《神曲》就一直放在他的床头柜上，但丁的梦幻景象也是自己现实的生活感受。

他决定写一部作品来祭拜自己的心中的英雄，最初草稿的题目叫"寻找但丁"。可慢慢动笔之后，发现主人公迷失了，又更改为"消失的但丁"。思路一断，他才清晰地发现自己还在沙发上，妻子正拿着锋利的刀笔在手臂上刻着什么，鲜红的液体刺激着他的视线。

"是时候揭开真相了，我要交出东屋里的所有监控，让大家看看，所有的作品都是之孟自己画的，都是他自己画的，这孩子只不过从小生活在之梦比他更有绘画才华的阴影中变得压抑无比，创作灵感匮乏时入睡都会梦游，不经意间走到之梦的东屋里去画画。你看到了吧，伍莉？就是之孟自己在画，然后画完回到自己的西屋睡觉，次日醒来总觉得是之梦给他的灵感。"

"这也是盗取，盗取了之梦的灵感，原本这一切都是属于之梦的。"伍莉大声狂叫起来，根本不看一眼丁一非手中的监控画面。

"都醒一醒吧，我再也不能陪着你演戏了，伍莉！我们家自始至终都只有一个孩子，我们只生过一个孩子，那就是之孟，只有之孟一个儿子！"丁一非摇着伍莉，终于说出了这二十七年以来隐藏的事实。

伍莉很幸运，产检的时候确实是双胎胞，她相信自己与丁一非会把世间最美好的一切都给到这两个孩子。

可快到临盆的时候，伍莉受到了刺激导致身体出了意外，医生告诉他们，两个胎儿只能尽一切力量抢救一个，而男胎的生命力似乎强过女胎，所以，医生建议丁一非选择保男弃女。从此，伍莉总觉得是丁之孟害死了女儿，精神恍惚间，经常把之孟当女儿之梦来养，给他穿女装，打扮成小公主模样。而之孟从出生后，性别意识就被母亲打乱，在没有父亲强制干涉之前，他一直以为自己就是一个女生，安静地扮演着妹妹之梦的角色。直到七岁时有一次玩耍时从高处摔下来后，他的记忆像是选择性失忆了，许是年幼时的这一段记忆让他太矛盾了。醒来后，他就一直是以丁之孟男子的性别生活着，而那个时候的母亲就一直往他失忆的脑海中灌输，妹妹丁之梦是他害死的，接受思想与行为上的强烈谴责，让他的心灵一直没能随着年龄的增长而修复，相反，他虽然记不起自己是如何害死妹妹的，但也接受了这个现实，接受了自己是个凶手的"审判"。他努力讨好母亲，可无济于事。他努力跟上母亲嘴中妹妹的绘画天才，可始终没能解开母亲的心结。

"伍莉，醒醒吧，我们从来没有之梦，从来没有过，我们只有一个孩子，现在他也被你逼得快疯了。"

"疯了？你说谁疯了？没有之梦？那之梦去哪儿了，你告诉我，之梦去哪儿了？"

丁一非无言以对。

第三天

大宅外面的记者似乎消停了一会儿，妻子还在她自己制造的梦境中发问之梦去了哪里。在外人看来，伍莉还是很幸福的女人，还能活在她最爱的舞台上，在外面还是能扮演着慈母形象。可事实上，一到家里，她就经常会出现幻觉，活在了二十七年前出事的那一天。

如果生活的剧本也能像他笔下的创作一样，可以按下删除键重新填写的话，一切就完全不一样了。

一只翠绿的鸟儿在外面还算茂密的枝叶间跳来跳去，忽地扑扇翅膀飞到了他的窗台上，可爱嘻嘻地张望他两眼，又惊慌失措地飞回了树丛之中。咫尺之隔，丁一非觉得这座豪宅与窗台困住了自己，连鸟都知道这里不是它的乐园。

他叹了一口长长的气后，觉得自己得把丁一孟寻回来。他知道儿子在哪里，每次伍莉一发作，丁之孟就会跑到老屋里躲起来。

老屋的门紧闭着，挂着那把生锈的锁。难道之孟没有来过？丁一非心下一惊，加重了手上的力道，想不到门"嘎吱"一声就打开了。

上了年纪的灰尘迎接着他的到来。四面墙壁困扰着他，柱子上那道身高线依旧在，可不见儿子的身影。身影？是有的，好像是他的，又好像不是他的。

这是谁的影子？一种微小而倔强的光，细细碎碎，不声不响，映照着平常日子，却持续生长，直到够将人从自身困境中拔起。哦，这是一面镜子，照着外面的一缕阳光所投射下来的一道影子。

丁一非请自己在对面的镜子前坐下，想从镜子里的脸上找到一些可以和记忆里比对的信息。

面前这男人，衣着得体，气质温和，头发不算短，但打理得很合宜，一副金丝边儿的眼镜，笑起来眼角有细纹，胡子刮得干净，脸色略微苍白，但还算健康。总体，这个人符合他人对他的想象——一个中年又不失帅气的才子。他的身上已经找不到乡村时那片破败中的贫穷和寒酸，这是一个体面的中产阶级，一个对生活有余裕、对事业有把握的男性。丁一非很难将他和记忆里那个贫穷的青年联系起来，虽然他们事实上是一个人，青年时期的丁一非，和中年以后的丁一非。

镜子中似乎有了响动，丁一非全身发抖，就像但丁在森林里遇到的豺、狮、狼猛兽，等他恢复了冷静之后，发现那只是几只苍蝇嗡嗡响而已。仔细盯着它们，似乎又像似曾相识，哦，对，就像伍莉流出鲜血时招呼它们的饕餮大餐，又像是之孟穿着花衣裳吸引它们的狂欢派对。就是它们，绝对是它们。似乎他走到哪，这些苍蝇就跟着他到哪，现在，它们已经嚣张到飞到他的嘴边，丁一非的报复心起，直接用嘴把它们咽下去，这感觉很恶心又很邪气，更多的还是畅快。他又想起那年曾经为了获得某次剧本得奖才有机会演出的时候，就四处找人拉票的事情来。苍蝇应该快到了他的胃液里。酸死它们！此刻，他又想起当初自己还真吃过一碗掉进苍蝇的面条。饥饿交加的时候，他经过一家面馆，里面的客人正在训斥面老板，然后面老板正准备把那碗面条掉在店门前的垃圾桶时，他发出了低微的乞讨声，然后还算心善的面老板给他挑去了那只赏赐他面条里的苍蝇后，双手把面条递到他手中。

胃液一阵翻滚，似乎要把胆汁也捅破似的。他想起来了，伍莉在生孩子前的那一天打过无数次电话给他，希望他能出现在她的身边，可是，他正与重要的投资人在应酬，而那一通通电话就像是一只只烦人的苍蝇一样，他恨不得直接灭了它们。当他拥有了什么，他也就被什么所占有了。有时想想名誉就是盛放幻想与欲望的工具，而旺盛的欲望让他卷入资本的牢笼，常常遗忘了自己真正需要的是什么。

这条成功之路，他走得很快，不管失去了什么都在所不惜，他只想成功就好！对，伍莉早在几年前抑郁而死，他的儿子在伍莉死后也离开这个家了。可是，一切似乎又没有失去，他想在他的笔下创造、复原出一切。可是，明明妻子与儿子昨日还在身边的。他的妻子依旧温柔善良，对着他永远是一副深情的样子。他的儿子是那么聪明帅气，刚办了画展回来。这到底是怎么一回事？他在哪？他又是谁呢？四周又黑了下来，他喜欢这种被黑暗包围的感觉，他在努力回想，此时的一切，包括他自己，是在他的笔下还是梦中？

突然眼前一阵灯光闪烁，打破他自己布置的心防。

"丁先生，《消失的但丁》开始了。"边上一群工作人员善意地提醒他看向前方。

前方的舞台上，缓缓拉开了剧幕！

清苑猜疑

　　天空渐渐出现了一些晕黄色，接着又是一片片火烧云，眼看暴风雨马上就要来了。她踮起穿着白色高跟鞋的脚，狠狠地踩在黑漆漆的柏油路面，鼻梁上架着的厚镜片丝毫遮挡不了那张白皙的鹅蛋脸上镶着的一双古井般无波的眼眸，今天她穿着一件长款藏青色风衣，里面是一件白色针织裙。她的身高让人看起来很舒适，约一米六五的样子，身体各部分的比例也都十分符合异性的审美标准，尽管妆容朴素，但很搭她的形象气质。可在风中站了半小时之后，头发跟心情已经全部凌乱，她就开始后悔今天的装扮以及没有自己开车，本想着山路十八弯她不敢冒险，可眼下公路上来往的车子似乎越来越少了。愁云正浓密，把天空的光亮足足盖了个遍，一丝光线都不敢露脸透气。冷风吹过，她在情不自禁地连续打了几个喷嚏后紧了紧衣领。这么一个美人在路边焦急发抖，可丝毫没有吸引任何怜惜的目光，相反，边上站着几个挑担的大叔以及抱着孩子的大妈冲着她嘲笑的眼神让她更加不自在，恨不得柏油路能像水泥路一样有条裂缝让她遁入。

　　一辆公交巴士终于开进了公交指示牌前，胖胖的售票员在窗口伸出巴掌砰砰地拍打车身，驾驶员使劲转动手中的方向盘。一声短暂的挂挡摩擦声后，没等它停稳，人们便纷纷拥至前门与后门。于是，男子的潇洒大度，女子的温文尔雅，她的矜持冷静，便一齐被抛在那空落落的站牌下。

那白嫩、粗糙，青筋暴露和戴灰色手套的一双双手，全部向上挥舞着，努力向前伸，企图抓住车门。售票员大声叫嚷着："往里面走走……快点……"可哪还有位置呀！车内满眼扭曲的面孔、暴怒的目光，满耳叫声、骂声和小孩子的哭声。在车子关门的前两秒，又跑过来一个气喘吁吁地拖着沉重脚步的男子，他很奇怪，全身黑色衣服，还戴着一顶黑色的帽子。他似乎瞥了她一眼，车子开动后，刚才她脸上还挂着的一丝欲收还留的微笑彻底消失了，取而代之的是一脸倦容与嫌弃。车子一路前行，车厢里的嘟哝声一直没有间断过，乘客都沉着脸，没法拉着把手的人像在瞌睡一般地摇来晃去。车子的引擎声听上去都像是伤透了心，在声嘶力竭地叫，它慢慢沿着山路痛快前行，路的两旁是哗哗作响的树，湿淋淋的树叶在车子转弯时就会无情抽打车窗，活像一记记打在她脸上的耳光一般响亮。

她的头开始有点眩晕，感觉有一道发紧的目光一直刺在她的太阳穴上。要不是有急事，她真不愿意来这么一趟。窗外完全黑了下来，终于下车了。外面的空气真清新啊！她像逃离了"牢笼"一样，长长地舒了一口气……

可真是让人沮丧的天气，想在下雨之前赶到家中怕是有点困难。她突然想到可以抄近路回去。就在前面拐角，村民服务中心后面是一条旧小巷，穿过小巷，再拐个弯，过条小水泥路就应该能看到家贴着"福"字的石门台了，大概七八分钟就够了。她小时候就知道这条路，好像不知被谁牵着手走过一次。但那时的小巷两边一直堆满垃圾，而且空气中还是有一些腐臭的味道，所以走了那么一次后，她就再也没走过。当然，小巷里是没有路灯的，晚上走夜路总是有些害怕。但这总比穿着今天刚买的新鞋子以及全身淋雨来得强一些，仅仅是几分钟的路程而已。

想到这里，嘴角不由自主地扬了起来，她加快脚步，拐入了漆黑的巷子。风越来越大了，吹过长长的小巷，发出"呜呜"的怪声，又从巷子另一头传来回音，像飘浮在黑暗中女人的哭泣声。一只小老鼠忽然从脚边溜过，还发出"吱"的一声叫，把她吓得差点尖叫。在黑暗中走了一会，她就开始后悔，为了抄近道而选择了这样一条无人的小巷。

不行，得拿出手机，打通电话才行，至少假装打打电话壮壮胆量也好。虽说这里远离城市喧嚣，垃圾也开始有了分类的文明，但她还是眼皮直跳，想起年初算命先生跟她提过的血光之灾更是肾上腺素激荡全身。她强迫自己放慢脚步来倾听身后是不是有人跟着。好像真有脚步声越来越近。她活像恐怖影片中的被害者。直觉从来没有像此时这样准确过，因为身后确实有脚步声突然响起，虽然很轻慢，可还是没有逃过她敏锐的耳朵。

她猛地一转头，还是漆黑一片，眯着眼睛看了三秒，黑暗中好像有个模模糊糊的影子。她的脑子很清醒，清醒得可怕，因为想起最近的新闻报道，那个连环杀人凶手专门在黑夜里杀害单身女性，被害人死状极其恐怖。一想到这里，她的心脏就要跳出胸腔了，据说女子死前受到了很大的折磨，警察却对这个连环杀人案毫无办法，来来去去的倒是撒了好几回天罗地网，但却连犯人是人是鬼都没查清楚。她更不想成为明天朋友圈里被打码的头条。一想到这，身体就开始发抖，不行，不能坐以待毙，她握紧拳头，挥动双臂，跑了起来。

但是，身后的呼吸声好像也变得越来越急促，脚步声也大起来，似乎在追赶。这短短的四五分钟路程突然变得如此漫长起来，仿佛永远都跑不完，真是该死，她想下班时要是换双运动鞋多好。百米外闪烁的路灯，这时候好像变成了天边的星星，遥不可及。

快一点，快一点，再快一点，只要能跑到那灯下，就会有路人，到时候应该就安全了。

前面就是转角了，那里的灯光也越来越近了，村民们的说话声似乎隐约可听到，她感到了一丝安心，胜利就在前方，她很快就能冲破黑暗了。当她刚露出笑时，这种心情却一下就被恐惧吞没了，因为她飘逸的长发被人用力抓住，然后猛地往后一拽，她整个人被硬生生地拉倒在地。

"救……"呼救的声音还没有喊出，一只冰冷的手就封住了她的嘴。紧接着，风声响起，盖过了她挣扎时踢翻边上垃圾桶的声音。

小巷里，被撕成条状的她就挂在垃圾桶上，黑暗中，时不时地传来一个很杂的声音，像是在切割什么，断断续续的，又像是陷在沙子里的车轮，发出无力而沉闷的声音。不，更像是手术刀划过肌肉时特有的韵律，婉转而舒畅。

她努力睁开双眼，真的是一把细细的手术刀，一双手正拿着尖尖的刀口用力刺到她瞪大的眼睛上方来。

"不要，不要。"她使劲眨眼想清醒清醒，双肺正费力地吸进被赶走的空气。

这一次依旧没有人来帮她，双手乱舞在半空中寻找求救时，她自己醒了过来。

冷汗缠绵地黏着皮肤，全身很不舒服。眼里溢满了泪水，但比起刚才的噩梦，她倒是能接受得多。一拉灯，床案边放着的今日东新出版的《梦中追凶》落入眼眶。昨天怕自己睡不习惯陌生的床，所以她特意带了一本书来消磨时间，真该死，偏挑了这本恐怖小说，但小说里有这个情节吗？她一下子又记不起来了，好像很久之前就做过相似的梦，是曾经的梦还是小说，或说是昨晚她的经历，她都不敢去想了。书的边上还有一瓶没有打开的药在冷眼欣赏着她的抑郁。她深深叹了一口气，调整了床背上的软垫，坐直了身体，看着窗外的方向发呆。走廊的红灯笼开始先亮了起来，随着脚步声越来越近，她那挂着"赏月"木字的卧室门上就响起了紧张又急促的敲门声，那是用苍老的手关节敲出来的。最后，一个熟悉又温暖的声音隔着门缝飘了进来。

"脂儿，怎么了？"

她知道那是住在隔壁"听雨"房的母亲过来了。老屋什么都能修，就是这个隔音效果是个硬伤。

"没事，就做了一个梦而已。"她不想开门，就这样一句话打发了门外的关怀，犹如母亲之前对她的偏见。不过，年迈的母亲听力不是下降了吗，怎么会如此灵敏？三秒之后她只好加了三个字："门没锁。"

接着门把怯生生地转动一下，一斜月光进来，母亲就站在了长方形的阴影之中。只见她弯腰拱背，外衣上披着星夜的霜尘。她上前一步说："有必要关上窗子了，有雨的话敲打窗台，会溅在镶木地板和扶手椅上的。"之后，母亲又轻轻拉上门把，身影慢慢退出房间。

她叫林脂，是这林家的大女儿。她是个文字创作者，可偏偏遇上灵感枯竭期，刚接了一部小说评论公众号的活儿，但这小说就像女生的裙子，要长到能遮住关键部位，又要短到足够吸引人，她实在无从下手。所以，她此次前来有自己的原因，她一定要想办法拿到那个木盒子里珍藏的东西。

门外的脚步声是在十秒之后才响起来的，母亲显然是愣了一会儿后才离开。老人扶着走廊上的藤椅美人靠缓缓抬起头，挑空而出的屋檐外，月亮很大很圆，因为才升起不久，黄澄澄的，像只大铜盘挂在她的心上，像是孩子们都回来了。真好！这一天的团圆终于等到了。她的眉心松开了，回到自己的屋子，静静地坐了下来。窗外那盆吊兰，哪怕在冬天也长得非常茂盛，绿白相间修长的叶子聚成一个又一个结子，一簇簇挂垂下来，如珠帘般疏疏地遮掩了半个窗户，月光透过枝枝叶叶的缝隙，把大大小小、圆圆方方、条条块块的光斑洒到她刚刚坐着的床上。

她是林脂的母亲。一直住在这座宅子里。

这是一座清朝大宅，因为正房有十一间，分别挂着书香、吟香等字，所以村里人也亲切称之为"十一间"，另有左右厢房各五间，柴房十二间，全部是原木结构，上是黑黛瓦顶，下铺青石底座，前后石质道坦①，两侧静幽花园。据说先人还是按照八卦九宫来布局，高墙大院对着大气庄重的古门台，使老宅显得古朴庄严又不失典雅。

打扫干净的屋子里都摆着吊兰，这是母亲悉心摆放的。通过精美的雕花，他望着窗口半壁吊兰，觉得那一个个结子像是长在他的心上似的，疙里疙瘩地，气不顺、心不安、闭不上眼。他想把脸整个埋进枕头。可是只不过一会儿，眼泪就把枕头打湿了，黏黏的，闷得他透不过气来。枕头是要常晒的，因为里面装满了心酸又发霉的心情。他只好睁大着眼，望着已经变白升到天边的月亮，睡意全无。他又想起许多想不通的人和事来。

松开睡衣的腰带，半眯着小眼，他的心里开始响起空洞的"嗵嗵"声，好像心已经一整天没跳了，现在要利用夜深人静之际好好跳动一番。他害怕，想起那年被关在黑暗的柜子里的心跳声。他必须离开，必须离开。他翻了一个身，翻得小心翼翼，以免心跳的连击冲裂胸膛。"不能再这样下去了。"他再次把头埋进枕头里喃喃自语，绝望地伸直了两腿，仰脸躺了一会儿，望着天花板，又看了看屋里的白光，就这一点点微光，刺得他极不舒服，就像当时他的肋骨刺痛他一般。他再次闭上眼睛时，不声不响的火星开始在他眼前闪过，然后便是透明的螺旋体，无穷无尽地在眼前扩散。刹那间他的心撕裂般难受，然后呼吸又膨胀急促起来。姐姐不要走，姐姐救救我。但是她没有来，一直没有来，他的眼前只有一堵黑黑的打不开的木门。他每天接待治疗那么多心理病患者，但却治不好自己的幽闭恐惧症。

他叫林砚，是林家的二儿子，此时他住在"闻风"房。

全楼都熄了红灯笼，只有一个打开的窗户里闪着光，屋外树头几片树叶，沐浴在夜光里，半透明的样子。

---

① 方言，指农村屋前较大的空地。

他想起几年之前的一桩旧事。在那四辆挖掘机之间，工人们自觉围成一个半圆，拆了大半的空楼纵横斜插着钢筋水泥，高高的石块堆上赫然露出半截手臂，手臂上的袖子上还戴着工地作业的袖章。那人全身多处伤，家属在抢天哭地围着他让他偿命，他逃进了车子离开。那是他买下的地块准备开发招商的，可偏偏有些老住户死活不签字，不肯拆建旧房，说什么建成商品房之后就再也没有邻居之类的，甚至连祖辈的根在哪都失去了。推搡之中，楼体已经拆得只剩靠着公路的那一面墙突然倒了下来引发了事故。

最后，他看了看这一排围挡外还贴着"滚烫"的巨幅广告，上面介绍着这个工地即将建成宏伟的商业地段，沉默了很久。

他在越来越暗的月色中坐了很久，仰身拍了拍扶手摇椅，接着就打了一个冷战，这才意识到自己刚才是睡着了。

他对着自己笑了笑，发现屋内散发着下水管道的臭气，好像一种苹果皮氧化后的沉闷味，想必是人到夜晚就会特别专注观察身边的物体之故，身体感官才变得如此敏感。身边的老家具，书架上的一本书，茶几上的一杯茶，衣柜里挂着的一件旧大衣，装在相框里摆在床头照片，等等，以及看不见的水管里时不时传来的流动不畅的汩汩水声。最后他再次看了看相框，那照片上拍摄了一个黑发年轻女子的侧脸肖像，她身材细长，长着一双勇敢的眼睛。那是母亲年轻时的照片，他足足看了几分钟后，终于下定决心了！

他住在"观云"房，他是林斋，他比父母通知的日子提早了一天回到这个老宅里，因为他有自己的盘算。奇怪的是他踏进院子的时候还是傍晚，踏上楼梯时天色却已经黑了，现在，他想知道这个谜底！

今天是二〇一九年十一月二十三日，早上五点多钟，还是漆黑的清晨，一个人影特别奇怪地蹑手蹑脚地围着一楼的房间行走，接着有钥匙"咔嚓咔嚓"地响动，像小偷轻轻转动门把手，然后再把一扇又一扇木门都打开了，最后小心翼翼地避开通向二楼楼梯间上沉睡的小黄狗。而在同一时间的楼上另外两个房间里，也有着不安定的影子在晃来晃去，手里拿着遮住光线的手电筒，打开箱子和柜子，摸索着在寻找什么。一种奇怪的沙沙声忽高忽低地响，仿佛隔壁房间屋里刮起了一阵大风，接着，一声窗框响。都说记忆是一场不能翻开的灰尘，那些儿时的黑白小照片，少时写过的心事信件以及收藏在书中的明信片等一一掉落出回忆。

不知何时，朝霞终于挣脱冬日的阴郁，从解冻的云块中漾出金辉。窗外的小鸟已经开始叽叽喳喳地撒欢。

她额头和颧骨两处的皮肤一上一下奋力拉扯，黏黏地打开了眼缝。手表指向七点十分，卧室的门是虚掩的，鸡蛋炒年糕的香味从一楼厨房一直飘到被子上。林脂是第一个下楼的。

阳光照射到秋千架上时，这个院子才开始活泼地香艳起来，她觉得这一切又好像熟悉起来了，庄严肃穆的宅子在日出时分转眼变得娇媚。

林砚推开窗户，母亲就已经把刚煮好的一碗面条搁在窗沿上："还是吵醒你了，想让你多睡会的，来，快点吃了吧。"他是和衣起来的，用筷子反复挑面，动作迅捷有力。升腾的热气被卷成白丝状，在寒风里显得格外清晰。昨晚刷牙的时候不敢太用力，最后一颗智齿生长了十多年，仍然没有突破牙床。可能连日赶回老家疲劳加倍，牙龈就浮肿发炎，疼得浑身发抖。夜很静，牙齿战栗的声音就显得格外大，浑身裹紧了被子，像一只深秋落叶下冻僵的蝉。想不到母亲竟然看出来了，端来一碗草药，又特意煮了他最喜欢又很柔软的面条。他一边吸溜着面条，一边从窗口望出去。阳光在每扇黑窗下方拖出一道边界清晰的斜影，想起小时候他每天一抬头就能与正伏对面窗口向这边望的弟弟对视相笑，想起到了冬天最冷的时候玻璃窗上会有好看的冰花，他画个花，他弟写个字，再用嘴一哈，全部没有啦。那时候，真是得趣的时光！他轻轻叹口气，把热度与温度一起扩散开来。外面，清晨的雨雾早完全消散，看来今天是个好天气。

"林斋，起床吃番薯啦。"

这个响彻院子的尖锐嗓音来自他们的父亲。

"来了，来了，我都这么大了，早就不吃烤红薯了。"林斋的回音在楼梯间上下传播开来，惹来一阵笑声，接着他的身影很快消失在楼梯口处，只听见鞋底敲打楼梯急促的声音。他嘴里一嘴嫌弃，但吃得比谁都多。

"慢点跑，怎么还跟以前一样，你忘记以前在这个楼梯口摔下来的事啦？"父亲依旧是那副担忧的神态，好像对面跑过来的还是当年那个六七岁的孩子。

"你也没忘记我以前最爱吃什么呀，还是你记忆力最强呢。"

虽说父母随着年龄的老去，脑子里的内存越来越小了，可不管再健忘，他们永远都记得孩子们最贪吃的模样。

是的，母亲从小疼爱第一个儿子，就是她的二弟，而父亲永远是宠着最小的那个。林脂感到浑身燥热，一摸发际，竟全是冷汗，她一直觉得自己是多余的。

"爸爸，趁着没拆之前，我要多拍几张照片发给妈妈看。"小梦苑摆弄着她的摄像机，正对着宅子从里到外地拍摄。她穿着一袭黄色的连衣裙，裙摆盖到了脚踝，露出一双并拢的白色球鞋，像只蝴蝶一样在院中飞舞。她在拍景，而二楼的林脂正在拍她。

林斋笑着摇了摇头。他有着立体的五官，打一眼看去，辨识度很高，平时一开口说话，有着让现代女人疯狂的低音炮音效，但此时嘴里不知说着什么话，他女儿并没有听清楚就跑开了。

镜头里那一道石墙下的石径悠长，一直延伸到东门台前，隔石径设有一块照壁，经过一百多年的风吹日晒，照屏表面斑驳脱落，露出了里面的青砖。正中央还有一个"福"字，鹤鹿同现，石门台上有刻着对联：一门天赐平安符，四海人同福贵春。横批：旭日东升。内侧则是：家风梅鹤自清贵，门第书画亦雅训。横批：紫气东来。步入大院，依稀可辨老宅往昔的芳华，尽显居住者灵秀婉约的气质。镜头再往里面拍，就可见一立柱旁有一只捣臼摆放在那里，正门口悬挂着"耕读遗风"匾额。厅堂宽敞，四壁、地板均由原木构成，过左厢房的一道门，映入眼帘的是两个小池，山泉从几个酒缸垒成的喷泉处汩汩而出，见有人靠近，几只小鱼纷纷入水藏匿。侧上方，几畦菜地，种着时令青菜，绿色可亲。

"小斋，一定要拆吗？"问这话的依旧是母亲，本来这次团聚在老宅是件喜事，姐弟三个商量着将老宅拆除了给父母重建一个更好的现代化环境，可林老夫妇却一直高兴不起来。作为商人的林斋之前请了最专业的设计师替自家老宅做了一个三百六十度的动态模拟效果，确实是一栋豪华别墅，可眼下真到要拆除的这一刻，作为久居此宅的父母肯定还是狠不下心来。

林斋还没有答话时，林脂从身后插了话："你还记得我们以前在农忙时节，这块道坦可晒好多稻谷吗？那金灿灿的画面煞是比你计划中的别墅还壮观。"说着远伸出手，指着前方。她的十指修长好看，是很多手控者的福利。的确，她是靠手创造一个世界的人，她是一名创作者，此次回家，她需要帮自己完成一个心愿。

"是呀，这中间的一块块石子排列整齐，框以竖列，铺设成路，称为'官道'，听爷爷们说这些石头是最早的先人用人工从外地走山路挑过来，一块石头就是一个银圆哪，虽然我们这代没有出过什么大官，但也是走上了一条阳关大道呀。"

"你们看看门前这些石头，它们驮过骡子经过羊，我还骑在勤恳的老黄牛背上玩。"林砚也发出了感慨，"我们两个以前皮着呢，偷过果子，弹过珠，抓过麻雀，掏过鸟窝，完了还要烤几个土豆。"

"是呀，就姐姐只会跳跳皮筋。话说那烤红薯，脆香脆香的，每次想起来都流口水，幸好早上老爸给我解了馋。还有，你看这个捣臼，小时候最幸福的时候就是看大人们捣糖糕了，白色的面团和着红糖，简直是少年时期最爱的甜甜圈。"

"夏有自制的青草豆腐，冬有自捣的红糖糕呀。"

"对了，我给老爸带回一些洋酒，过会儿吃饭时，我们一起陪着品尝下。"说到吃，林斋这才想起来车子后备箱里的东西，不过，他也清楚地知道，下山时，这宽敞的后备箱里根本塞不下母亲给他的食物。

"什么洋酒呀，都比不上我们自家酿的老酒好，还有你妈泡的杨梅酒，你们都喝上几杯啊。"父亲倒不乐意了，率先推出自家特色产品，"还有我们年初采摘的茶叶。还有，这些青菜，全部都是无农药食品，比你们带过来的什么洋货都健康呢。"

"就是，你就是太崇洋媚外了。"

"是呀，国货有什么不好？我觉得人民币就很好使。"

笑声久久回荡在这座宅子里，像极了小时候他们在床上挠对方的胳肢窝笑个不停的场景。

过去没开发的荒山野岭只能叫作穷乡僻壤，但现在没有污染的穷乡僻壤，被称为"世外桃源"，昨晚林斋就决定了，不拆老宅，而是选择保持原貌重新加固。

"不拆了。"

听到此话的母亲终于松了一口气，虽然她脸上的皱纹堆得像是千层酥，但笑开来的时候，依旧唇红齿白，甚是好看。

墨水瓶投下一个抖动的圆形影子时，林脂还在专心致志地构思她小说的轮廓，她在花园站了一会儿，周围是略带甜味的湿气。远处就是进村的公路，沿公路再往远看，无力的夕照中，水汽隐隐蒸腾的梯田间，是一片少时的沉寂。

细细的高跟鞋已经换作母亲手织的手工棉鞋，两只脚像是被解放了般自在。她看到了一串串红彤彤的柿子，当年姐弟三人明明都可以摇树而得，可偏偏喜欢上树摘玩。还有那石墙上黄色的小野菊，她常摘来编织成头花戴上……这是她少女时期的甜美回忆。

而林斋也往外走了几步，想起几年前独自打拼在那最高层的楼上，去俯瞰令他神往的城市；他想起自己为了生存，这些年有多么不容易，看看外面的世界，那些中外风格融为一体的建筑群，鳞次栉比地展示着现代化的风采，那都是他小时候只能在黑白电视上看到的画面，现都一一呈现并且实现在他的眼前，那些玻璃幕墙衬托出都市的豪华和气派，巨幅广告在城市的空间闪烁着变幻的图形和迷人的光色。对，他还想当名人，想象着有一天出现在这些巨幅广告里的威武样子。

毕业进城的第一年，他穷得发慌，时常徜徉在街头，阅尽人间春色但自己消费不起的失败感，看别人驾着私家车，停在高档次的商厦门前，颐指气使，目空一切的神态，常让他望而却步。他们凭什么这般富有？是靠他们自身的才华吗？他时而会这样忿忿不平地想：也许他们只是有一个有钱的家庭罢了。所以，最初他也抱怨过大山里的父母，可出身无从选择，他只能自己咬牙努力。他多想住进那样的大房子里！这种强烈的想法让他近乎发狂地奋斗。

现在，这一切欲望都已填满，可躺在乳胶大床上时，却还会担心身边的那堵水泥墙是不是偷工减料后将他压塌。他常从梦中被吓得抽筋喘气，往里面缩身，原来最舒服的还是住在这座老宅里过着安心的生活，毕竟木板比钢筋有温度多了。

城里的日子，人人都终日奔波忙碌着，为了各自不同的生存方式往前跑。再回过头来，当他从雷鸣般的噪声和污秽难闻的空气中走出来时，老宅白日里的一点余晖已经与路灯混合起来了。看这宅内幽暗，数盏灯光，莹莹点点，闪烁安宁，实在惬意。回家真好！

另一边的林斋跟林脂已经开始了他们的计划。

"我要是能有规律地生活作息，就不用找你催眠了。我神经衰弱，失眠好几年了。"林脂坐了下来，对着一起长大的弟弟，自然不需要隐瞒什么。

"好吧，你尽量放轻松就行，以你最舒服的姿势躺着。"林砚准备给大姐做催眠放松。

"你说我能想起那个盒子在哪吗？爸妈也真是的，老说找不到了。"林脂还在埋怨。

"不要先想这些，接下来，你越配合，寻回以前的片段记忆的可能就越大。"

房间里好像越来越潮湿了，一种让人窒息的感觉缓缓地弥漫开来。

"请把眼睛闭起来！好，希望你专心仔细听我所说的话，心里不去想其他任何事情。眼睛闭起来！……轻轻闭起来！你现在觉得很舒适、轻松，保持内心清静。除了我的话以外，什么都别想……舒舒服服地闭着眼睛，保持内心清静；除了我的话以外，什么都别想……你觉得双臂双脚都很重吧，放松双臂，放松双脚，放松，放松全身……放松两腿肌肉，放松手臂肌肉，全身放松。仿佛你已回到冥冥之中，回到冥冥之中。你在冥冥之中，你会觉得更加放松，更加舒服……你更加放松……更加舒服……你现在只能听到我的声音，只听到我的声音……只听到我的声音，要保持内心清静。全神贯注，只听到我的声音。现在你会觉得很舒服，全身很松弛。你开始想睡了，开始想睡了……很想睡了……非常想睡……保持内心清静……只听到我的声音。你觉得全身放松，全身舒适。有规则的深呼吸……有规则的深呼吸……深深地呼吸……放松全身……只听见我的声音，保持内心平静。你已开始入睡……开始入睡……保持内心清静……你已入睡……你已入睡……你已睡着了……深深地睡着了。"

林脂并没有深深地睡着了，她只是跟随林斋的指引进入了另一片老宅的梦境。

一阵疲倦绕上她的全身，瞌睡就像一团柔软的薄雾降了下来。

那天她写完作业，悄悄走进父亲的小书房，书架上全是书，而她径直揪开墙壁上的一幅山水画，后面竟然露出一个暗格。凿出的一个石洞里放着一个木盒子，里面有一本手稿，她匆匆翻阅了一下，上面的笔迹很有力，微微向左倾斜，全文没有句号，而是用实心的小圆点表示，但文字洋溢着自然与阳光。

她努力去看清这本手稿的封面，上面题着"清宛猜疑"四个大字，可接下来，她每瞥一眼，就觉得泪水在给眼睛施加压力。里面根本不是什么林家流传下来的记录《红楼梦》的原始批注，更不是这座清代古宅地留下来的百年秘密，其中的一页她最熟悉不过了：

> 一九八〇年一月一日林脂出生，一九八〇年八月一日，林脂长出了第一颗牙齿，一九九〇年十一月二十三日，林脂离家出走，躲在那条小巷子里找到。

那简单的文字，早已经把她折磨得泪如雨下。

林脂醒了过来，而林斋还在继续帮她回忆时突然被打断了。

"你慢慢合上它，慢慢放回去，对，你记住放在哪里……怎么了，姐？"

"别说了，别说了。"此时的她已经泣不成声了，她终于明白那个从小缠绕着她的噩梦是怎么来的了，那是她第一次跟父亲顶嘴后走出家门躲在小巷里的经历。那天放学她扔下书包就疯狂往卵石小路边跑，那些低矮围篱的交错拱顶在小路上投下的影子，她越跑越快，最终消失在稀疏的阴影之中。当时，母亲苦苦围着村子找了一个遍，最后才在离家最近的小巷子里牵着她的手一起回家，只是回来时淋了雨，她着凉发了烧，无助远比死神恐怖，缕缕月光在小巷子里不知不觉地移动，她就觉得那移动的就是凶手在后面杀她。那时年少根本没想那么多，但至少听过有专门拐卖少女的故事，这种无穷的想象力让她醒来之后就选择性遗忘，记不清具体前因后果，她还以为是父母不要她了，把她像垃圾一样丢到那条小巷里。原来，父母一直是爱她的。

"大姐，你是不是想找到传说中那本手稿整理起来写评论呀？"林砚点破了她这些年苦于无寻找创作素材的目的，如果真找到那部神奇的手稿，说不定她就扬名立万了。林脂点点头说："现在不需要了。不过，那确实是一本神奇的手稿。"

　　林砚小时候也偷偷见过父母把一本手稿模样的东西放在一个木盒子里，看他们如视珍宝的神情，大家都心照不宣地认为那肯定是祖上的传家宝。

　　"那手稿上是什么？在哪里呢？你是不是看到一个木盒子放在哪个柜子里呢？"林砚的语气显然低沉了下来，不像之前的专业口吻，因为他提到了一个柜子，那个充满他童年噩梦的心结。

　　林脂慢慢说道："是一个柜子里，来，我带你去看看。"

　　不容他思考，姐姐就像小时候一样直接拎着他去了一间叫"梦兰"的屋子里。对，就是这间屋子，他开始浑身难受，他觉得在某个地方，有堵黑色的墙越逼越近，他的眼前变得昏暗。他跟一群小伙伴在躲猫猫，姐姐把他就藏在了这个柜子里面。他眼前一黑，姐姐好像就把什么门锁"咔嗒"一锁离开了，那时周围一片寂静，是漫无边际的寂静。外面的脚步声沿着走廊轻轻地响了过去之后就消失了，时间一点点过去，他逐渐冷却下来的害怕跟黑暗交织一处，除了一片寂静，只有他的心在紧张、沉重地跳动。他在柜子上摸索，只摸到一片冰凉，他用手甚至用头来撞击那黑暗，可是不管他来来回回如何拍打，外面始终没人过来救他。一阵难以忍受的恐怖袭击了他，那片浓稠的黑暗，紧逼着，再次压过来。他拼命想出来，却像是被人一把拽住，提着，扔进沥青的沼泽里。黑色液体，火热而黏稠的东西，从口鼻灌进肺里。可怕的是他喊也喊不出来，挣扎是沉默而缓慢的，柜子内的黑暗像活了一般，犹如苔藓，正从里面朝外蔓延。为了控制住呼吸，他几乎耗尽了精力，动作也是极慢。但听觉异常灵敏，任何一点细微的响动，都如在耳边。他听到一阵奇怪的狗吠声，他把耳朵贴在柜子上。似乎是姐姐对着那些捉迷藏的人说："这里已经检查过了，没人。"接着一阵脚步声又消失不见了，他绝望了。

　　"你脸色怎么这么难看？"林脂关切地打断了他的回忆，"怎么了？"林砚鼻尖上凝着的水珠清晰可见。

还问我怎么了？多年的委屈像是被泼了一盆污水，淋淋漓漓地跌落了一地。

"以前，你把我锁在这个柜子里。"他心底升腾起了烈焰，但还是坚持要把话说出来。

这话，隔了十几年，说出来的时候依旧带着委屈。

"你还记得呀，我一直觉得只有上了锁的柜子才是最安全的，姐小时候就老怕你被人找到，输了游戏就爱哭鼻子。"林脂轻描淡写地说。

"上锁是为了我的安全？"林砚重复了一句，嘴角发抖，这个答案听得他胸腔里莫名发紧，额头纹沟壑纵横。

"当然啦，后来好像找到你时，你都在里面睡着了呢。对吧？我可是捉迷藏中的高手呀。"高手确实是在民间，但她一旦失手就把他丢在阴间了。

看着姐姐一脸的得意，不忿被耗尽了，他的喘息中只剩下了释怀，姐姐并不是讨厌他，她只是用那个年龄认为最安全的方式保护他而已。想到这里，他笑了起来，牙齿闪动着帅气的光泽。

"来吧，帮我再锁一次，哈哈。"可惜他的大个子已经塞不进小小的柜子里，但心中的黑暗早已经迎来光明。

不知何时，天上有三朵云悄悄地，轻轻地，竟然飘出来温柔地约会了！

"陪我出来走走吧！"

屋顶被刚才的小雨亲吻了，像极了林脂湿润的眼角，姐弟几个身影在落日的余晖下闪闪发亮，她提出来再去那条小巷子里看看。路边有枯黄的树枝沉沉入睡，低低弯向田塘，而花丛的深处，落叶在哭诉情感。隔壁园中种满了香樟树，小路两旁有低矮的灌木，地面偶尔有灯笼一样的矮灯，像是落在林间的萤火虫。再往前就看到那条小巷子，仿佛像绝壁的崖缝里生出了嫩绿的苗，她多年的心隙刹那间消失了。她回想起小时候昏黄的光晕里潜藏着一只振翅欲飞的蝴蝶，向她扑扇扑扇翅膀，她就跟着跑了出去，跑到了这条巷子里，仰头只能看到天上的星星，星光就像刚刚磨碎了的面粉，她又饿又冷，低下头，脸伏在两腿间哭泣。

"我从来没有发现这条巷子如此宁静。"林脂笑着用手指抚摸边上的围墙。

"静？不是更觉得可怕吗？"

"不，这是一种安宁与祥和的静，你不懂的。"

"不，我也懂。"林砚想起了自己的那一片黑暗，此时也透着曙光。

两人一前一后步行着，还没到家门口时，就听到林斋那大嗓门正对着手机讲话。

"都来都来，我们家有十一间呢！"

"什么？谁？谁？明星？"貌似手机那头报来了一连串的职业和身份。

"啊，那我家可住不下这么多人，我家最多只能住得下家人。"

是的，只有"家人"这一种身份的人才是一个家中最能住下的。

慢慢地，夕阳西沉了，夜幕降临，老宅里恢复了往日的寂静，而屋外风声、虫鸣听起来也是很心旷神怡的小曲。

"不要一直忙着工作，你看老三家梦苑都这么大了，你还不交个女朋友，一点归属感都没有。"林脂开始摆出老大的姿态训话了。

"是呀，连垃圾都有垃圾桶收留了，我怎么就没人要呢？"林砚尴尬地抓了抓头，不过，他脑海中已经出现了那心仪已久的姑娘模样。

"还有你呀，下次记得带你老婆一起来看看爸妈吧，你怎么连个女人都治不了？"林脂揶揄道。小弟林斋最早娶妻生子，可偏偏他老婆每次都嫌弃老家太远而不愿意过来。

"我又不是妇科医生，治什么女人呀。"

"可你是大禹呀！"林斋小时候特别喜欢玩水的游戏，所以绰号就叫大禹。

"大禹是治水的，又不能治女人。"

"但女人是水做的呀。"

"好吧，你赢了。"他觉得自己一定能带上她回来看看的。

"又斗什么嘴呀，快来吃饭吧。"母亲在厨房那头传来就餐的指令。

圆桌上摆放着八盘菜，豆腐冬笋，萝卜咸菜，当然还有自家养的鸡鸭鱼肉纷纷呈现，那鱼半小时之前还是在塘里游泳的田鱼，自然鲜美，当中还有一盘楠溪江炒粉干更是一绝美味。

"大吉大利，今晚吃鸡。"小梦苑放下了手机游戏。

"这话好，这话好。"母亲不懂小孙女的话，但一直喜欢"大吉大利"这个词。

父母一直给林脂的碗里添菜，但对于正减肥的她来说，却是一番无法拒绝的暖意。

"爸妈，你看我这套衣服，别的女孩换衣服都说是轻解罗裳，你们看看，到了我换衣服就是给猪松绑。"

"猪好呀，涨价呀，说明你值钱。"林斋打趣道。

"哪里胖了，真是，多吃点，多吃点。写小说靠长命，不靠拼命的。"那碗里还是给堆满了。

林脂看着父母，他们明显老了，更不能像孩子般可以到处游走，他们不像大人们一直向前走，而老人能做的，只能是等着孩子们回来。所以，她决定停止多年的漂泊陪伴着父母，选择在老家创作。

"那我要守护好这座老宅，它才是我最值得开发的地块。"林斋坚定有力地说。

"我嘛，守护爱。"这是林砚治愈自己的良方。

家人也只有在老家的时候，才最像是一个人。一家老幼无牵挂，恣意屋内喧哗。屋内满桌家味，屋外落叶野果，可入味，也可入诗，一切都是闲趣，大有一种"他乡皆苦，只有老家是糖果味之意"。

林脂的脸朝向庭院。月亮这次并没有露脸。但她感到一阵暖心的实在，更有一种创作的冲动。桌上杯子里的茶水轻轻地冒出水汽，一碟板栗，一盘母亲刚剥开皮的香柚。她的灵感在蠢蠢欲动，笔尖已然摩擦出腹稿。

"把手机放下，我们来陪陪爷爷奶奶聊天。"林斋叫着小梦苑进屋来。

"聊天？聊什么呀？"

"你不是爱听故事吗？"

"那让大姑讲，大姑最喜欢讲故事了。"小姑娘眨巴着眼睛看向林脂。

是呀，她从小就喜欢讲故事，用故事哄小朋友睡觉，也用故事叫醒大人。

"那就讲一个老故事吧。话说一百多年前，还是清朝康熙年间时，江宁出了一位名人，姓曹，名霑。"

"时间真快呀，红学家林冠夫辞世都三周年了。"林脂心中突然一紧。

"《红楼梦》嘛，我早听过了呢，讲个新鲜点的行不行？"小姑娘翘起嘴角回答。

"新的？好吧，那就讲一个发生在这座老宅里的故事'清苑猜疑'听过吗？"

"讲什么的？是推理悬疑鬼故事吗？"

"不，但那也是我们生活中最诡异的故事，那是关于一个爱与回归的故事。"

回归？如果时间真有回归与倒退就好了。

比如倒退到昨天的日期。

昨日，二〇一九年十一月二十二日，小雪。

"在后面没买票的人麻烦让别人递过来啊。"林脂十分尴尬，现金？她没有，只有手机支付，她努力往前面挤，想办法用手机发红包解决，"不好意思，我，我没带钱，我。"

"我帮你给了吧！"前面站在车门口的一个男子声音传过来，"你别挤过来了。"

林脂感激地想认清一眼"热心人"，但实在连视线都挤不过去。

"那我下车时还你。"她尽量提高嗓音使对方听到，但对方好像没有时间回话，因为他很快到站下车了，边上的大妈笑着说，"没关系，都是乡里乡亲的，计较什么。"

林脂随着声音回头，边上这个大妈是个五十多岁肥胖的中年妇女。她盘着一头油腻的黑色卷发，双手拎着一袋发出腥味的咸鱼之类的东西，当时，她闻着腥味，厌恶之情溢于言表。

"姑娘，你怎么带这么多东西呀，来，我们一起挤挤吧。"想不到她把肥胖的身子挪到了最里面，硬是腾出半块屁股大的位置拉着林脂坐了下来。

"姐姐，你要吃麦饼吗？"一个小男孩伸出脏兮兮的手扯着她的白衣，她连连摇头，其实，那梅菜干麦饼还热乎乎地正诱着她的味蕾。

后面有一位年轻的妈妈用瘦弱的身体紧紧抱着怀中的孩子，生怕孩子磕到什么，她想起了自己的小时候母亲带着她去赶集时的情景，也是这样紧紧抱着她。"哀哀父母，生我劬劳"，父母从未缺席她的成长，她自然也不能缺席他们的老去。她为自己感到羞愧。

窗户边上那位邋遢的男子，从上车开始好像就一直盯着她，最后还探过头来问她是不是林山村的。

她眼神戒备不敢点头，只听到边上大叔们开始聊扯。

"这车里不是林山村的，就是郑山村的。"

"我们都是隔壁村的，问起来大家都是亲戚。"

"那是，再往远了说，大家不都是一个地球村的吗？"

当时，林脂好像嘴角上扬了一下，最后还是浑身透着寒气，一句话也没回答。她猜想自己肯定被冻硬了，得过一阵才能化开。

不过，现在想想，她还是能高声回答一句，"我就是林山村十一间里的。"

下车时，那黑衣男子也跟着下来，路边草尖被风拂过的"沙沙"声几乎将她包围，她舒了口气，气流从唇间呼出，有种细微的摩擦声。她吓了一跳，连忙又屏住呼吸往家的方向走，到了那条巷子口，拼命往前跑。可是，那黑影并没有放过她，脚步越来越近，呼吸已经到了她的后脖子处，接着黑暗中一双手落在她的肩膀："脂儿，伞给你，走这么快，我都跟不上了。"那人是一直在村口等着她又一路跑来的老父亲。他可能忘记了所有，却从未忘记爱她，他害怕疾病与死亡，但更害怕她受到伤害。

虽是黑夜，但父母还是把无限慈爱的光，淡淡的，静静地洒在她的心间。

不忘来处，方有归宿！

十一间的故事还在继续！

凶手是猫

和陆容容重逢的那一个下午，宋前正穿着橙色荧光小马甲，戴着红色的安全帽，从工地上匆匆赶回来。他来不及换衣服就被陆老头拉来凑数相亲了。既然是凑数，他也得算个数，在十男十女的未婚青年以相亲为主题的会餐队伍中，他却看中了一个叫苏海伦的女神。她肤白貌美，关键还有钱。而那个海伦似乎对他也特别中意，一双大眼睛有意无意全程深情以对。她穿着一条纯白色的连衣裙，身材曲线很好。她的脖子很长，令人不免担忧那颗脑袋的稳固性。她的头发从两侧垂下来，像两扇门拉开一条缝儿，露出一张脸，这张脸几乎和裙子一样白，而她的头发黑得不像真的。

她的一双大眼睛望着宋前，含着深不可测的笑意。似乎在哪里见过？对，像是他家门过经常出现的流浪猫的眼睛。

"怎么样？见到容容了吧？她都三十五了，哦，跟你同岁，老姑娘了。你们两个也应该有二十多年没见了吧，能认得出来吗？还非得说让她自己用记忆认出哪个是你来相见。"陆老头见宋前从相亲派对回来就一直抓着手问个不停。

陆老头是陆容容的父亲，陆容容是宋前的小学班同学兼邻居、玩伴，直到初中时陆容容父母离婚，容容随母亲去了大城市。后来他常听陆老头经常提起她的工作和事业心太重之类的。陆老头其实一直没再娶，现在是退休老头子一个，而宋前在高二时父母出车祸，也是孤独一个，两个人又是几十年的老邻居。陆老头一直对宋前照顾有加，不知情的人都以为他们才是亲父子。陆老头并不是一个特别有爱心的人，就像他一直很讨厌小区里经常出现的流浪猫，可对宋前不一样，他还认了宋前为干儿子。古稀之年后，身边有这么一个孩子在边上，也算是他的福气。最近陆老头经常惦念着要亲上加亲，而容容也一直没男朋友，于是决定撮合他们两个。

可这次重逢，宋前自我介绍后，就被海伦主动搭讪了，他根本没来得及好好跟对面其他姑娘包括容容说上几句话，所以，只能跟陆老头说感情的事情要慢慢来。实际上，他连陆容容的微信都没加上。陆老头还约了容容中秋节时回家里吃饭，到时候再让他们当面好好相处。

东城入夏从来都是打一阵没完没了的雨开始的。

今年的雨下了大半个月，到这会儿，终于有了要停的意思。新生的暑气从未干透的地面顺着小腿的皮肤一寸寸蒸上来，黏黏腻腻的，叫人心浮气躁。

苏海伦站在路边等车，跺了跺脚，总觉得哪里都不爽利。这可能是因为她太久没有回国，各种倒时差与水土不服，加上父母的催婚而产生的。

宋前适时出现，让她瞬间抚平了焦急。

他们聊了很久，就像认识了很久一样，温声细语、慢条斯理地露出他踏实憨厚的神情与品质。这种傻气是海伦长期在国外没有见到的"绅士与安全感。"

"你的工作是？"她还是问出了这句话，因为当天他没来得及换下的工作服一直是相亲派对中的吸引点。

"你猜呢？哈哈，我爸是环卫工人，但他现在身体不好，那几天我刚好放年假休息所以就过来帮帮他。"这番回答很完美，正中彼此的中意人设。

海伦原本圆润的杏眼懒散地阖上了一小半，眉毛轻蹙，嘴巴淡淡合成一条平直的线，听他这么一说话，就更加多看了他几眼。

"我们年龄都不小了，虽然我不相信一见钟情，但也是一眼万眼看透你这个人很靠谱。如果我安排好国外的事业回国的话，可能会闪婚，你也考虑一下？"

宋前在前几番约会中早已经得知她经营着几家大公司，如果回国内发展的话，那自然能给他这种无业游民解决好岗位。他失业在家好多年，连陆老头都没发现他其实一直没有工作，只是每日到了餐点与节假日会准时出现在陆老头身边，导致陆老头对他是直夸孝顺。陆老头并不是环卫工人，但确实是管理这些工人的领导。他身体抱恙病退后一直在家，好几次生病都幸好有宋前在边上及时发现，否则也许他早就意外去世了。因此，他还说过，要把家里的财产和退休金以及意外险的受益人都给宋前。

叫的车子停在路边，司机早早换上了汗衫，汗衫又早早地泛起一阵黄。送完苏海伦到她住的高级酒店后，宋前坐进车里，司机已经把空调关了，可能是为了省电。可他抬眼看见那司机一边开车一边旁若无人地给车载广播里的主持人捧哏，有来有回，十分自得。

算了。

他懒得开口，把手肘架在车窗上，半截胳膊感受窗外的凉意。

"师傅，你这前面路口停就好。"宋前并没有到家，他没那么多的花呗额度来支付出租车费。

烟都已经灭了半天，他还是那个捏着烟蒂摁在垃圾桶上的姿势。愣了半天，才收回手，却不知道要干嘛，木然地又点燃了第二支烟。

外面天色已经暗下来，台灯的光清清白白。空旷的客厅里只有他一个人，以及他翻动报纸的声音，"哗啦，哗啦，哗啦……"报纸是陆老头订的，不知是喜欢看报，还是喜欢有人过来送报的安全感。

他开始焦躁，来回走动了几次，停下来，朝电视瞟了一眼。电视机关着，屏幕黑乎乎的。放下报纸，打开电视，关了电视。又拿起手机。海伦朋友圈的光环太亮，显得他自己更加卑微。

电视柜边上有个保险柜，是陆老头存放现金用的。对，老头子习惯用现金，以前每个月领取工资、现在每个月领取退休金，他说对存折上与卡上的数字没有安全感，所以，满满的保险柜里全是人民币，看它的容量，一百来万绰绰有余。

他不知道为什么突然要看它一眼，也许只是一个下意识的动作。可是，接下来他的心神就不再踏实了，说不清为什么。

他点着一支烟，继续翻阅报纸。不过，那密密麻麻的文字已经不再进入他的大脑了，变成了一个个象形符号。

他看到了一个"钱"字，马上联想到了自己——他宽脸、宽身，却瘦骨嶙峋，和他的名字很相似。

接着跳进他眼帘的是一个"死"字。他的脑海里马上浮现出一个丧气的场景——陆老头平平地躺着，像枯树一样僵硬，背部沉淤着一摊血。他的双眼里，塞满了绝望。

他又一次抬头朝保险柜看了一眼。这一次，他看到了自己——那个他在黑乎乎的屏幕里朝他怔怔地望着，像鱼一样诡秘。

他低下头，避开这种对视，接着翻报纸。在他翻到最后一页的时候，听到了敲门声："啪，啪，啪……"

如果敲门声很响、很急，反而显得理直气壮、光明正大，大不了是警察。而此时的敲门声很轻，就像不怀好意的悄悄话，敲了三下就停了。

宋前放下报纸，蹑手蹑脚地走过去，躲在门旁，一动不动地听。

过了好半天，敲门声又响起来，还是那么轻，好像用的不是手指头，而是指甲。

宋前把一只眼珠贴在猫眼上，朝外看去。楼道里竟然一片漆黑，看不到敲门人的模样。

他没有开门，也没有搭腔，继续等待。他希望这个敲门声自消自灭。

又过了好半天，门外的人再一次用指甲敲门了："啪，啪，啪……"

宋前"哗啦"一下打开门，楼道里的感应灯幽幽地亮了，他看到门外站着一个陌生的男人，还有，角落里有一只流浪猫窝着一动不动。

"先生，你好。"那人说。

"你找谁？"宋前警惕地问。

那人继续微笑着，把手伸进他的绿色工具包，掏出一个奇形怪状的金属物。宋前本能地朝后退了退。

那人说："我是开锁公司的……"

宋前马上说："我没有给你们打过电话啊！"

那人把微笑扩大了一些，说："先生，我来是向你推荐我们公司最新研制的一种钥匙。"

因为取暖费问题，这幢楼的居民和物业公司闹僵了，一直没有人管理。平时，捡破烂儿的，贴小广告的，收旧家具的……骚扰不断，不过，这么晚了上门推销还是第一次。

"对不起，我不需要。"宋前很反感地说。

那人左右看了看，神情一下变得鬼祟，朝前跨了一步，低声说："你听我简单介绍一下。这是一种万能钥匙……"

宋前一下就把门关上了。

他靠着门站了一会儿，悄悄趴在猫眼上朝外看，楼道里又是一片漆黑。除了几声流浪猫饥饿的叫声外，就是一片安静。他不知道那个长相古怪的推销员是不是还站在门外，轻手轻脚地走回了客厅。

刚刚在沙发上坐下来，他就忽然想到了一个问题——这个男人推销的是万能钥匙！也就是说，他的门根本挡不住他！

如果他进来了，看到了保险柜，而保险柜的密码虽然只有陆老头知道，但如果持刀要陆老头打开保险柜的话，这个老头爱钱如命，也爱他这个宋前如命，肯定会以死相抵，到时候……

宋前不敢想下去了。宋前，宋前，送钱送钱！他又看了一眼保险柜。

他心情不好就会去洗衣服。把衣服丢进洗衣机里，打开开关，然后面无表情地说一句："你可以滚了。"

可是，他自己又能滚到哪里去呢！

他又推开窗户，看了看四周，回头，又看了一眼保险柜。如果下次他不在家，或是故意不在家，如果那个刚过来做记号的"卖钥匙人"顺利进来的话，陆老头意外死了，那么他的遗嘱就会生效，他宋前就是受益人。他想了很多，最后被砸在脸上的急雨打醒了。

在这座他生活了三十多年的小镇，夏天的风总是绵柔的，柳丝一样的，而雨滴大颗大颗，格外沉重，砸在身上甚至听得到声响。

他决定了！

苏海伦从屋檐下走进阳光里，把纸巾丢进路边的垃圾桶，回身正好撞上宋前的目光，冲他笑了笑。她要出国了，但很快下月就能回来。所以，留给宋前的时间并不多。但也足够了。

下午的阳光不那么刺眼，波光粼粼的树影下苏海伦的瞳孔是温柔的琥珀色。那个画面，好像初恋打烊的青春再次给宋前亮起了一瞬的灯。

她今天穿了一件镂空刺绣的法式蕾丝裙，搭配珍珠项链，脚上一双尖头水钻高跟鞋，拎一只小得连手机都装不下的贝壳包，很端庄、很典雅。她，就是他的女神。宋前蓦地有点不自在，撇开了眼神。

昨晚攒了一晚上的耐心，这一刻终于一点也不剩。

两周后，陆老头意外去世了。死于心力衰竭。经过警局的调查，排除了自杀。

"他杀？"宋前心里一慌，那个推销万能钥匙的人他一直没等到，不应该呀！

"这只猫是流浪猫吧？"

"应该吧！可能我最近有点忙，想是老爷子一个人的时候怕寂寞，他自己就把门打开，把流浪猫给放进来了，想不到。"

"猫是凶手。知道吗？门被人撬开过，应该是有小偷来过了，但屋内没有任何损失。似乎是猫叫声惊动了老人，才把小偷吓走了。可能那个时候，老人就开始把猫留下来了吧。经过反复调查，确实证明你们门外的这条流浪猫出现很久了，所有邻居也知道。只是最近怎么会突然有机会溜进屋里也是巧合，谁能知道老人对猫毛会过敏呢！"

"猫？凶手？过敏？"宋前装出惊讶的表情问法医。

"其实猫毛本身并不引起过敏，猫咪引起人类过敏的原因是一种微小的蛋白质，称为过敏原。它存在于猫的脂肪腺中，通过皮脂散发这种物质而附着在它们的皮肤上，就是我们常见的皮屑。过敏原还可存在于猫咪的唾液和尿液中，当猫咪舔舐毛时，就可能通过空气传播。而老人在过敏的时候会引发猛烈打喷嚏才断送了命。你们可能不知道，如果老人本身就有脑血管疾病基础，在打喷嚏时可以使得原本就已经形成的附着在血管壁上面的粥样斑块脱落，脱落之后的栓子又随着血流到达脑部或是心脏等处，从而引起脑梗或是心肌梗死，死亡风险是非常高的。后来法医还查出来他有严重的心脏疾病，情况就更危险，因为在打喷嚏的时候可以引起血压升高，而与此同时，若是发生了原本就有主动脉关闭不全的基础疾病在那里，在打喷嚏的过程中，可以使得反流加重，导致急性重度主动脉瓣关闭不全，出现左心室扩张、心室收缩功能障碍和心力衰竭等危急情况。并且在打喷嚏时可以使头颈部有强烈的动脉波动感，也可因活动量较大继而出现呼吸困难，导致死亡。"

一切似乎都过去了，只要处理完陆老头的后事，他就可以得到一笔钱，足够让他可以去勇敢地追求苏海伦了。好几天没跟她联系了，他点开了朋友圈。

朋友圈里苏海伦晒着两只一老一小牵着手的照片，宋前顺手点了个赞，他在等待他的海伦早点回来。

直到两天后的葬礼上，宋前才知道，苏海伦那只朋友圈里的老人的手就是陆老头。过来悼念陆老头的亲戚都叫苏海伦为容容，因为她妈妈姓苏，出国后，容容又习惯大家叫她英文名，所以也叫苏海伦。

门外的流浪猫又在叫，宋前不敢再开门。

轮椅上的红苹果

刘香躺在草坪上，阳光的照拂让她觉得温暖，无论某块地方有多寒冷，已来的时节和心里的余温都将吸纳它，把它化成庞大中的一点尘埃。

身体软绵绵地贴在草坪上，陷入柔软草地的怀抱，飘过的一小片云遮挡太阳时，刘香打了个冷战。忽然觉得恍如隔世，好像过去某个时候的场景再现，但只是虚惊一场，身后的轮椅还在，十岁的女儿小暖也在，正坐在轮椅上往天空吹着彩虹泡泡呢！

刘香看着自己的女儿，眼里满是怜惜与心疼。今天学校就要举行才艺表演——小暖之前是学跳舞的，她似乎特别有天赋，从六岁开始就一直喜欢舞蹈，亲朋好友无不羡慕刘香有这么一个聪明漂亮的女儿，都说小暖长大后是可以靠舞蹈吃饭的——如果没有那场车祸的话，一切都是如此美好。

刘香怕小暖难过，所以，特意带着她来公园散心。

"暖暖，你要喝点什么吗？妈妈去买。"刘香站起来，慢慢蹲在轮椅前面，温柔地问。

"我想去跳舞，妈妈，我想站起来跳舞。"小暖平静地回答，刘香不知如何安慰她，只能沉默着转头抹眼泪，然后推起轮椅送她回家。

这个春天并没有出现，还是将希望安置在家中更为安全。

"咚咚"两声，刘香停下手中抖衣服的动作。她在阳台准备晒衣服，看着带着些许果肉残骸的苹果核掉落在地上，光洁得发亮的地板被撞出几声闷响。

洗衣液的香气混杂着果香气味钻进她的鼻息间，这是她喜欢的薰衣草香气，可她的心头却被一阵酸辛的腐烂味刺激得跑进厕所吐了起来。

这样已经无数次了。

"小暖，我们能好好聊一聊吗？"刘香试图用心感化她的女儿。

"怎么了？妈妈？"小暖一如既往地扑闪着她的大眼睛，用可爱又无辜的神情看着她。

"苹果，是你拿妈妈的手机网购的吗？还有，你是不是又把苹果放到了洗衣机里？"她的喉咙不自觉地发紧，但还是强压着让自己的声音听起来平静无异。

屋子里陷入一瞬间的沉默，只有那台灰白色的滚筒洗衣机还在费力地转着，吱吱呀呀的，又轰隆隆的，那声音好像越来越近，跟着可能残留在其中的破碎苹果一起，不断挤撞、碾压，伙同果汁水四溢的声音，把刘香紧裹着，让她无法呼吸。

小暖的双手在轮椅把手上熟练地操作着黑色的格子按键，她那漂亮的公主裙摆下，是单薄的空气。

在确定刘香的目光被吸引到了她想要让妈妈注意到的地方后，一个灿烂得刺眼的笑容冲进刘香的视线，带着明朗又残忍的声音："是我买的苹果，妈妈，你不是知道我一直最爱吃苹果吗？你不是也爱吃苹果吗？红彤彤的。"

她兴奋得又变魔术般从身后拿出一个苹果张嘴用力啃了起来。

"妈妈，你看这个苹果哦，好看又好吃。你再想想看啊妈妈，想想它在洗衣机里被搅得烂碎的样子，鲜红的皮肉一点点被撕裂开。还有还有……"

"够了！"身体上的冷战让刘香的牙关不自觉地咬得很紧，略带哭腔的声音从齿间挤出，"你一定要这么对我吗？暖暖，我的暖暖，能不能放过妈妈？"

"你在说什么啊妈妈，我不懂。"还是那样的话，那样堵住她一切反驳力气的神情，委屈、纯真又狡黠。

"妈妈，苹果，真的好吃哦。我继续跟你讲嘛，妈妈……"

眼前的一切开始变得有些模糊，耳边不休的话语一点点打在刘香身上，在一片眩晕中，她被拉回了那个送小暖上学必经的十字路口……

不同于清晨的寂静，傍晚时分的街道总是热闹异常，商贩吆喝声、孩童的嬉戏玩闹声、不耐烦的汽车喇叭声，此起彼伏地分着城市烟火气息的一杯羹。

刘香拉着小暖的手，站在马路边等着绿灯亮起。小暖穿着的还是那套漂亮的白色公主裙子，她已经报名了舞蹈演出比赛，一心想着快点回家排练。刘香临时起意，说想吃苹果了，又因为对面水果店里有折扣，她一次性买了很多，沉甸甸的苹果在透明的袋中显得略不安分。

她从来没想过，在这一天，小暖的童年似乎就结束了。

到底人生是可以由自己选择的，还是只是上帝棋盘中早就陈列好的不变格局？刘香觉得无论怎么用力都难以逃脱原有的生命轨迹。而每个人所做出的那个选择，究竟是自我意志的实行，还是受命运摆布的自然执行？

后来刘香常常会思考这个问题，想不出答案，但是可以肯定的是，在某一个她不知道何时会来临的时间当口，或本能的或有意的，改变命运的齿轮开关已经被悄然启动。

右手提着的透明塑料袋像是有预谋般地从袋子底部裂开，苹果似挣脱牢笼的那样欣悦，鲜红的颜色从空中滚落到地面，不顾一切地往前冲撞着。

她下意识地松开那只拉着小暖的手，一心只想抓住这些逃兵，低头，转头，只想快点把落在地上的苹果抓回去。

一个小小的身影从她身边蹿了出去。

撞击物体的声音，急促刹车的声音，人群喊叫的声音。

"哎哟要死哦，那个小女孩被碾了好几圈。"

"快打120。"

"真不是我故意的，是她自己突然冲出来的。"

待刘香反应过来发生了什么，眼前原本井然有序的世界变得一团糟，她想冲到小暖身边，可是却提不起一点气力，慌乱、无助、绝望，顷刻便吞噬了她。

她瘫软在地上，目光所及之处，只剩下红色，身边不罢休地滚动着的红色、破碎的苹果红以及车轮下流淌成片的血液红……

"都是你！都是你这个害人精！我们家这是做了什么孽啊！我的孙女啊！"医院的光线亮得有些刺眼，刘香的身体被婆婆用力地推搡着，其他人则在使劲地拉开她。

看着婆婆骂得激烈的嘴型，刘香却什么都听不见，脑袋里只有电波刺耳的嗡嗡声。

"你就是个罪人！"婆婆指着刘香骂。

是的，她是罪人。眼泪完全失去束缚地从眼眶跑出，她的身体不可抑制地战栗着。

被四面八方汹涌奔来的死水裹挟着的感觉。刘香蜷缩着，感觉离小暖很近，像在她的肚子里时一样，小小的但有力的心跳、呼吸。那是一种很强烈的安全感和使命感，没有任何东西可以将她们母女割离，什么都不可以。

手术室的红灯一直亮着，她的心就一直快速跳着。

"如果要保命的话，必须马上截肢。"这是小暖被推进手术室前她隐约听到的话。

手术结束了，因为车祸，小暖被截去了双腿。

出院那天，风很大，刘香推着小暖走出大门，轮椅被吹得歪了方向，她费了好大劲才勉强控制住。

小暖没有了从前的那股活泼劲，刘香以为她会时常扔东西发脾气，可并没有，她似乎已经接受了现实，只是比以前沉默了，问她什么她也回答，双眼空洞地注视前方。

日子慢慢恢复到了如从前那般，除了小暖不再上学这一点。

刘香向单位提出了离职，将更多时间花在了家里，陪小暖活动，给她做饭，逗她玩乐。

渐渐地，有一天小暖找到了新的乐趣。

"妈妈，这个滚筒，是不是很像汽车的轮子？"看着刘香愕然无措的样子，她咯咯咯咯地笑起来。

发现了这招对她的打击的有效性后，小暖开始更加频繁找机会让她感受自己的痛苦。

往日温馨的饭桌上，也变成了小暖对她的审判会："妈妈，我最爱吃的萝卜呢，红色的，你把它榨成果汁。你看，那个西红柿的果汁也可以。"

有时，刘香只能无措地坐着，直到小暖把破壁机用双手捧到她面前，逼着她看机器里面正在搅拌的那红色的食物："妈妈，你看，碎的果子，红的果汁，多好看呀！"

"小暖，是妈妈对不起你，是我没好好拉着你的手，是我不应该松开你的手。对不起，对不起。"刘香无数次掌掴自己的脸。

为了给小暖增加一点欢乐，刘香就买了兔子，养在笼子里，逗小暖玩，小暖从小害怕猫猫狗狗的，但却很喜欢可爱的兔子。只是第一天带到家里的时候，小暖就把兔子从笼子里放出来，那兔子到处撒野，弄得屋里一片狼藉，刘香收拾残局倒也乐意，只是看到小暖给兔子洗澡就开始慌了，更让她措手不及的是后来找不到兔子了，问时，小暖乐呵呵地看着微波炉的方向笑。刘香再次崩溃了。小暖说兔子洗了澡怕冷需要暖和。事后，刘香抱着微波炉大哭。

电视里原本播的电视剧被换成一例例交通事故的监控现场报道，求饶、罪过成了刘香的常态与生活的撕裂解崩。

"对不起，这种生活我过不下去了，我实在坚持不住了，我们离婚吧。"

"你的意思，是要弃我们母女而去吗？"

"你应该学会放过自己。"

"怎么可能？你难道要我像你一样抛下小暖吗？你怎么能这么狠心？"

小暖的父亲没再说什么，留下一纸离婚协议书，从这个家抽身而出。

身边的重要角色在这场变故后一个个地消失了，有刘香的原因，有小暖的原因。

而小暖变得很安静，不愿意见其他人，她只依赖刘香，也只热衷于伤害刘香。

"你就是个罪人！是你伤害了我。"

这一句话总在刘香的耳畔回荡着，构成她现在活着的一切行事的指令。

那么，她就勤勤恳恳地赎罪好了。

如果说有些人生的镣铐是注定的，比起奋力地去反抗，还不如选择直截了当地接受。不是大度，不是看破，只是这种自我毁灭会更好受，更能让刘香找到借口地活下去。

刘香自己心里也很清楚，比起被原谅，小暖的报复更能让她好受一些。

人总归都是为自己想得更多，哪怕看起来不是……

"叮铃铃铃……"

设定好的闹钟铃声把刘香从混乱的思绪中拉了回来，疼得发胀的脑袋提醒着她周遭的存在，窗外的光线已经变得柔和，洗衣机也停止了转动，到了该带小暖出去活动的时间点了。

一改刚才的兴奋，此时的小暖正在客厅安静地盯着窗边发呆。

不"制裁"刘香的时候，小暖一直是副普通女孩模样，然后，她会拿起画笔，安静地画画。顺着她的视线看去，她在画一架轮椅，可是轮椅上的女人，却不是小暖她自己，这个女人似乎见过，年龄有点大。

刘香不敢多问，只是温柔地推着轮椅出了门。

与家里有限的空间不同，落日的余晖会尽力洒在街道的每一寸角落。

白天与黑夜的交界总是带来一种动荡归于平静的混杂气息，它让人们有机会停下一天的劳累，暂时休整。

此时人间的烟火气息亦最为浓烈，刘香和小暖得以有机会与孤独短暂告别，没入这拥挤的人潮，好好感受这难得的生活平常。

转过街角，熟悉的水果店以及那个十字路口，小暖再次叫住刘香，想去买苹果，可刘香的脚步一直没前进。直到小暖准备自行启动轮椅上的黑色键时，她才鼓起勇气推着小暖过去。店老板同往常一样跟她打着招呼："好久不见。五斤苹果吗？"

"是的，多谢。"刘香微微点头致意，付完钱，便拎着苹果同小暖离开了。小暖还朝水果店的老板挥手说再见时，店老板却很难过地低下了头。也许旁人都是同情她们的吧！

走出水果店时，天色已经微暗，公园里玩耍的孩童显露出疲态，在父母的催促下加快了回家的步伐。

晚风轻轻拂过刘香的脸颊，她一整天的紧绷松懈下来，连带着小暖也很开心的样子。这是她们生活中为数不多的轻松一刻吧，不多，但好在还有。

"妈妈，你不问问我，刚才画中那个轮椅上是谁吗？"

刘香不得不停顿了脚步，她不想知道，可是小暖抬起头来，天真又大声告诉她："那个轮椅上坐的是你呀，是妈妈你呀！原本坐椅子上的人就是你，这个罪人才是呀！"

远处的行人正在对着她窃窃私语，刘香不得不带小暖转了个方向，可能怕遇到小暖以前的小伙伴们，她不希望难得的好心情被破坏……

"这女人怎么一天天的总是推着空轮椅出来，好可怕……"

"别说了，快走快走，你看水果店的老板都吓坏了，还得对她微笑……"

"自从她女儿死后，她就一直推这个轮椅到处走，唉……"

30 秒的爱情

正月很快过去了，但寒冷还不肯走，风整日游荡在树梢和办公楼间，发出各种乖戾的声响。是的，新春的风特别多，多得无处消解似的。

数着秒下班，数着秒刷卡，风里雨里，公司公交车站前的摊子永远在等着她一样的打工人。

要了一份夹烤肠的鸡蛋灌饼，就着今日的萧瑟一口咬下。

离上班打卡只有3分钟了。她精准地计算过时间，30秒冲刺商务楼大门到电梯，然后电梯到达33楼开门与闭合约30秒，进办公室刷脸考勤30秒，还有30秒富余的迎接意外备用的时间。

小跑进大堂，第一眼瞧去，最近的一部电梯显示停留在12楼，而靠里面的另一部刚要缓缓关门。对，就是这个时间，运气不错，七步之遥，她的肾上腺素一下子飚了上去。这个时间点的电梯肯定是拥堵的，少不了皮肉之间的摩擦。如果是夏天，那些皮肉就成了膏药贴在后背，陌生人的身体热度从皮肤表层一直渗透到骨子里的焦躁，然后脚气、口气结合一气。而冬天就完全不一样，全是各种早餐混搭的鲜美味道。哦，对，干饭人一想起手中的早餐，她就激动地加快脚步并大喊："不好意思，请等一下。"

电梯的门开了。完美！

她跑了过去。一进电梯，便是耀眼的开端。

他抬起头，感到瞬间的热与光，就像硝纸遇见磷火。一生一世的灼烧，一生一次的璀璨。

相爱时如胶似漆，分开时怨恨四起，他们在这拥挤的电梯空间里重逢，有些深情是从当初弹钢琴的手指头到电脑键盘的那头。有些回忆从远到近。

那是大三学期快结束前的一天，她路过他的班级窗前，从此浮云流水，日月星辰都不及她的半张侧脸。

她喜欢穿着一套白色的连衣裙，扎着马尾辫，大眼睛盛着两泓湖水，微笑若有若无。

那时的校园里一阵微风穿过，音符与篮球，都一起活跃了过来。球转了弯，展示了漂移的技术。她没有摔倒，因为胳膊被一双手有力地抓住了，站稳后，这双手并没有松开，手上的热度继续在渗透，像在冬日里贴了舒服的暖宝宝。她并不反感这些。

他看着她，这个眼神让她眩晕了好几秒。在一刹那，心像春天泥土里的一颗种子，"啪"的一声发了芽。

"你打球不带眼睛的吗？差点撞到她的头了！"他训斥着队友，然后稳稳地把球发了出去。

"你以后走路不能小心点吗？非要撞到我心上。"一周后他就对着她说了这话。

人生中只要有一次圆满的相遇，爱与孤独便都会有着落。

"以后，所有的球我都替你挡着，你放心在操场上散步吧！"

毕业之后，他们把校服穿成了情侣服。

她那双弹钢琴的手开始为他淘米，想为他淘到给自己穿上婚纱为止。

他那双打篮球的手开始为她打拼生活，成了一个电梯维修工，直到修成正果为止。

此时的电梯里，他们那么贴近，都还穿着那年国庆促销时买的衣服。她不敢或不想有其他举动，只知道含情凝视，却不知如何开口。

他又闻到只有他才能闻到的她的气息，感到她身体里的起伏，而那张美丽的脸和脸上美丽的眉，现在垂了下来，被他曾把呼吸探进去的黑发遮住。

熟悉的配方，熟悉的味道，还是带来毫无征兆的惊喜。

电梯开始缓缓上升，他才开始平静地立直身体，任凭往事翻涌——曾经相爱的细节，以及后来分开的场景。

而她曾以为这段感情是破碎的，不值得纪念。可是此刻，她发觉自己能够回忆起的，都是一些甘甜的瞬间，它们使她的外表像清晨的阳光般可爱，它们在她的心里面给她挠起那些过往。

每天工作后，他们经常紧挨着坐，不用任何交谈语言，只是冲着对方傻笑，都含着燃不尽的爱意。

她和他牵着手，在街上、在超市里走。他们一起做饭，一起看电视，一起给对方夹菜。他们在一起时，就像两头驴子，转啊转，把时间磨成粉末，然后用粉末揉面，做包子、饺子、鸡蛋饼，吃下去，饱了，心满意足。

还有一天晚上，一片月光，洒在厨房的墙上就不再脱落。

"你是为了看起来高点才带着脑袋的吗？"她嫌弃他不会做鸡蛋煎饼，忙着把他推出那个只够容纳一个人的简易厨房。

"你嘴巴这么毒，内心一定有很多毒素吧？所以，需要吃点甜补补。"他回她。

最相爱的时刻总是用互怼来相处。她经常到这座城市中最高的大厦的一楼门前去买鸡蛋煎饼吃，说只有那家的才最地道。其实他清楚，她喜欢的是能到那大楼里穿梭工作，她的理想就是去那里上班。

明明两个人一起点开做鸡蛋煎饼视频，看的时候很简单，实战的时候才get到买家秀与卖家秀的差距。

"男人一旦帅气而自知的话就容易油腻，别贫嘴了，你还是玩你的手机游戏去吧！"

"是呀，就像女人知道自己漂亮就容易矫情。还是我来吧，你去看你的肥皂剧吧！"

两个相互迷恋的人，总能在一次又一次的锅碗瓢盆、鸡零狗碎、嬉笑怒骂之中来展现恩爱。

朋友们总是笑话他被她套牢了。

而他总回答说，如果没有唐僧，孙悟空一辈子都只是一个泼猴。而她，就是他的紧箍咒。

狗死了。没有一对秀恩爱的情侣是无辜的。他与她，就是如此在人前人后嘚瑟着！

回忆起这些，她的心头就像攒了一朵花开。像她这种文艺女青年都希望能像三毛，自己就是诗，然后嫁给爱情去远方。但剧情总是反转，爱情耐不住平凡，远方荒凉野蛮。于是，诗变了，变成了小说，还是问题小说。因为他爱上她后没学会作诗，而她爱上他之后却容易做梦。就像你跋山涉水去见的人根本不会牢记你，而只会记得自己跋山涉水见过的人。

因为同样的一件事情，人与人的记忆是不同的。

那天下班，她一出门口，无意中抬头看到天很蓝，很好看，所以，她第一反应是拍下来转发给他看，但他却只回了一个"哦"字，她顿时就失去了分享的欲望，再一抬头，她突然觉得"其实今天的天空也没那么好看了"。

而他那天刚上班，电梯技术研发的工作还得上夜班，成年人的生活，除了发胖，其他的都难。虽然他知道熬夜是一种致癌物，可他的ICU[1]就是老板

---

① ICU指重症加强护理病房。

的IPO①，何况夜班能挣更多的钱，他想让她的双手早日不沾淘米水。"狼来了"说三次才信，老板来了每次都准，就在刚刚，他的老板来到公司说要裁临时工。

天气冷得像坏BOSS的心，风刮脸上就像后妈的巴掌，他怎么可能还有心情欣赏她发过来的好看的天空的照片信息呢！

冬日的阳光与心情就像刚烧起来的炭，而冬天说不出的话，他与她准备在春天慢慢说。

"叮咚"一声，电梯门又开了，他看着身边出去了三个人，又进来了一个人，而她清楚电梯到了第十三层，距离自己在电梯里的时间已经过去了10秒，距离她的失恋已经过去了610天。

在没有任何乘客主动按电梯的数字键下，电梯的门始终会保持开着，然后又合上继续运作。

当初的情感，就像烧着了的棉被，没有明火，没有声息。只有局中人知道，它灼热得令人疼痛。也不知何时起，他对她的回应越来越少，甚至是敷衍，她清楚如果失去分享的欲望就成了散场的开端。有一阵子，她发觉自己很像祥林嫂，这么一想，不禁对自己也打出一个"厌烦"的表情符号来。

已经做好的鸡蛋煎饼在夏天的酷热里迅速变味，热烘烘的酸臭气息在空气中流淌。

坐在桌旁吃饭，一盏灯悬在头顶上。

多日来的喧嚣现在突然安静了。她拘谨地嚼着米粒，眼睛时不时地瞟向盘里鸡蛋煎饼却不夹筷，两个人难得的独处时间；他却抱着他的手机低着头时时查看。不管是在吃她用弹钢琴的手烧出来的菜，还是她跟他聊起电影

① IPO指企业首次将它的股份向公众出售，也就是上市。

的内容时，他都时不时偷偷在瞄着他自己的手机，甚至在一次收到手机信息时竟然跑到厕所里回复去了。想到这些，她心头一紧，用余光扫视了他。他每拿起一次手机，她都装作漫不经心，但全部的感官都已经被调动了起来，手虽然还在翻着眼桌前的碗筷，心耳神意却已经飞到了他的手机屏幕上。就像有一晚，深夜入睡了，忽然卧室的一角亮了起来，转头看，光源来自他的手机，却没有发出提示音。她是了解他的，他每次看向手机的眼神就跟当初看自己的眼神般热切，她知道，他肯定"在外面有其他人了"。

但她竭力表现得仿佛没发生任何事，就像他表现得仿佛他未曾和她紧紧拥抱，未曾从凌晨一直陪到天亮，未曾刚把唇贴在她的唇边。

他当然在意他的手机里的信息了，因为裁员信息就要在这几晚发送名单过来，可他不想让她担心自己可能面临失业的危机，所以他觉得自己隐藏情绪的能力还是一流的。只是在守住信息时的紧张后，不得不促使他自己偶尔失神。

他眼神闪烁，在她解读过来却就是要等待时机摊牌。因为她看得出来他身上每一个毛孔都处于紧张之中。

"分手吧！我受够这种日子了。"她决定先行挽回一局，至少她不想让自己难堪，主动提分手是这场爱情里最后的体面。

"为什么？"他的眼里全是诧异，但他知道她已经给了这个问题的答案，她肯定受够跟着他过苦日子了。

对，就是这种眼神，她清楚他是被自己先提分手而惊讶到了。

她边笑边哭，用手胡乱在脸上擦，头发也粘在脸上，呼出的热气在睫毛上结了霜似的。

他抱住她，把她的头埋在自己脖颈里，她的话变成长长低低的呜咽，像个有苦有痛说不出的小动物，只能埋头闷叫宣泄。苦和痛仿佛生了根、发了芽，酿出这样酸涩的眼泪，把他的心泡得酸胀发疼。他为自己无法给她一个美好的未来而哭泣。

那夜，正在深浓起来；满天星，都均匀地散开。

"不好意思，请让让。"电梯里的乘客打断了刚散开的点滴回忆，然后有一半乘客都潇洒地挤出停在23层的电梯。

现在电梯里只有四个人了。

两两相望，止步于对视的瞬间。百感交集中，有叹息，有怅惘，也有失去后的空荡荡，但最终，两人连一句问候也难以启齿，只剩相对无言的沉默，都转向去看电梯里的显示的不断变化的梯层数字。

电梯里的时间过去21秒了，她还有9秒的时间来选择如何开口。不，有可能更短，因为不排除对方有可能就在33层到达前离开。

这场突然遇见，一瞬间的眼神交会，他是猝不及防的尴尬，还是事过境迁后的坦然？她始终还没猜透他，但却希望由他来打破这狭小又僵硬的氛围。

但这个时候的他却看向电梯另一侧的广告海报装愣发呆，许是在回忆青春、那些他们的幸福的时光，以及思考回忆的枉然。

此时空气里的每个角落都渗透了回忆，即使是从手机铃声里听到的那轻微的歌声，都能找到从前的味道。对，这首歌就是她最喜欢听的！可对于当时失业的他来说，听伤心的歌就像漏煤气还去关窗户一样难受。

许是想起了她的这些喜好，他笑了。那微笑如此真实，仿佛他与她从未分开过。是的，他肯定还是爱自己与在乎自己的，他这一笑，让她仿佛又回到了少女时代，羞涩和甜蜜铺天盖地。于是，她决定先开口。

"叮咚！"电梯到达了33层，把她刚酝酿的话又死死咽在了喉咙里。最后她瞪了他一眼。他还是这副德行，永远要让她主动吗？不，要矜持，她一个漂亮的回转，骄傲地走出了电梯。

"喂，那个——"身后终于传来盼望的声音。

她缓缓转身，可是，电梯已经关上了，不过，她快步贴了过去，依稀听到了里面的对话。

"喂？啥情况？前女友吗？"电梯里的他的同事用胳膊顶了他的背部。

"啥呀，都不认识，她一直瞅着我看，我不得瞅回去呀！"他得意地扬起了嘴角。

"也是，这个女的还坐到33层，害我们一直等着她走出去，我也瞪了她一会。好了，电梯里没人了，我们可以开始关闭电梯进行保养检修了。"

路过五指山

好多年没有自然醒过，好多年无所谓黎明！

三十七岁的安安觉得，寂寞久了是会坏脑子的，不然自己怎么会在一年前做这个决定。

花胶在凉开水中泡发了很久，她捻起一条捏了捏，已经软到能用手指不费力卷起的程度，胶厚肉滑，不错，她满意地点点头；接着用清水洗掉花胶表面的尘杂；再把它剪成小块，抓了一把红枣一起倒进不黄不白的瓷炖盅里，看了一眼手机显示屏。是的，隔水炖一个半小时差不多了。

把手擦了擦，纤细嫩滑的双手白白净净，像刚出锅的馒头。

再装一锅水搁到燃气炉上，准备蒸些点心。

昨天炖的是银耳，多了点，存放在冰箱保鲜柜里整整一夜了，再拿出来倒掉就觉得不可惜了。

今天的安安想吃咸味的，便从冷冻柜里挑开了两个小红糖包，从下面取出几个虾饺和烧卖来，满满当当放满一屉，盖上盖子。习惯在冰箱里装满冷冻食品是之前疫情防控期间保留下来的习惯。

在等水烧开的空档时间，她就拿起手机，把支付宝里的淘金币今日任务先给做了。

水开后转中小火，安安转身去了阳台，看了看茉莉花，虽然没有花骨朵，但她还是很用心浇透了水。来到客厅，打开电视机开关，但没拿起遥控器，似乎电视机需要等待预热般。

回到厨房，这时冷冻点心似乎已经蒸好了，上面盖子上的小孔刺刺地冒着白汽。

安安打开电饭锅盖子，蒸汽扑面而来。

再看一眼小米粥。每晚睡前洗米装锅，定了时，这样醒来就能吃。

她舀起一碗热气腾腾的白粥，夹了包点一款一个，再装一小碟自制的咸菜，一同端到客厅的茶几上。

最近她在追一部古代偶像剧，有高颜值的男一号，他是与女一号做CP的；也有温暖的男二号，他是属于观众的，所以也是属于安安的。目前已经追到了三十七集，她微皱眉头，电视剧规定不能超过四十集之后，现在就开始了第一季三十九集，而第二季遥遥无期让人望穿秋水的现象。

剧情已经来到一个小高潮，但无非是又一个女配角在男一身边施展"茶艺"，或者跳到男二面前被怼一气。女一号就产生误解，男一开始追妻，幸得男二解围，最后男一带着女一参加重要场合宣誓女主地位，狠狠打那些女二的脸。

安安吃了一口虾饺，觉得口味一般，明明价格高得让她向往。

按了一下遥控器，想着诸如此类的影视题材，安安刚开始收看时觉得好爽好过瘾，现在不知怎么的只觉得好傻好无趣更是好无聊。

她又喝了几口粥，退出了这个频道，进了另一个电视播放平台，挑了个综艺节目。只想换换口味，她边吃边看，还不忘去支付宝里的芭芭农场做任务领肥料。

"果树"还差5%就能收获了，到时候又能免费领一箱水果。

综艺才看到主持人介绍完嘉宾，粥碗见底，她吃完盘里最后的烧卖，收了碗盘转身又去厨房。

她手脚利落，洗好碗筷后不过才五点半。

窗帘拉得严实，整个房间黑得很，空调口不停钻出浓重的白色暖气，但没有阳光的窗帘布还是冰得发出喊冷之气。

门铃响了！

安安用修长的双手拉开它。她以为门外是有光的。可是，她知道不管多么努力，都抵不过季节与命运的突袭。

是早上了！明明吃过早餐了。对，可，门打开后，有人又关上了它，而自己，就一直坐着，似乎在等人。这里，这屋，这阳台，这厨房，并不是她的家。安安开始回忆，寻找蛛丝马迹。

风自然有了凉意，尤其是安安居住的这样略偏北方的城市，再过个把月可能就要下雪了，所以温度自然高不到哪里去。昨晚她是什么原因下楼的，已经想不起来了，好像是倒垃圾。

哪怕只是倒垃圾，她也怕遇到熟人，换了一条体面的衣服，在全身镜前转了半圈，理了理蓬松及耳卷发，最后取了口红对镜抹唇，抿了抿，安心了才出门。

垃圾桶边上的街灯倏然亮了起来，照得安安脸上一瞬间燃起灯火，那火光与她深邃的眸子重叠，安安仿佛看见幽黑夜空中缥缈的极光，那是一种忧郁而梦幻的美丽。

之前在屋里，空调又给得足，穿再少也不觉得冷，现在被迎面来的凉与灯光一包围，倒叫她忍不住打了个战。行人依旧寥寥，空旷的小区外头，零星驶过几辆车，露出一排崭新的广告灯箱。安安忍不住停下脚步，伸直了缩在外套里的瘦弱肩膀，清淡的目光从那一排灯箱中一一划过。

为了响应冬季马拉松赛事吧，即便这样一个北方偏北的四五线小城，也在一夜之间卸下之前的装饰换上马拉松相关的元素。灯箱是三大一小，都挂着球鞋的广告，前三个大幅的都是赞助了这次活动的大品牌，代言人是时下最火的运动明星，用抓人眼球的广告宣传他们新款运动鞋的核心卖点，或是设计新颖的外观，或者新研发的黑科技性能。

安安收回目光。边上另一块不显眼的广告牌上印着这个活动的主题字：

爱生命，爱自己。

就单单多看了这一行字，安安就觉得自己像是阴暗巷子里的老鼠一样在偷窥着别人的幸福的生活。她不配！

思绪被几声狗吠所打断。

是一只黑色的土狗，没有拴绳，没有项圈，瘦骨嶙峋。犬牙外露的狗。她猜想那一定是只落单的流浪狗，何时走进了小区她也能猜到，保安应该会把它赶离这个不属于它的地盘。

安安想起自己当初那句"踢翻狗盆，翻身做人！"的朋友圈文案来了，那些年始终处在无法带来"情绪价值"的工作时光里。

从校园出来的时候，安安也是公认的小美女，白皙的皮肤，下颌线恰到好处的棱角，英挺的鼻子，眼眸乌黑，眼神清澈如高原上的湖水，嘴唇是好看的桃粉色。

可毕竟不是靠颜值吃饭的时代了。毕业后她换了不少工作，这年头，缺的是老板，并不是她这种员工，接到工作任务时永远回复"好的好的"，但实际上并不好。

看着自己细长的双手来回切换敲击着键盘，灵活的手指如同键盘上的精灵，一丝工作的成就感随着飞舞的手指便升起。她觉得自己真的很努力，加班到深夜是家常便饭，和公司主管的沟通大部分都是在下班后，吃到一半放下碗筷接电话的情况每周都不少于五次。

在小小的格子办公间里，她犹豫着、斟酌着，手指整齐地摆放在键盘上，却仿佛一丝力气都没有。终于，在主管领导的"温馨提示下"她的手指开始飞速动了起来，原来说一个人眼里有星星是真的。因为她经常看到凌晨。

现在的年轻人倒不是不乐意谈恋爱，而是被加班拖到没时间约会，她就是这样被拖到了三十五岁。

对能力强的人来说，什么时候都不是危机，但不容忽视的是，三十五岁是一个人的职业分水岭，要么成为管理者，要么只能被人管理。

她生性敏感细致、温顺迎合甚至自卑自责，这种性格就像一块巨石，沉甸甸地压在她心上。久而久之，安安便愈发疲惫，任何一件小事都成为困扰她的源泉，生活与工作也日益变得沉重。每逢节日、纪念日，她都要花费大量时间给朋友们精心挑选礼物，或者写祝福小作文，似乎一定要让对方"心满意足"她才能松口气。

为了合群，安安经常去做一些自己其实不愿意做的事情，这种"本能"发展到极端，就演变成了失去自我而一味讨好别人，甚至委屈了自己却并不一定能够讨好别人。

因为害怕冲突，她选择尽力去躲避；而越是恐惧，那些本不足一提的交际琐事便放大了数百倍，让她陷入"拼命付出—得不到回报—更加拼命付出—身心俱疲"的内耗怪圈。

这种性格就像三观没有标准，"在乌鸦的世界里，天鹅也是有罪"般的存在。而敏感又成了她自我折磨和他人入侵的切口。

伴随着"噼里啪啦"的键盘敲击声，安安仿佛要把自己的满腔怒气也发泄在键盘之上，像一浪高过一浪汹涌的海浪，敲击键盘的声音越来越急促，在她的手指飞速点击之下，她的怒火终于转化成文字显示在了电脑屏幕上。可是，当领导带着客户准备过来看稿时，她又没有勇气提出自己不同的意见，她觉得长期被 PUA，她只是一个工具人而已。写好的方案又用她这漂亮又修长的双手一键删除。安安对别人的每一分善意都诚惶诚恐。朋友、客户送过她什么，她都要马上想方设法以同等的"价码"还回去，不敢亏欠任何一丝人情，担心给人留下"不礼貌""不懂礼尚往来"的印象。安安总是尽全力迎合别人的期待，同时又抗拒别人的善意。久而久之，过于烦琐细致的人情让她的脑子变得沉重混乱。

渐渐地，人际交往对于她，成了一种沉重负担，她的手也失去了伸张的动力！

工作，无法给她正常的情绪价值！

讨好是一种自我防卫，她觉得只有自己成为别人期待的样子，别人才会给她爱和尊重。

而这样辛苦维系的平衡关系，终于在一次莫名其妙的回怼主管的话中分崩离析，她崩溃地离职，然后在一个空房间里大哭，感觉自己犯了天大的错。

看着电脑屏幕的一次次被驳回的方案，她的手逐渐颤抖了起来，原本行云流水般的键盘敲击声也变成断断续续。坚持了这么久，对方客户竟然还是选了第一稿的方案，这是她万万想不到的，她的泪水一滴一滴落在了键盘上。终于，她咬了咬嘴唇，快速敲下了最后一个文件叫"离职申请"。

辞职辞的不仅仅是份工作，而是那个暂时无法与自我和解的自己。

那年夏天离开职场后，安安开始寻找活着的"百忧解"。

夏夜好长，长到热得让人辗转反侧。瞅一眼时钟，还没过凌晨三点；夏夜好短，短得刚放下手机天儿就亮了。

"宅家，代表着逐渐被社会所抛弃。"安安刚开始是这样觉得，所以必须服从生活的安排，相亲之后就闪婚。黑夜是最好的隔音材料，夜色擦去了光天化日之下无处不在的燥热与喧闹，只用幽暗中点缀的灯光，烘托出生活恰到好处的轮廓。

安安每次打开自家冰箱门时，看着里面射出的光，都觉得那比自己心中的温暖总和还要多。

她结婚不到二个月时突然发病，将饭碗扔到沙发上，还吵着用力拽爱人的头发。这之后的那一个月，安安都会飚着同样的句式，对着所有人漫无目的地叫骂，仿佛永远也发泄不完那满腔的怨恨。

"双相情感障碍"这个词在当时并不流行。有那么一刻，心告诉安安，它不想跳了！

当安安叩响情绪的扳机对准别人时，也亲手射杀了自己。人间很好，但是下辈子她不想再来了，她自杀未果。

大家都认为她得了"邪病"，在不裹脚的时代却被裹了脑，便送到医院来治疗。

周围越发冰冷起来，发着烧的她似乎是四周唯一的热源。

窗外依旧很安静，能听见头顶雀鸟轻啼。

天气是越来越冷了，为了让能多喝点热水，她买了个质量很好的保温杯。这不，一早上过去了，烫了八次嘴还没喝到一口水。她站在镜子前，这次她扎着一个松垮垮的马尾。拂去额角散落的刘海，她认真观察自己的脸。她印象中大家对她的印象都是额头饱满、脸型瘦长、鼻子小巧地翘起来，衬得本就精致的眉眼都灵动了不少。现在呢，她明明看到一张没有轮廓的脸，嘴角自然地下搭，看起来冷漠倔强，又带着点让人不舒适的阴郁。

再仔细看看自己的双手，劳动创造幸福的双手，已经长出了细纹与沧桑。

"安安，安安，你想什么呢？发什么呆呀？"一双发怒的眼神正对着她全身扫描。

安安清醒了，她才意识到，那个忙到五点半的人确实是她，但她只是一个兼职美甲化妆师，那个吃着早餐看着电视剧玩手机的人是雇佣她的女主人。

自从裸辞离开了写字楼的工作，离开了那个闪婚的男人后，她在精神科医院反复出入后的一年，通过劳务中介介绍的工作，只有这份工作让她安心。

离开有空调的办公间，放下"白领"的人设，从敲打文案的脑力活儿中解放，安安觉得自己双手变成了有力量的五指山。她给有需要的人上门做美甲，两座五指山合并用力的时候，她就有了出路。

"麻烦你快点哦，我今天做了这个美甲，是要参加一个重要的文案比稿会的。"女客户急着催促。

"比文案？那跟这手……？"安安有点不解地问。

"我平时的工作就是脑力活儿，天天打字，敲文案做企划的，这次比稿很重要，涂个美甲是为了讲解PPT时露出的双手更加美观而已，哎呀，你不懂的。还是快点帮我弄好它。"她小心翼翼地把左手五根手指头伸得笔直。

"对了，美观的美甲配上你这细腻柔嫩的手，才能显得更加迷人好看哦。因此平时要加强对手部的护理，多多使用护手霜。多涂指缘油，缓解指甲两边的死皮、倒刺等。还有，不要经常用指甲出力，比方说电脑键盘打字的时候，不要有指尖打字的习惯，这样可以避免指甲受力而被磨损，避免指甲断裂。"安安一边收拾美甲包一边嘱咐道。

"哈哈，不会的，我感觉敲打键盘已经不配这样的美甲了。"

"当然，最好也避免接触碱性洗涤剂类的，像洗衣粉、肥皂、洗洁精等各种洗涤剂，可以交给洗衣机或洗碗机代劳哦。"安安看了一眼她的厨房，又交代了一句。

干完活儿后再出门，天已经亮了。

她单手持伞柄，站在路口，左右张望，意图搜寻出一辆公交车。但这儿不是主城区，也不是主干道，来往行车寥寥，偶有一辆私家车，也是闪着远光灯疾驰而过。

风太大，搂着伞直往后翻，安安不再站在机动车道上拦车，她退到马路牙子上，借着棵香樟树，挡些风力。这雨来得过于急了些，她伸出自己的五指，迎接雨水对它的洗礼！

等雨细小了些，她刷了辆共享单车。双手握着车把龙头，双脚用力蹬，踩起来就有飞一般的感觉。

回到自己的家中，她直接步入厨房。早上出门煮的粥刚刚定时温好。对，还有很补的花胶，还有最爱的虾饺，捧着搁到茶几上，再窝到舒软的沙发上，她打开电视机，看起了早上还没看完的偶像剧，剧情又到了另一个小高潮，女主角正敲打着键盘。

朋友圈剧本杀

闭关了。发了这条朋友圈信息后，她才放下手机。但，不到一分钟的时间，她又打开了朋友圈。

在接近四千米的高空。

东城飞北城。不到两小时的旅程延误将近四小时才起飞，旅客怏怏。经济舱空乘有秩序地派发餐食，简单的餐包、矿泉水、冰镇的水果和涪陵榨菜。钟思思随意翻了一下餐盒，没有找到可口的食物，想起刚涂的口红，更加怏怏地不想吃。

为了留有足够的时间拍照，她还提前了两小时出发，拍天空、配美文、换登机牌，选坐了靠窗的位置，因为飞行舒适度，又特地穿了宽松的卫衣，布料软塌塌地贴着肉。主要是会显示出她的随意，这种刻意装扮出来的随意是她最近才学会的招式，就像那种精心描绘出来的"素颜"装一样。她出门前对着镜子思前想后，好在最后明智地系了藕粉色丝巾，拯救了一身行头，当然，相机里的色系不用考虑，怕的是偶遇熟人。才一坐下，她便从包里抽出消毒纸巾给桌板、窗户和扶手消了毒，又悄悄在座位上喷了小资又轻奢的香氛来营造她与世隔绝的空气。远远望去，气势足以制霸整个经济舱。

对，清晨的阳光，已经拍了；脚下的机场人行道，拍了；航空公司的登机牌不拍了；上天空之后的机翼是非拍不可。

当然，担心阳光太烈，钟思思此刻连墨镜也未曾摘下。

她开始修图。接着，发朋友圈。

记得上周的健身图发出来之后，微信上的朋友们都留言一遍后，这几日点赞数量开始慢慢减少。

于是她开始焦虑，失眠，疯狂刷完朋友圈后，发现每个朋友都过得那么开心，她更加失落了，连点赞的手都开始发抖。前晚，看到一个闺蜜的旅行照之后，她直接屏蔽了朋友圈，但今天又重新设置，发现这个朋友竟然还离职了，说要追求诗与远方。这让钟思思自闭了。

昨天一早，醒来的第一件事情就是要制造一个让自己心情愉悦的朋友圈。文案早就想好了，对，现在，就今天，她开始在朋友圈宣布："空中日常，没有电话网络、没有邮件必回，做一回自己，把这里当成我的空中移动图书馆。"

配图自然不能再九宫格了，就一张，足够低调，外加滤镜。

这种腔调是她新的人设。果然，原本已看腻"飞机"二字的朋友们再次耳目一新，那条朋友圈的点赞又创新高。

她每隔三分钟就控制不住要打开微信，看看谁还没有点赞。评论留言也很多，她本来已经第一时间打出文字回复了，但在发送的前几秒又删除了，不能让人觉得自己在时时关注朋友圈。所以，要么不回，要么私回，反正不能秒回。

钟思思满足了。心里无比充实愉悦。

这就是她，一直活在朋友圈里的她。

不过，这么多数量的点赞之后，她发现自己在意小范围的几个人有没有留言。她怕他错过她的朋友圈。所以一直在反复揣测为何他还不点赞。手机信号不好？不存在的。上班时间工作忙？她记得有一次她故意说会在坐飞机的空中想他，他答复说那简称为空想，那次之后，她的心就开始为他绽放了。现在，他为何一直没有关注到她呢？时间，已经到了晚上。

思来想去，她坐立不安。此时，她已经下了飞机，坐在出租屋里。今天拍了很多可以发朋友圈的照片，但她不能一天发两条朋友圈，她得留着下周当素材才好。这点自控力她还是有的。

可他为何还是没有私发她信息呢？她记得早上上飞机前还点开他的头像，他的朋友圈是三天可见的设置，不见新的动态。

夜幕降临，她会习惯性地拉开窗帘，托腮将别人的灯火幻化成自己的风景。此刻这个小区所看到每一扇窗子近在咫尺的灯光后都是她另一个遥不可及的世界。可为了拉近这个世界，她咬牙租到了这里——至少不管是清晨的跑步照，还是夜晚的落地照，都拉长了很多人对她的羡慕、恨。

她来回在屋里走了几圈，手机肯定不是静音的，她不能错过任何信息。再次打开微信时，她又点开他的头像进入他的朋友圈，她愣住了。

她的点赞发不出去了，她的心也没地方可搁了。这个男人竟然在朋友设置里留给了她一条红色的横线。

窗外亮起闪电，将一切照得通明。

咔嚓。

她听见垃圾袋里的快餐盒被踩爆的声音，接着是一阵慌乱的脚步声。她从自己的卧室往外面的客厅大门看去。对，大门开着，室友经常不带大门钥匙，所以，她也有了这个不随手关大门的恶习。

突然间，钟思思明白过来，刚才那道白光不是闪电，而是手机拍照的闪光灯。指不定这一闪光又成了别人朋友圈的风景照。

屋外有人在偷拍。可待她追出去时，窗外的偷拍者早已遁入黑夜，不见踪迹。

"独身女性的危险。"她马上想到了这个文案，配上外面的黑暗，她必须马上再发一条朋友圈，主要是告诉有些"备胎"，她还没有男朋友。

盯着朋友圈，她吃完最后一块巧克力。

屋外偷窥的人是谁？她觉得不再重要了。因为微信里已经"响动"着对她的关注。

不知是熬夜还是上火的原因，她的左脸有点微肿，疼得最厉害的时候，最里面发炎的智齿像埋着团跳跃的火焰，越到深夜，这团火烧得越旺，顺着神经一路灼烧到脑袋，连带着整个脑壳都噼里啪啦地疼。她病恹恹地躺在床上死去活来，除非手里握的手机里的朋友圈来医治。

好几次室友劝她去看牙医，她置若罔闻，似乎很享受这种牙痛的虐感。

东方天际微明，如今正值温暖之春，可即便是清晨，屋内依旧冻得令人手指僵硬。

书桌上摆着展开的白纸，上面撰写了涂涂改改的脚本文字，天猫精灵"早安主人"开始播报着新闻。她摘下眼镜，搁下笔，外面隐约传来走动和洗漱声。这间出租屋是性价比在当下现实中最值得她拥有的，当然，比起美丽的房价，这点隔音不好的缺点根本不值一提。

钟思思是师范毕业的，偏偏又长了一颗易碎的文艺心，英勇又自由的她主动辞了上家平淡无奇的助教工作后就为寻找刺激玩起了剧本杀。玩着玩着，她自己又从玩家变成了写剧本杀的作家。

那个男人，就是玩剧本杀才引起她关注的。好的朋友圈交流，不仅是双向奔赴，还是双向治愈。

《揪出朋友圈的凶手》是她的最新剧本，题目不是她取的，平台给的随机文本，她得完成。

白纸上，已经有了好几个不同的稿子，但她一直觉得不完美。

笔下的男主是个宅男，为了博眼球，从朋友圈发展到了直播平台。从社恐到社牛的转变是她所欣赏的逆袭人设。她是懂人设的。

日常刷剧磕CP很上头，但在朋友圈看到真朋友秀恩爱却极其不爽，这种人不仅只有她一个。她与他很少有时间奔现。基本上拍照发朋友圈，只能靠线上交流。

之前她也担心，线上恋怎么维系好情侣关系啊？

后来，她觉得这是能给出方法与总结出答案的："主要靠双方都没什么更好的选择。"

第一次见面的时候，美瞳加持抢走了大部分的注意力，说不上太精致的服饰，但妆容一定是精致的，看不见毛孔雀斑，浓密的睫毛乱飞，自然黑眼影，扑着粉，红唇线条流畅——

虽然不如朋友圈里的自拍照，但在修图的过程中也可以学会把现实中的自己倒腾好看。

对方长得是好看的，说话的语气也让她觉得极其温暖，虽然他的朋友圈只走高冷路线。

钟思思不好意思一直盯着他看，假装没看见，却用余光看了千万遍。

可能朋友圈的动态交流多了，眼前面对面坐着的时候反倒少了沟通的话题。所以，尴尬又短暂的会面之后，他们又把约会的方式变成了微信之上。

钟思思把跟他的聊天记录反复看了两次，都找不出这种结局的答案。没有任何前兆，没有丝毫端倪。

香烟到头都是灰，故事到头都是悲。

瘦削的身板沐浴在阳光中时，窗外越来越明亮了。裹在烟粉色棉服里的躯干像一截燃烧后的灰烬，有形无神，任何风吹草动都会让她魂飞魄散。不知是冷还是因为等了太久，鼻尖和双颊微微有些泛红，面对镜子里的自己，她只是疲惫地摇头，不时用手掌根抹下眼睛。她有鱼尾纹了。

跟精巧耐看的五官相对，这个根本不算什么。今天，她要交稿，还要亲自去见一个人。

伪装往往容易让人讨厌，钟思思知道。倘若在颜值比自己高的人面前还试图刻意用伪装提高颜值，只会显得更加可怜。那个人也是女的，之前加了微信后，她花了半小时看完了对方的朋友圈，她必须承认那个人比她美。

高级别的装腔应当是一门"相对论"，在朋友圈里面死撑，但现实生活中不得不坦诚。

她想按照自己的心意重新把过去的剧本演一次。可写着写着，钟思思莫名其妙地被分配到了一个坏角色。她想起自己有一年还开过一门早上八点的创作课程，那个学费是一次性交的，如果不来学习也默认签到，除非是请假，而且只有婚假与丧假才可以视为不计费的成功假期。那个学期，有许多学员的爷爷奶奶、外公外婆"去世"。后来她把课程移到了下午三点，再也没有学员的亲戚"死亡"。而这，就是她拯救生命的方式。所以，她觉得自己功德无量，应该是有福报的，情绪就是她的生命。

可偏偏此时有人对她下了狠心，用朋友圈直取她性命，却无人拯救她生命。

她不甘心，"死不瞑目"。她终于下定决心发了一条信息过去。只要没拉黑，那么一切皆有可能。

"我飞回北城了。"

这几个字发出去后只要没有被红线弹回来，她就觉得自己可以复活。

可是，对方已经拔掉了她最后的呼吸插管。

钟思思觉得唯一能够安慰自己的是，她还有很多朋友圈"备胎之友"。

来回倒两次地铁之后，她见到了那个人。回来的第一件事情就是在手机里设置成仅限聊天的权限。对方实在太优秀了，越看对方的朋友圈越焦虑，这种感觉特别难受。

关掉朋友圈，一心写剧本。

工作，有邮箱就行。

可是，每一分钟，她都在焦虑，所以，她决定卸载软件。

之后，她就莫名地更加焦虑。

解密臭豆腐

薄暮时分，他撑着伞来到正在扩建的高铁站前，天空中乌云沉沉，没有要散的迹象，不一会儿，雨就越下越大了。

卖臭豆腐的老头儿正准备收摊，油锅里依旧香气缭绕，周鸣咽了口唾沫。这东西四棱八角长方形，竹签串成一行，遍撒芝麻、辣椒，臭味熏出八里，可吃起来软玉温香。他赶紧上前将已经炸好的最后几串买了下来。

站在滩地上，雨水落在伞上发出"啪嗒"声，而后在伞面顺着伞骨蜿蜒行进，最后从雨伞黑色的边沿坠下。他并不急着吃，而是把目光越过朦胧的雨水，找一把长椅坐下。此时马路上行人匆忙行走着，他眼神空洞地看着人们来来往往。如果人生可以重来一遍的话，现在自己是不是也在他们中间，跟他们一样？这样自己是不是就不会像现在这么后悔了？周鸣又问了一次这个已经问过自己无数遍的问题，答案还是一样。

他再也按捺不住了，用手抓起一块臭豆腐就往嘴里塞，险些被烫了喉咙。臭豆腐外焦里嫩，味道酸辣爽口。还是这种味道，可是，如果那人还在的话……可惜，没有如果，人生已经至此。

眼泪不知不觉流了下来，这点儿从体内带出来的温度，与外部的寒冷相对着。这雨似乎是微热的，前面行驶着摇晃的公交车，空气中隐约飘来臭豆腐的香气，这些都像那些不可磨灭的冬天的故事一样，刻在周鸣的记忆里，一经勾动便翩然而至。顺着雨水，他微闭着眼，又觉得脑子迷迷糊糊的，多年前的雨雾仍旧包裹着他迟钝的意识。

天鹅绒的窗帘布遮光度十分好，卧室里一片幽暗，视觉受限后，听觉倒分外敏感，似乎门外有人说话的声音，他甚至想象出了雨水从暗绿的叶子间滑落的瞬间，滴滴答答的。床头柜上摆着保温杯，他坐起来，喝了半杯温水，看了一眼闹钟，才凌晨五点十三分。他是个学生，他的学校离这里就只有3分钟路程，因为这个屋子就是学区房，所以他可以比其他同学多睡上半小时，这正是他上学后最满意这个家的地方。可偏偏，吵醒他的并不是雨声。

门铃响了。这是谁啊？真讨厌！

他带着满肚子怨气，穿着棉拖鞋，跌跌撞撞地走过去开门。

"不好意思，打扰你了，我们……实在不好意思，因为听说你们是同学，所以，所以，想借用一下。"一位满头白发的中年妇女哆嗦着不断说着话，"因为时间太早了，学校还没开门。"

周鸣听不大明白这个"睡眠侵略者"到底是何意，莫不是什么精神病患者吧？他准备不予理会而关门。这个时候，大妈身后跑来了另一个人。

一身鲜亮的粉橘色羽绒衣，挎白色软皮双肩包，柔顺光泽又能及腰的长发上"别着"几朵雪花。她笑意潺潺，乌黑的杏仁眼弯起，灿烂芳菲，落在他的眼里，恍若初春最明丽的花。他睡意乍减。

"不好意思，周同学，我只是随口这么一说，想不到我妈竟然过来打扰你了。"她微微欠了一下头，又转身对着那个大妈说，"妈，不能打扰人家，走了。"

周鸣自然是认识她的，徐海棠嘛，同班同学，只是他从来不知道她家住哪里而已，基本上高中都是走读生，大家都是晚自修后各回各家的，除了是小学与初中都同步一起读书的同学才知道家里的住址。到了高一，就不再是同一个学区来的同学了，有很多都是外地或是其他区域过来报读的。

"进来吧，进来吧，徐同学，怎么了？你们这是有什么问题需要我帮忙吗？"周鸣虽然不是一个热心人，但如此寒冷的冬天一推门就遇到"主动"上门的"春天"，他自然是得过问的。

"是这样的，因为平时都是我跟她爸爸一起出摊，但今天他爸爸有点发烧，海棠又不放心我，所以就跟着我一起出门了，我们从出租屋到这里需要半小时，然后到了这儿，发现学校还没开门。她一个人在路上也不行呀，我记得她说对面这里就是同学家呢，所以想让她来同学家坐一会儿，过会儿学校开门了再过去。"徐妈妈说了原因。

"哦，没事没事，那你进来吧，那个，去书房吧，那边安静。"周鸣一下子反应过来，可是他很难想到，原来徐海棠的爸妈是在学校门口摆摊之人。

为避免尴尬，周鸣指了指里面的方向，说自己还要去补觉，就回卧室去了。这个年龄的同学之间是不需要客套话的，徐同学点头微笑，也就往边上一间开着门的或说是没门只有一个屏风隔开的屋子走去——这里确实是算书房，徐海棠愉快地抬起头。这个房间的气氛跟屋子外面的客厅全然不同。这是个男生学习的房间，四壁一列列的书籍，椅子都大，虽有点破旧，但却舒适。书桌上堆着一些零乱却又再熟悉不过的试卷本，茶几上也都零散地躺着一些书本。

徐海棠并没有学习，而是一直打量着这些，透过窗户看到马路对面的学校以及母亲在冷风中操持着。与自己的遭遇对比，她心中有对同学的羡慕，也有不甘心，但她始终咬着嘴唇没有表达出来。周鸣想请她一起吃早点的时候，她说自己吃过了，吃的是豆腐。周鸣这才知道，原来她家摊位就是卖臭豆腐的。

他可不喜欢吃臭豆腐，毕竟，他从来没有吃过。

"你是没吃过，还是不喜欢吃？"徐海棠看着他一脸不可置信的样子问，"或是，你可能对臭豆腐有所误解吧？"

她开始讲解了起来："我知道你想什么，很多人也一样，总把臭豆腐的臭味跟过期的脏联想起来，其实，我们是先将青矾放入桶内，倒入沸水用棍子搅开，放入豆腐浸泡两小时左右，捞出冷却。而豆腐放入卤水内浸泡的时间也很长，像夏季浸泡五六个小时，现在这天气就得两天了。泡好后取出，用冷开水略洗，沥干水分，再将茶油全部倒入锅内烧红，放入豆腐，用小火炸约5分钟，一待焦黄，即捞出放入盘内，用筷子在豆腐中间钻一个洞，将辣椒油、酱油、麻油倒在一起调匀，放在豆腐洞里就行啦！"

"哦。"周鸣的嘴张开很大。

"发酵时间至少半个月，每天搅动一次，发酵时间越长越好，有时候甚至发酵半年以上。发酵成功之后，就成了臭豆腐卤水。所以呢，你不要嫌弃它，要不是为了我上学，我爸妈也不会来这县里租房，又因为要生计，才学会了这活计。"

周鸣接话道："我还真没想到这里面如此讲究，我一直以为臭豆腐的做法简单粗暴。我平时经过那些摊子，都见老板随手抓起一把臭豆腐放入滚烫的油锅中炸上一两分钟，倒进盒子里，最后再加上孜然、辣椒油、醋等佐料就好了。"

"下次我请你吃。"

周鸣还记得第一次吃到的臭豆腐就是徐海堂请的。当时晚自修结束后，学校门口成了一条夜市街一样，一路过去会有许多美味可口的小吃。他平时没在意，可有一股臭味吸引了他的脚步，走到摊前，他见到了徐同学的爸妈，臭味似乎也变成了香味，甚至有种迫不及待地想品尝这热乎乎的美食。徐妈妈一眼认出他来，说女儿交代过一定要请他吃的，所以硬是不收钱。周鸣端着这碗臭豆腐，一个人溜到离家边上的小路边，坐在石椅上，用竹签夹一块豆腐，细细地品尝起来。豆腐一入口，香酥可口，外焦里嫩，咀嚼时酱汁顺嘴流淌，刹那间嘴里充满着微妙的臭香，配上那绝妙却特别鲜美的汤汁，撒上白芝麻香菜，确实令他欲罢不能。从那天起，周鸣就喜欢上了这好者趋之若鹜、恶者如见豺狼的臭豆腐。

每次在学校门口经过，总能听到"好吃的臭豆腐，又香又辣的臭豆腐嘞"的叫卖声，总能看见不少同学围在小摊前，争先恐后地买徐家爸妈的臭豆腐吃，似乎在周鸣的脑海中，伴随着他高中二年生活的并不是阵阵读书声，而是卖臭豆腐的吆喝声。

"来两根牙签！"不管是周鸣买还是徐海棠带，都是两根牙签，因为都会与另一个人一起吃。

夜幕中挂着小贩们的零星灯光，晚自习的学校里灯火通明，亮如白昼。周鸣的情绪总是被温热的整夜香气卷着，推开，泅进那些灯火照不到的角落里。

鼻息炙热，气息交融，暗潮涌动。

如果没有那件事情的发生，周鸣应该是可以跟徐海棠成为更好的朋友的。据说有同学家长举报了，说是有学生在学校门口乱吃了东西引起了肠胃炎，接着学校的保安与外面的城管加入了管理的阵营。这种事情很常见，可偏偏周鸣关心则乱，在班里的时候当着好多同学的面问起徐海棠："你家的摊位也受影响了吧？"

是的，徐海棠爸妈就在学校门口摆摊这件事情，只有他们四个人才知道，班里的同学、学校的老师都是不清楚的。可能是对于青少年时期高自尊的保护，徐海棠的父母也特别能理解自己的孩子。平时徐海棠经过时，也不多说话，当成陌生人经过一般。

知道这件事情之后，班里的同学并没有多说什么，本来劳动无贵贱，徐爸徐妈也没有做错什么，靠自己的辛勤劳动而已。可偏偏同学们嘴上没有出什么恶言，但眼神上却开始孤立她。虽然还是以前的学习小组，也是照旧的同桌，同样的二点一线，但徐海棠还是能感受到大家对她的孤立。

"难怪她浑身都有臭豆腐的味道。"

"喂，周鸣，你不会跟臭豆腐在一起了吧？"

"她爸妈也好意思在学校摆摊呀！"

闲言闲语就像热臭豆腐下面的小火星，刺啦刺啦在烧，把用来包裹住她的尊严之壳敲出了缝。

裂缝越来越长，越来越多，她阻止不了，还有一些迟来的叛逆野蛮生长，从裂缝里钻出来叫嚣。后来，周鸣听心理医生说，这也是一种校园欺凌。"孤立"这一类精神霸凌现象是长期被忽略的，这在很大程度上既是因为从教师到家长都认为伤害不大，"不严重"，也是因为殴打等身体霸凌有动作过程，会留下伤痕，被拍下照片或视频易于传播。而精神霸凌是不可见的，也无法形成影像记录。被孤立的人会在被孤立时下意识地怀疑自我，认为是自己的某些行为或天生缺陷才不受人待见，以至于招致他人的孤立。这种自责和自我怀疑，若后续没有得到解决，极可能又会在今后的生活里不断出现，严重者，将持续影响自我评价以及对亲密关系、友谊或同事等人际关系的处理方式。人在遭受社会性拒绝时被激活的脑区与身体疼痛时被激活的脑区是一样的，这证明当自己被孤立时感受到的痛苦是真切存在的。

压力很大的时候，情绪会极度低落，徐海棠好几次吃完饭后，都会有些呕吐的反应。那时候的她还不知道什么叫厌食症，特别是闻到臭豆腐的味道，她甚至都会难受到窒息。回到学校，看到同学们的眼神，听到的仿佛都是嘲笑声、都是在她的背后的指指点点。

周鸣不知道如何安慰她，只是用直男式的语气递过一张纸条，写着："虽然臭，但对喜欢吃的人就是美味。不用介意别人的看法，活出自己。"

徐海棠也回了一句："所以，再美味也还是臭。"

她之后高考失利，再之后，与他没了联系。因为，对于大脑而言，心碎的感觉和摔断胳膊没什么分别。

"长记海棠开后，正伤春时节"，"长记"二字痛极，多少遗憾的往事，时令更迭，花开花谢，她并没有被周鸣搁浅在时间之外，而是一直停留在记忆中臭豆腐的香气之中。

瞧，手中就是美味的臭豆腐：金黄酥脆的皮，鲜嫩可口的心，火红的辣油均匀地涂抹在豆腐上，翠绿的葱花散落其间，简直就是世上最好吃的东西。

徐海棠没有上大学，她逃得远远的，逃离了家乡，逃到了家乡高铁站的另一个方向。

凌晨四点半，天还很黑的。周鸣把烟吸得很猛，烟在体内滚了一圈，割着喉往外冲。连鼻腔都被刮得生疼才闻出那熟悉的香气，他走出高铁站门口时，就看到五米之外的她了。她支着卖臭豆腐的摊子。

"好吃的臭豆腐，又香又辣的臭豆腐嘞！"还是熟悉的声音，只是不见了她爸妈，而是她一个人。

胸腔的余烟尚未吐净，他再猛吸一口，试图让火星亮得更久一点，能引起马路对面那人的注意。终于找到她了，周鸣的心脏成了热泉里的一条金鱼，被水烫得只想往上蹦。

可能正值节假日高峰期，高铁站的交通堵塞，人群拥挤的进站口见惯了这座城市的拥挤。一截拥挤的车厢，里面装着形形色色的人，可以碰到各种奇怪、有趣的事情。背着方块形的电脑包疲态渐显的上班族，神态麻木但还是拿起手机刷起来的中学生，谈生意回家的男子，抱着孩子的年轻父母。周鸣太熟悉这样的场面了，因为他当了列车的乘务员。但他图的不是车内的拥挤，而是车外的风景。不过，他喜欢观察这些乘客。有把欣喜挂在脸上的人儿，也有无法掩饰的惆怅，还有麻木疲倦的面容。更多的时候车厢里会出奇地安静，放眼望去，原来大家都低着头看手机。在这拥挤的城市里，仿佛装满上了锁的灵魂。

每次上下班，在高铁站门口的马路对面，他都能在同一个地方看到她。他没有问徐海棠是何时接过这个摊位的，也没有打听她是如何从臭豆腐的阴影之中走出来的，更不想知道她逃离的到底是当年那些人还是臭豆腐。他只想日复一日出现在她面前，直到她抬头微笑，直到她递过来一串臭豆腐还能放两根牙签。

"臭豆腐让我找到了幸福。"周鸣一度很自豪地回答。

"臭豆腐给了我痛苦。遇到买臭豆腐的你,治愈了我的过往。"徐海棠只回应了一次。

徐海棠其实长得挺好看,可是这么多年没人教过她怎么靠脸吃饭,她始终执着地要靠卖臭豆腐谋生活,久而久之便忘了自己好看这回事。她在自己熟悉的领域里既自信又从容。

有她枕在他臂弯,费力地回身来,一串臭豆腐,两根牙签,便可相伴三生。可惜,列车来来回回,日子反反复复,下班可以收摊子,可故事并没有好的收场。多少感情在甜蜜的时候像一块含不化的糖,而糖衣突然消失的时候,却只剩黄连般的苦。

在摊子面前,已经过了很久了,可他还是那样站着,就像能站出个地老天荒来。

连日阴雨,秋天总有伤心事,想起来就哭一阵,怪烦腻的。

雨水打破了周鸣的平静,倒映其中的回忆影像支离破碎,直到臭豆腐的香气又一次如浪涌起,灌满他的胸口。

就像此时,喧闹的报站声中,列车到站了,他跟着人流走下车,走出车站,买了一盒臭豆腐,却只要了一根竹牙签。

疯言疯语

"自从我得了精神病，确实精神多了。"

小慧挂电话前只交代了这么一句。是的，所有的悬而未决，都是一场煎熬，现在她决定了。

带了好几套换洗衣服放进包里，换上运动服，穿着平底鞋，甚至化妆包都没瞧上一眼，拎着一个蛇皮袋，她没往小区的正门走，而是走到了小区的侧门。那里的栏杆作为与外面的分界处，从前年起就被人损坏了，现在从绿化带上攀上一个不足一米的台子，再弯腰一跃就能穿过围栏到达外面的世界，就看到了马路，也是小慧重新开始的人生之路。

想起来过去的数十年，自己每天早上照着镜子化上至少半小时的妆容，打理过的头发能服帖到每一根发丝，再从衣柜里挑出触感微凉、立体剪裁的职场外套，那衣服甚至可以让自己的打工魂儿都能穿进去。当时最痛苦的烦恼是"今天上班应该穿哪件"。

想起前几周节假日本以为商场有促销活动，可到了那里全都是价格不菲的精品女装，偏偏同事与好友们都要求说穿成都市丽人是时代的脚注：V领、圆领、小立领，单扣袖口、翻边袖口都有，主打一个看起来精明利落；褶皱、蕾丝、细绑带可以有，元素必须足够"女"，但不能多，要不然看起来"不专业"；哪怕是定制款，剪裁必须是修身的，即使不是贴身的，也要垂坠感很强的；每天换着穿熨烫服帖的华服美衣，捧着冒着腾腾热气的卡布奇诺，在咖啡厅随手甩开笔记本，哐哐敲键盘。脚踩高跟鞋，哒哒哒地走在上班路上。脚步声越脆，打工人越累。表面上看起来像奔跑走在CBD写字楼下，似乎身边个个都又狠又飒，工作干练利索，生活中带着悲天悯人，三分杀气，足够的智慧，然后妥妥拿捏小职场，像是走上人生巅峰的安迪。下班后以为会有三五好友聊天，有能在西餐厅送玫瑰花的爱人，这真的是电视剧看多的职场表面现象而已。

小慧没住院之前是个新媒体编辑，采访他人的事件，为人所见、所闻、所触、所感，心中便生出了诸多情感思绪：草木有荣枯，禽鸟有往还，年年岁岁花谢复花开。

纵然她每天穿得光鲜亮丽，说是对工作的尊重，但心中满口"黑话"发出来的却是夹杂中英文、拿着美式拿铁星巴克提神的打工人。早晨用沙沙响的塑料袋子吃早餐，呼着汽车尾气进地铁站，爬三四十台阶出地铁，走一眼望不到头的地下通道。都市新白领的高跟鞋进地铁站不住，裙子坐久了会起皱，可她没法子，她只是困在生计里的打工人之一。

她的个性签名跟诗一样，但实际生活过得和屎一样，未被表达的情绪永远不会消失，它们只是被掩埋了，有朝一日会以更丑陋的方式爆发出来。"让负面情绪"转正逼自己快乐，是一种暴力。

住院之后，小慧还是想当一个编辑，记录真实的院内生活。别人精神焕发，她说自己"精神病发"，她记录了住进精神病院的温暖——一个不为人知的温暖。一个能够给予她与无数的TA希望和力量的温暖，一个让大家知道，即使世界再大也有人愿意与她同行的温暖。

希望的田野是在院里找到的疯狂，藏在小慧不时"发癫"的疯言疯语里面。

进门狭窄，上头写着"东城精神病医院"，进去之后别有洞天。这是一所可容纳几百人的以精神科为主的医院。通往住院部的一条小路边上真真假假的植被茂密，到了夏季，宛若置身热带，边上还放着好几张白色靠背椅，甚是让小慧惬意，那是第一次进医院时她最喜欢的地方。

"我第一次来医院是探望一位曾经的采访对象进来的，当时他因为焦虑症发作而住院，可后来他变了很多，没有我想象中的焦躁。显然在外面不能安分守己的他到了这里也会乖乖服从白大褂的话，闹腾的话还会被约束起来，很明显，他不是用服从两个字，而是习惯，而是喜欢。他说，'在这里，我多年的作息被调整规律了，准时吃饭睡觉，手机之类的身外之物也被统一保管收走，我的脑袋特别简单，只有那种在脑袋上贴电极片的物理治疗。'"

小慧竟然羡慕起他来了，绝对让她想不到的是，她回去后，就莫名发现自己情绪极不稳定，工作与生活弄得很糟糕，只有再来这个医院，挂了门诊，才得知自己也是重度抑郁。

小慧说"我要住院"，家人们觉得她疯了，但对于第二次来到病房的小慧来说，病房就是一个踏实的庇护所。她说自己男朋友日常对话就回个"嗯"，所以，她就算有遗言都不想说了。她再也不用看手机天天盼着他的及时回信，如果不回就想"是不是有什么事发生""是不是不爱我了"。

"生病发作的表象下，是我对束缚的抵抗。我只有在这里才找到生命的力量，自由的意志不属于除我之外的任何人。"小慧接着开心地说，"你看我现在连化妆都不用，之前有多累呀，我现在想怎么穿就怎么穿，素面朝天。这个时代的审美，是我得自然、随意，非常不费力，即使我已经装得很用力了。正襟危坐落伍了，我还得身披马上能去野营的冲锋衣，或者下班就要蹦迪的瑜伽服，踩着高跟鞋，才有灵气、有腔调，才能像一个松弛的职场人，才是一个真正意义上的都市丽人。我真的太累了！特别是在职场还要应付各种各样的奇葩，明明心里已经咒骂几百遍了，可脸上还堆着微笑。领导不下班，我们永远在加班，客户是上帝，我们是努力的奴隶，没有任何尊严，不，连情绪都隐藏了。

"不过，一切现在都结束了，你看，院里还会庇护着我的自尊，当外界给'抑郁'贴上矫情懦弱的标签，当我觉得拖累家人而不停道歉，当我的心理问题被人当作茶余饭后的消遣，医院里的医生与病友们都会告诉我，没关系，我只是病了，而生病不是我的错。

"毕业时，让我必须考研。考研失败了，又让我考公。考公失败了，就觉得我的人生都完了，只好边工作边考各种劳动技能。也许以前上学用力过猛了，现在考什么都感觉记不住，就考不过，我也没有了任何的希望。当然，在院里不一样，它还庇护着我的希望。那时所有人都说我的学业、事业都被这个病毁了，我的未来也没有什么前途可言了，甚至开始把我贬低成心理有问题的疯子。

"在院外，我每天焦虑，一紧张就要买甜食，吃了甜食又发胖，发胖又焦虑，焦虑又拼命买买买，一直循环着，我都无法自处了。

"但这里的咨询师们坚持开解我，同样忍受着极端负面情绪的病友还拉着我一起对抗病。

"我与同层的几个病友盘腿坐在病床上互诉衷肠，有小学被父母离异影响的女孩子，有刚上初中叛逆的男孩子，刚考研上岸文文静静的大学生，又或者是创业多年的经商老板。

"想玩游戏就玩游戏，人人斗地主，天天爱消除。

"反观职场的同事，情绪相通但注定不敢互诉，担心背锅，朋友与家人之间虽有共情但容易道德绑架，总觉得我是怪胎或是过于矫情了。但病房里不一样，虽然我们年龄、身份、经历都不一样，但可以肯定的是，每个人都在与这个几乎消灭人类生存意志的情绪做抵抗。我们喜欢做各种不同的团体督导，来收获彼此相应的情绪反馈。而在职场呢，公司也经常举办所谓的团建活动，拿着我们的休息日时间然后集中在一个地方给我们喊口号洗脑，我真是对此厌恶之极，可每天想离职千万次，还得装出对工作依旧如初恋般坚持。小时候总很羡慕精致白领，进入职场后一看，果然工资白领了。

"你知道吗，记得小时候，我特别喜欢玩捉迷藏，每次都会躲进家中的大衣柜里。当我待在漆黑的衣柜里时，不仅不会害怕，反而觉得特别惬意。我也曾躲在被子里尝试大口大口呼吸，很多次觉得不安全或者情绪波动很大时，就躲在被子里，然后心中默念'我是安全的'，慢慢就平复下来了。我的被子为我撑起了我的边界。

"不知道你有没有同样的感觉，当我身处某个特定的地点，或者做某件特定的事情时，总会莫名地感到放松又安全。在公司上班时，洗手间对我而言是一个他人永远不可能打扰到的地方，每次进入洗手间并锁上门时，我都感受到无比安心。

"曾经我在学校感到不适，于是休学躲在家里，然而家人不能给予我足够的尊重，每当我锁住房间门时他们都用钥匙打开。所以，洗手间成了最后一个能让我独处的地方。与其说是恢复角落，它更像是现实中的庇护所。而我在职场时，当时唯一能收容、包容我情绪的地方是洗手间，我本以为每次躲进洗手间就能缓冲一下我的情绪，可是后来公司制度出来了，说我们是带薪拉屎，超过三分钟就得扣钱，连洗手间这个最后的避难所都失去了。我边上有几个病友也是这样，他们有的选择无人楼梯间或是顶层的阳台。这些人都是从小到大一直缺少自己的独立空间，在学校想要独处很难，顶层无人的楼梯间或阳台都是承载我们所有失落情绪的地方。

"而现在在院里，不用理会外界的误解偏见，我们的情绪自由，这里总会有人跟我站在一起，支持、关注我们不被人理解的痛苦与烦恼。职场或生活压力因素，如经济压力、家庭冲突和社会期望，也可能导致易感个体，出现躁狂症的病友，我们都相聚在一起避难。

"上学的时候家长说要专心读书，切断任何恋爱的幼苗，一毕业又马上逼着我找男朋友。有了工作之后，又是安排各种相亲。我感觉自己的求学、恋爱，甚至往后的婚姻都是家人安排的，容不得我半点自由。我一想起来就喘不过气。我不明白为何我就要按照这种人生轨迹去做一个活着的提线木偶。我尝试过几次提出自己的想法，但都被他们拿所谓的传统目光打断了，说大家都是这样过来的，我感觉自己就是一个人走在独木桥上。

"自从来了这里后，至少让我明白我从来都不是一个人走在这条路上。放下世俗的眼光，放下那些无法理解的痛苦和挣扎。我们找到了彼此——那些能够理解、支持和关心我们的人。我可以在这里展现真正的自己，没有顾虑，没有束缚，也可以在这里获得一次深度的休息，找回那些失去的活力。

"这是一个不为人知的第三个精神世界，一个充满了痛苦和挣扎，但也充满了希望和温暖的世界。在这里，我们每一个人都在努力地寻找着自己的方向，寻找着那个能够让心灵得到安宁的地方。我们知道，无论未来的路有多么艰难，我们都不会孤单。我想说什么就可以表达什么，我不想说话的时候就可以安静坐着。我可以对自己不喜欢的人或事，勇敢拒绝。

"就像从家里出门时，我一把带上柜门，顺便抽出了不分款式的服装，穿上最舒服的鞋子。把一切焦虑归于暗处。这个世界上哪有那么多的都市丽人，大家都是为了生活努力的人。

"人间四月天，是 N 次的焦虑与抑郁之后。

"所以，我喜欢住在这里。在发光和发热之间，我有权利选择'发疯'。那种如释重负的感觉，也让自己从繁杂的生活脱离出来，恢复如初生。

"但我们知道，我们不可能永远生活在这里，那么这个问题，就又重新成了我们的发病理由了。"

财源滚滚

周小白终于决定结束打工生涯了。本应该是庆幸的，但此时的他却连下班的解脱感都没有，这份辞职的勇气怕是梁静茹给的[1]。他径直赶往能坐向郊外的偏僻的公交站。赶上末班车，幸好还能找着一个空座位，公交车都比他幸运，被人赶着抢着要，他自我嘲笑了一番后任凭身体随着车子的摇动而摇晃着，迷迷糊糊地打起了瞌睡。

在深夜的公交车上，没有早晨上班高峰带来的那种令人窒息的紧张感，但却飘荡着颓废的疲惫和都市里特有的带着无奈的一天下来的倦怠。

周小白在年初就给自己定下了财源滚滚的目标，眼看又是第二年的年初了，他只实现了四分之三——"圆滚滚"。终究难以满足的剩余三分之一期待又将演变成新一年的目标。

这是他再次失业的第一天晚上，他没有约好友喝酒打发苦恼，毕竟正常的人际交往也是需要钱的，一瓶文艺气息的"江小白"酒都比他珍贵。路过一家还亮着灯的小店时，他摸了摸自己瘪得慌的肚子，又咽了咽喉结，走了进去。

---

[1] 指梁静茹演唱的歌曲《勇气》，常被网友用来调侃。

从小店出来后，再走进小巷子里，听到一阵婴儿的哭声。

该死的，是猫把春天给叫来了！

他不敢回家过年，成功躲过了过年的热闹与落魄。他也怕这季节，怕面对没有希望的春天。前几日他走在路上，柳絮扑面而来，夹着倒春寒气一口吃进嘴里，啊……啾……此间滋味，怎么算是有希望的春天呢！

"穷"真是万恶之源！他朝自己快要到期的出租屋门前，含着一口痰骂了一句。

想起来，曾几何时，他也算是"月光族"的一分子，那是他们年轻人最推崇的生活方式。尚未成立家庭、暂无养老负担的他们可以"一人吃饱，全家不愁"，有大好的时光、大把的精力，全部工资收入都能用于提高生活质量。但是，现在呢，是什么让大家以及他都换成了精打细算的生活方式？

最直接的因素可能是过去几年挥之不去的疫情阴影。突如其来的灾难，让很多人无法工作而没有收入。曾经的储蓄便成了救命稻草，给身处不安中的人们带来一丝安慰，但即便疫情过去，它所昭示的生活的不确定性也不会消失，时刻鞭策着周小白理财、储蓄，以备下一次风暴的到来。

更长远的原因则是，周小白发现自己确实缺钱。像他这个年龄的人，错过了二十世纪八十年代的改革开放、九十年代的经济迅速增长。初出校门的他，下海经商没有原始资本，独立创业面对一片红海，实现财富积累的方式最普遍的方式只能是进入企业打工，拿一份死工资。可现在呢，工作也丢了。

与交往了一年的女朋友的感情也出现了危机。

前女友小葛骂他就像冬天里的煤，温暖完后就只有渣了，事实上前女友是跟一个有钱的男人好上了。

"你可以绿我，但不可以绿我的基金。"——因为他太缺钱了。

在没投基金前，他靠定期存款也存了一笔钱，可最后还是因太年轻缺少阅历，竟然借给了一个网络里认识的所谓的朋友急用。想不到两年过去了，对方一点还钱的意思都没有，再问时对方就向他要借据，可偏偏他搬出租房时丢了借据，而向他借钱的这个人是会赖账的。唉，这一切真是糟糕透了。

精神最紧绷时，他坐在电脑前哭，可求职的手也没有停下来。真的是"世人慌慌张张，不过图碎银几两"。

可偏偏就这碎银几两，压塌了他的肩膀。谁不曾在一个个疲惫不堪的夜晚想过一万次放弃，却又在第二天清晨强打精神咬牙坚持。他父亲得了重病，母亲带着弟弟陪着父亲前往他工作的城市寻求医治。治疗了一两个月后还要继续观察，所以，一家子就挤在了出租屋里。再委屈，再辛苦，哪怕单枪匹马，也只能一往无前。疲于奔命，是因为周小白别无选择。

如果说穷人和悲惨的人是受了贫穷和苦难的逼迫，那么，忙的人则是受了名利和责任的逼迫。

渴望财富，并不是因为爱钱的缘故在拼命搞钱，同时，周小白却似乎又比任何人都清楚，金钱只能是工具，而远非目的。追求财富也许并不是为了香车宝马、锦衣玉食，而是为了它所带来的独立与自由、自主与自足。而沉迷理财与储蓄，不仅出于对当下充满不确定性的生活的不安，也由于对高强度、快节奏的螺丝钉式工作的不满。

所以，这份不满沾染着矛盾，让他下岗了。

深更半夜坐着公交车回到出租屋，次日清晨他又要坐第一班公交车赶往工作地点。他也想过，如果在这期间，即使跳槽调换工作，工作场所和生活居所之间的往返轮回也不会有所改变。本地人亲切称他这种人为新居民，实际上就是买不起房的外地人——没有居所的人才叫新居民。

他从二流大学毕业六年多了，"出人头地"只是字典里的成语。不过在平凡的道路上走来，也算不上有较大的挫折，也很平常他认识了一个女朋友，在离市中心的写字楼有一小时四十分钟公交车路程的郊外，与人合租了这么一间小小的安乐窝。

但是，到了这年龄，他马上就意识到自己受到了时代的冷落。人才公寓的队伍太长，自己专业的能力也没有特长，与公司的任何领导或是混得好的同事派系没有任何瓜葛，以后要跳跃式提升是不太可能的。

　　所以，他清楚自己的平庸以及平庸带来的危机感。他的存在对公司的发展决不会产生影响，有或没有他都无关紧要，他不敢接受新的项目挑战，就算有项目他也觉得不是考验他的机会，而是公司让他走人的借口，所以他提出了离职申请。在迷迷糊糊中好像听见播报自己要下车的站名后，周小白从座位上站起来，走下站台。他感到包有些沉，也许是那份离职申请单就放他的包里。

　　周小白回到家，年迈又慈祥的母亲还在客厅看着音量为零的无声电视，他清楚，其实母亲只是习惯想等他下班而已。

　　"哎！你回来啦！"

　　她坐在电视机前回头瞥了一眼，然后一边把电视机关掉一边说道。

　　"爸和小黑已经睡下了？"

　　"你爸今天状态还不错，晚上吃了不少饭！小黑子今天学校要参加团体活动，他没报名，所以早早就应该休息了。"

　　母亲打着哈欠说道。

　　"为什么不报名呢？他从老家学校刚转到这里来，有活动就应该跟同学们多接触！"不过，他刚想责备说下去的时候，突然明白了他弟弟不报名的原因，想必还是钱的原因。他弟弟虽说比他小十来岁但一向很懂事，知道自己家里穷。

　　"我去看看他，你早点休息吧！以后，不要等我回来呢！太晚了，不过，以后也。"他朝母亲笑笑没再说下去，没了工作，就没了以后了。

　　母亲也没有资格劝他早点下班，因为她也清楚早点下班意味着周小白的父亲的医药费可能就续不上了。

　　母亲终于从电视机前慢吞吞地站起身来。

周小白与弟弟住的房间里临时搭建了上下铺，最早是室友的屋子，他把自己原来的屋子让给了父母，兄弟二人为了省钱将就在沙发的两头睡下，但室友看着他们一家子住着，所以早早提出退租了。已是深夜，但明天开始就可以好好休息，所以他还不想马上睡觉。对工薪族来说，次日不用上班的前夜是最高级的享受——对于次日就要失去工作的人来说，是折磨，是绝望。

他打开沉甸甸的包，包里也许还有一份希望。点开手机，他真看到了希望。事情原来可以这样转变，他惊得目瞪口呆。

辞职就辞职吧！要么忍要么滚，他将手伸向手机，准备打给那个可恨的公司主管，但在拨出号码的时候手在半空停下了。

新的希望在他的眼里变得越来越大，埋没了他的视线。

若有新的希望，凭现在的工作经验，加上一半风险的新项目，也许他根本不怕挑战。到时，只要努力发挥专业肯定是可以把项目做成功。

还有，还有他经常去的那家网吧里，有个叫小洁的姑娘。此刻那女生的脸和新希望重叠着在他的眼前晃动。她虽然算不上是个美人，但长着一副讨男人喜欢的脸庞，浑身透出对他这种技术男致命的气韵。小洁好像对他也颇有好感，每次他一去，她便会妩媚地靠上前来，简直要引起其他客人的嫉妒。他虽然偶尔也想送一些令她喜欢的礼物，但他被父亲的医药费用和出租屋费、弟弟的学费等逼得焦头烂额，这让他拒绝了回应。

改变思维，改变习惯，连同记忆时的思维与习惯都一并改变。

记忆是灵魂的一部分。个体的记忆与情感体验对人有着深刻的影响，这些记忆未必会被频繁读取，但作为生命体验的一部分，会储存并积淀在自我当中，让他能够拥有过去的同时走向未来。

他这个年龄害怕的不应该是贫困，而是失败。现在却连尝试的勇气都不敢吗？贫困带来的思维就是他此生最大的失败习惯。

若有了这个新希望，平时压抑着的任何欲望都能够实现。重新希望中引起的诱惑，与小洁的幻影重叠着，直逼上来。回头想来，在前半世人生中，他生活得很压抑。家境贫困，兄弟姐妹虽少，但在老家时，家族里他是最小一个孩子，不得不常常忍声吞气地使用其他亲戚哥哥们用过的东西。在他的记忆中，从自己记事以后，他的玩具和衣服以及学习用品，从来就没有买过一件新的，全都是经过几个表哥与堂哥用过之后传下来，传到他这里时都已很破烂了。新入学时，穿着破旧的衣服，带着脏兮兮的学习用品，混在穿戴齐整、皮鞋锃亮的学生当中去参加入学仪式，那是令人感到多么羞愧的回忆。

好不容易考进大学以后，也是他一直不断地打工挣学费。工作以后，又被家庭的生活费和弟弟的学费、人际交往费等所逼，每月两三次去偏僻处的网吧里打几把游戏，算是喘一口气。在公司里，作为一个小人物要看上司的眼色行事，只能接别的同事的残羹剩饭的项目。

在这样的人生面前，一个新希望从天而降，就可以暂时远离一切的烦恼，对了！他忘记了一件很重要的事情。他不能马上去实现这个新希望，如果太膨胀了容易出事。所以，他得低调些。

此时，他必须从房屋里出走，自己去街巷里、河岸边寻觅，方能感受到那呼之欲出的春意，看到那"总是清澈得要命"的春水，涌起的波浪直往内心荡去，把一层浅浅的哀愁推开，片刻间，会觉得心境舒朗许多。

春天猝不及防地来了。不，仿佛一夜间，枯枝便染上绿意，花蕊细芽也悄然立于枝头。

二月过半了，路旁的桃花、杏花在渐次绽放，这个偏僻的郊区稍显效率的树木都冒出嫩绿的芽，一场雨水过后，周小白的世界像是要被刷洗得更加生机勃勃。

他再次紧张地打开包，看了看里面的那个新项目。还好，还在。

当然相比郊野的满目春色，这城市的春日景象则显得"小家碧玉"，遮遮掩掩。林立的楼宇挡住人们投向窗外的视线，有时看到远处一小簇花开，倒像是一场惊喜，就如他此时跳跃着的心情般。他不想递交辞职信了，在这里工作是如此幸运！

接着，次日，他拍着胸脯在同事们诧异的眼光中接下了领导手中的新项目任务书，就像一早出门拍着他弟弟的肩膀般惊艳——"去吧，多参加活动，心情好了，学习也会提高的。"然后塞给弟弟一把人民币。

"下班后，我预订了场地，我请大家打场篮球吧？算是我们这个项目小组启动前的团建了。"

同事们再次投来羡慕的眼神，愉快地答应了。

已经半年没碰的篮球此时在周小白手中玩转得更溜了，他突然想道：当年那个鲜衣怒马的少年郎是如此自信。

"来，Give me five^①。"

鼓掌结束后，周小白感觉自己浑身充满了力量，好像这个充满挑战的工作项目已经业已达成。

跟同事们一一送别之后，他去了那家网吧，约出了让他心动的姑娘，终于鼓起了勇气向她表白。

"人逢喜事精神爽"真是亘古不变的真理，用在哪都是万金油般好使，日子过得好的人容易活成好人真没错，他还热心帮助网吧老板修复了一批有技术故障的老电脑。

他自己的脑子似乎也被修复灵活地运转起来了。

他给那个借钱不还的朋友发了条信息："能不能把你向我借的十万元人民币在本周末前还给我呀？"

对方并没有拉黑他，但平时从来不回信息，这次倒是秒回："什么意思？妈的，两年的利息也没这么高吧？十万？你是不是想钱想疯了？抢钱吗？我明明借的只有七万元。"

---

① 意思是"为我鼓掌"。

有了这条微信内容，他就可以成功当成借据去讨债务了。他对着手机得意地笑了起来：自己的脑子也因为自信变得灵活起来了。

不管这笔钱能不能在周末还回来，父亲的复诊耽误不得，他下午就预约了下周二的就诊。

一切都好起来了。

你说他到底为何奋斗？无非为了活着，为了想要的生活和想照顾的人。环顾四周，没有谁的生活是不委屈的，困顿的生活，迷茫的事业，病重的家人……

每个人的世界里，都下过雨、飘过雪，有些苦难是躲不掉的。

两个月后，他的新项目完成了，如愿当上了项目经理。下班后他打了个出租车，挽着已经是女朋友身份的小洁一起去医院看望他父亲，他现已经明白时间成本的珍贵，所以每天三四个小时的公交车他决定放弃了。打开出租车的车窗，窗外迎来的春风，正是兜风的意义所在。父亲再过两天就可以完全康复出院了，他也申请入住了离公司很近的人才公寓，到时一家子都可以住进去了。

是时候要告诉家里人自己的新希望了。

"是什么呀？你倒是快说呀？"

"一直说着有个生活的新希望，是项目成功了吗？"

家人们一直着急催问着。

他放下酒杯，想起两个月前，那个晚上，他走进去的小店其实是家体育彩票店，他从当晚那些发热发烫的数字中发现自己中了大奖。

对了，两个月前？

他愣住了。

过期了？这，这番低调有点玩笑过头了。

不过，周小白很快又上扬了眉头。没等他讲彩票这个事情的时候，家里人已经抢先替他回答了。

"我知道，我知道，其实两个月前你所说的包里的新希望其实就是自信，对生活的自信，对不对？"

家人明显感觉到周小白这两个月来的变化——事事上心，时时努力。

原来比穷更可怕的是失去了对生活的信心与热情。

所以，兑换财富的时间过期了并没有关系，只要保持勇敢的自信，他会发现自己内心的力量足于改变外部世界。

他知道，属于他周小白自己的财源终于滚滚而来了！

七月蝉鸣 八月知了

一年又一年，每年的此时，都会是夏天。而那个夏天的暑气与知了，至今依然包裹着林斌。

骑着一辆共享单车过来时，他穿了一件前胸与左手臂都印着一家公司广告的T恤和宽松运动裤，脚上一双洗浴中心的标配拖鞋，手里还拎着一个装有油条的早餐袋，头发被风吹得有些蓬乱，下巴的胡子看起来有几天没收拾了。这种形象出现在这栋高档写字楼前，不被大堂新来的保安当成可疑人员给拦下来询问的话，那就显得保安有点不敬业了。

"没有工作证那不能进去，这是员工通道。"

这个时候就显示工作证的重要了，平时刷脸靠的是熟悉的老保安，何况是进车库直接从地下室上楼的。

"不好意思，林总，你的车呢？"前台工作人员跑过来解围。

"下次还是让你们物业弄一个人脸识别系统吧，老整个证件挂着麻烦。"林斌看了她一眼并不正面回答她的问题，然后往里面走去。

"林总的车子被烧了，你不知道？"边上另一个工作人员凑过头来说。

"你不知道林老板最近上热搜了吗？"边上又多了几个工作人员窃窃私语。

"他不就是搞网络直播的吗？自然能推自己上热搜呀？不，不是，他公司成功了吗？我男朋友就在他公司工作呀，听说直播项目一直没进展呢！"

"你是不是现代人呀，什么跟什么呀，是别人拍的一段汽车着火的视频火了，你看，这个车品牌号还有这个人影，很快就上了热搜。"

"我看看。还真是，林总的车子，呀，真着火烧没了。确实危险呀……"

"我说你能不能看重点呀，你看他，都十万火急了，还在开后备箱抢东西，之前网友说是要钱不要命，后来经过细心网友科学放大后，你猜这后备箱这满满的一袋一袋里面是什么呀？"

"是什么？还有编织袋的？我自己看。是蔬菜？还有水果？还有什么酱油肉？还有咸菜？这都是些什么呀？"

进入工作通道后，亮起的绿色闪光灯稍稍驱散了林斌的急躁。走到电梯前，他看到数字显示电梯停在十九楼，十九楼是他公司办公的楼层。

等电梯下行时，林斌看到公司的小刘给他发过来消息："林总，你看今天的热搜了吗？"

疑惑之际，林斌拿出手机，打开网络。

看到热搜第一的消息竟然是自己。

"叮！"电梯在此时到达一楼，随着银灰色的门缓缓打开，林斌看到一个穿蓝色工作服的人从里面走出。他低着头，脸被工作帽的帽檐遮住。

林斌的注意力都被热搜消息吸引，和此人擦肩而过的瞬间，林斌只感到一阵森冷的气息从他的身边飘过。电梯门合上前，林斌看到那个人站在电梯外的楼道口停下了脚步，并没有往外走。

林斌没有多想，继续刷着热搜新闻，他根本不知道这个人手中正拿着偷拍他的手机在持续近距离地跟拍他的公司。除了林斌，根本没第三人知道。其实，整栋商务大楼的网络都在这个人的掌控之中，只要他想，就能做很多事。

物业老总抠门，知道林斌会搞网络后，就再也没叫过别人甚至通信运营商来过。每次出了问题，他都会叫林斌去解决。

林斌维修了多次，为了方便快速查出问题所在，就动了手脚。只要网络出了异常情况，第一时间就会显示在他电脑和手机软件里。只是，后来，林斌嫌麻烦，教出了个助手。

他根本没想到，越教越麻烦。网络就像一场豪赌，不停地往里加注，想得到更多的流量与秘密，希望自己的倾尽所有能换来盆满钵满。无休止地往里加码，越玩越不愿松手。

这条视频的三天前，他开车回了老家。

天天在高楼林立中穿梭，矫情起来的时候，也想再闻一闻乡土的味道。太阳高高地挂在空中，但光芒却被一层灰蒙蒙的雾霾削去了三分之一的亮度，以至于投射到地面上时，多少有点儿将亮不亮的意思。这让林斌觉得不爽快，局促得很，坐立难安。也不知道是不是这么个原因，地面上人们往来交谈时，用手机打电话时的音调和语气都有点儿不耐烦，急匆匆，气吼吼，眉飞色舞地，还不时用手指指点点。

到达镇上时，发现刚下完雨，温度适中。这临近黄昏的小镇最是热闹且极具烟火气的。

四通八达、破旧拥挤的小路两旁挤满了小商小贩。还有那熟悉的夏天的声音——树上的蝉声。蝉声就是由无数个体发出的声音相互混杂、交叠而产生的一种混浊而起伏的声响。

汽车，自行车，电动车，行人近乎身贴身地缓慢行进着。

迎面而来的两辆车发生剐蹭堵了整条巷子，邻居们驻足围观，有看热闹的，有主动充当交警疏通路况的。三五成群放了学回家的小学生或追逐玩耍，或扭打在一起，或互相抢着吃零食。各色成年人互相打着招呼在商贩间闲庭信步地溜达着，买或不买，先和商贩闲嗑还起价来。

林斌把车停到巷口路边的一个空位上，下车步行往巷子里走。照旧是红砖与黄土铺的路，两边凸起，逢雨天路中就聚成一条小渠。爷爷说是轿车压得路变了形。时间久了，路边的几户人家也就习惯了。没人捅饬，都在将就。加快了脚步，到了家的面前，倒是铁门高大，可锈迹斑驳，布满黑污的泥土地，墙边藤蔓攀爬，野生的绿在泥泞里漫溢。

门闩松动，轻易地被林斌推开，门口长串脚印尚算新鲜，一路向内延伸。

"小斌，是小斌回来了。"这个穿着一双破旧拖鞋和一脸惊喜的老年妇女想必站在路边左顾右盼了一个夏天，等待着她儿子有可能会在这个周末的来访。她起身却不往林斌方向走去，倒是边跑边叫着往屋里去了："我给小斌弄好吃的。"

林父竟然也跟着跑进厨房去了。

"爸妈，你们先别忙啦，是不是今天还没买菜呀，我看看冰箱里有什么，我们简单吃点。"林斌顺手就打开了冰箱。母亲的冰箱里简直是个百宝箱，更没有任何过期的食品。上次带回家的还没开吃，一问怎么没吃，林母总是回答："不是还没过期吗？"

他们并不需要冰箱里的冷冻食品，似乎那里面的食物是用来应对疫情用的，林父已经推出他的三轮车了。他知道，他无法常回家看看，但父母一直会张罗一桌好菜。

他吃饭的那一小时，林母也不知在忙些什么，除了端菜外几乎就没有出现过，林父不擅长说话，父子两个相处时倒有点尴尬，日常在电话两头那些温热的道别，都轻轻变成，"按时吃饭，早点休息。"

嚼着肉，就着各种爱吃的菜，吃到直打嗝才放下筷子。父亲还陪着喝了两碗蛋花汤，心满意足地摸着圆鼓鼓的肚子。

临走的时候，父母要了他在城里工作的地址，说下次去医院体检时可以顺道看看他。

"身体没事吧？"林斌看了看二老。

都好，就是镇上的六十岁老人免费常规体检，可以去城里查的，也是免费的。"

林斌想起来，自己都好几年没去体检了，像一个朋友说的一样，以他目前的这个生活习惯，不会推荐他养生，只推荐他买意外险。不，晚了，可能意外险也拒绝他。

"这些都是你爱吃的，还有几袋是已经烧好了的回去先放冰箱，忙的时候加热一下吃，当然，过几天，你觉得不合口味就扔了，别放着了，没啥好东西。"林母倒是会安慰。这些话难道不是林斌之前对她说的吗？父母总是把自己最美好的东西给他，然后轻描淡写地说是一些没用的食物。

他的车子后面两个轮胎位置已经摆好了各种袋子。打开后备箱，整整齐齐放满，一点空隙都不放过，林父才心满心意地盖上。

这天，鸡热得耷拉着翅膀，狗热得吐出舌头，蝉热得不知如何是好，在树上不停地叫着"知了，知了"。老家的蝉鸣还是记忆中小时候的不绝于耳，甚是欢快。

这个车子是二手转让的，想不到"活"不过这个夏天。车子起火的时候，他是知道的，停在了路边，然后第一时间打开后备箱，去抢爸妈给他塞的那些食物，然后灭火。他不知道这段视频会上热搜，他很担心父母为他精心准备的食物，但最要紧的是灭火器被它们堆住了，所以他得把这些食物抢出来。灭火后理所再当然去收拾很正常，他不明白为何被网络上说成是为了什么"值钱"的东西不要命了。是的，那些食物是"值钱的"，是父母的满满的爱，但他也同时明白，自己的生命更是父母最最珍视的。

在看最新的评论区里，有人爆料林斌的另一个视频。那是他站在屋顶的视频，是他女朋友跟他提出分手时的屋顶，本来也是用来求婚的屋顶，后来变成了跳楼的屋顶。

那是另一年的夏天，也是一个充满熏风的八月，但那时的蝉鸣叫起来简直震耳欲聋，林斌一听到就显得特别焦躁。

城中村是一种时代与时代间畸形的过渡，也是林斌初来打工的出租屋之所在。

在这里，有全中国人均消费最低的饭馆，麻辣烫、盖浇饭、沙县小吃，他都可以走进任意一家坐下，花二十块钱享受一顿美餐。下水道的上游有人叼着烟在杀鸡，濒死的鸡临死一搏，扑腾起巨大的灰尘。下游穿着厚睡衣的女人一边刷牙一边大声咳痰，把白白的沫子吐在街的中央。这里污水横流，随处可见的摆摊小贩把本来就狭窄的道路占去了一半，一个骑摩托车的人横冲直撞地在盗版碟的缝隙中穿行，激起一阵阵谩骂。

揣着手、神色隐秘的男人低声和路人砍着价，等到私下无人时打开外衣，展示着来路不明的手机。"城里赚钱城里花，一分别想带回家，"无论在哪座城市，每一个"月光"的打工人都能对这句话心有戚戚，月初发工资时的放纵，都会变成月底账单上密密麻麻的数字，让人欲哭无泪。

"跳不跳呀？"

"不就是没结算工资吗？老板跑路了吧？多着呢，怎么就想不开了？"

"站在上面才几分钟了吧？你看转播量都上万了，我拍着视频呢，哥们，快来看。"

耳膜，不给林斌任何喘息，以一种近乎痴狂的方式向他传达愤怒。

那些经由听觉触达大脑的声音，一下，一下，一下，敲打着身体的每一处器官，将拉扯在生死之间的理智逼向崩溃的边缘。

就像现在，那些在楼下呐喊的人，他们加油助威，把恶意化为利剑，掷向他这个身无分文的打工者。不拍照与不拍视频的人倒是会让双手焦灼地搅在一起又松开，来来回回好几次看热闹。

"警察都要来了，就是故意站在那里要工钱的吧？"

"没劲，没那个胆子跳吧，是不是男人呀？"

林斌觉得天空开始旋转，全世界的乌云都一下子聚在了他的头顶，带着邪恶的狞笑重重地向他砸来。

当然，他被救下来了，工作也结束了，恋爱也结束了。

窗外有株在春天迟到的枝繁叶茂之树，有铺天盖地的阵雨，还有振聋发聩的蝉鸣，每到夏天的时候，就特别吵闹，整夜都延续着绵密的杂音，像极了网络上道德洁癖的评论。以上帝的视角敲下的语言，那些"看见黑影就开枪"的叫声还是好的，偏偏还没看见，"酸民"就已经开枪。他没有奢望要去影响根本就没有要听、要看的人，而是把目标设为那些"不关心，因为不知道"的人，设法让他们知道，然后自己判断。这是松动的起点。

那年的八月过后，蝉死了，林斌痛定思痛，决定踏上勤俭持家的"抠门之最"，那就是自己创业。他租下了这座商务大楼的其中半层作为办公场所，当然是拿出所有的积蓄，还包括父母的。别人只知道他做带货直播，生意不好。其实不然，他现改做直播培训，毕竟直播失败的经验很足，所以他成了直播培训中心的负责人，从老板变成了老师。

此时，林斌正在直播间卖货，卖什么？当然是家乡特产——知了。

"知了长着一身黑色的甲壳，黑黑的眼睛长在头的两侧，向外突出，长针似的嘴巴紧紧贴在身体下面，背部有一对透明轻巧的翅膀，六只细长的脚腿上长了几个锯齿可以抓牢物体。它透明的翅膀上有像蜘蛛网一样的斑纹。它不知疲倦地用它那轻快而舒畅的调子，不用任何中、西洋乐器伴奏，为人们高唱一曲又一曲轻快的蝉歌，为大自然增添了浓厚的情意，堪称'夏天的歌手'。雄知了肚皮上的两个小圆片叫音盖，音盖内侧有一层透明的薄膜。这层膜叫瓣膜，其实是瓣膜发出的声音，人们用扩音器来扩大自己的声音。音盖就相当于蝉的扩音器一样来回收缩扩大声音，就会发出'知——了，知——了'的叫声，而雌知了的肚皮上没有音盖和瓣膜，所以雌知了不会叫，也叫'哑蝉'"。

下面有人评论：

"喂，你在讲动物世界吗？快点讲讲有用的？摆什么噱头？

"我就是看了他跳楼的视频才找到这个直播间的，有意思了，死不了，倒卖货了？"

"我不是看他跳楼，我是看他的车子起火去抢后备箱食物的视频才搜到这里的。"

"你们都错了，其实我怀疑他之前那两起超火的视频就是故意找人替他拍的，有剧本的，让自己上了热搜后，就有了流量，你看，现在带货直播可火了。"

"对，他还开了一家直播公司，是老板的，哪有这么穷呀，我帮你们挂一个链接啊，是他以前上学时的视频，长得有点整容呀！"

"你们行不行呀，什么心态，有本事你们也卖货呀，吵死了，我要买知了吃了。"

"听说吃知了很补的。"

林斌继续在直播间里说着。

"知了是可以食用的。蝉含有丰富的蛋白质和微量元素，被人们摆上了餐桌，一般人工饲养的蝉可能要比野生的相对干净，但是野生的也是可以吃的。放心食用，我们都是正规的进货渠道，对对，你们可以参加秒抢活动。"

接着有工作人员向他打了一个OK的手势，表示可以上链接了。

在林斌喊了"一、二、三"之后，他继续讲起了知识："叫起来没完没了，但它却叫知了。蝉的一生，就是在演奏音乐，它那么小叫得却那么响，竟响彻一个夏天。虽然它吵，但像极了很多人的一生，如果不努力破土，发出声音是极难的。知了是完全变态的昆虫，而我们人也有变态的一生。'活在别人的评论里，我们永远是别人欲望的合集'。"

他没法回头了，直到听到蝉鸣。思念像一条在草上爬行的蛇，他突然想要结束这个工作了。

三年后的夏天，是由窗外恼人的蝉鸣声和不断涌进屋内的燥热空气组成的，林斌将生了锈的铁壶抱到水槽里，扭开水龙头灌满清水，架到煤气灶上，掀开手边的搪瓷罐，从里面捻起一小把茶叶丢进壶中，然后打开电脑，他的登录的网名叫"七月蝉鸣，八月知了"。

"你听过蝉鸣吗？

"它们用尽全力脱离枯槁，用撕扯的嗓音划过一生。"

他与她的城

唐若虚

购房合同签好了，房子全款付好了，工作人员正微笑着伸出胳膊把钥匙交到唐若虚手上时，这一切美好的事物被他在梦中憋不了的一泡尿给搅黄了。此时，他额头和颧骨两处的皮肤一上一下奋力拉扯，一股消毒水混合金属的味道，顺着呼吸在鼻腔中由淡转浓，意识也随着刺激缓缓苏醒。他用力尝试了几次，才勉强睁开了有些粘黏的眼缝。米黄色的天花板在恍惚中忽远忽近，最近的白炽灯管模糊却又刺眼，他眯着眼睛适应了几秒，四周的环境终于渐渐清晰了起来。一个身材敦实挺面善的中年大妈，正笑呵呵地朝他看了过来。

"呀！你醒了？真好！真好！菩萨显灵，逢凶化吉！"她再往前两三步，走到他跟前，兴奋地对唐若虚说道。

唐若虚迷茫地看了她半天，想不起来她到底是谁，于是客气地问道："您是？"

"哎呀！你，你真伤坏脑子啦？"

因为疼痛而紧皱的额头，也让他开始注意到了整个头部被纱布包裹的紧实压迫感。

有纱布？有那挥之不去的消毒水味道？白色的被单？还有这隔断的布帘从吊顶垂下，将他隔在了房间最里面。边上是一扇窗，帘布合了一小半，透过缝隙可以看到窗外一棵树的树冠，以及晕开在树后的一抹晚霞。

唐若虚瞬间明白了，他在医院，大概二楼的位置。至于自己为什么会出现在这里，他需要时间去推理。

"我照顾的病人跟你在一个病房，就住你隔壁床啊，想起来了没？不过，他今天要出院了。"大妈转身边收拾衣物边说。大概是看出他眼中的不解，她又恍然大悟似的说道："哎呀，对了！你怎么可能想得起来呢！你一直昏迷抢救呢，当然不记得我们了啦！对了，你家老婆，对你真好呀！担心你急得不行呢！"

"我老婆？"唐若虚觉得接下来要搞明白"我"与"老婆"是谁？

"对呀，长头发，高鼻梁，很漂亮呢！"

他的沉默，让大妈以为他默认了，于是继续说道："你被抢救的那些天啊，她日日夜夜地守着你，紧紧握着你的手掉眼泪。我就安慰她，你一定会醒过来的，叫她别太伤心！她告诉我，你是为了她，才受的伤，只要你能醒过来，要她怎样都无所谓。她说，她还有好多话要说给你听……"

"她，她说了什么？"

公元二〇二一年岁尾，那一抹冬日的残阳，回想起来委实有些疲惫。

"说了什么，说了什么重要吗？"她将嘴唇扁得更加夸张，眼睛里的泪花已经快要溢了出来，接着回过头来趴在床靠上，肩膀一抽一提的。

"房子不是要买了吗？你还要我说什么？"唐若虚愣愣地站在黄色的落地窗前，这时候天边的太阳终于咽下了最后一口气，掉了下去。南城的夜已经开始了，万家灯火一盏接着一盏亮起来。窗外高楼林立，唐若虚甚至都还可以指得出这些房子中，哪一套是经过他的手才装修得视野开阔的。一打开窗，可以仰望附近的高楼和远处更高的南城之巅，再往下看，这小区的绿化确实不错，小草小花开得郁郁葱葱，像极了当初的他伸长脖子往高了长。

唐若虚还能回忆起刚来这座城市时，自己拖着行李箱，扛着旧背包的寒酸模样，当然还有乘坐巴士穿梭在高楼大厦间时，彻彻底底被震撼到的场景。

那时他还年少气盛，隐隐的自卑感几乎在瞬间就被昂扬的斗志所冲散。他相信在未来，车窗外仰着脖子也见不着顶的云端，一定会有自己的一席之地。可是，云端毕竟缥缈，并不是单凭一股心气就能轻易扶摇直上的。没过几周，他便像绝大多数外地务工者一样，还没来得及起飞，便重重地摔在那将整个城市无死角包裹的灰色混凝土上。

"刚毕业，没经验，我们不招。"

"回去再等消息吧！"

兜里的钱已经等不起这种答复了。

南城靠近江边一带，有一片老房子被称为"棚户区"，是二十世纪遗留为、曾引以为傲的建筑。当时城市改造还没有规划好，这个地方到了近些年却成了影响市容的一块"狗皮膏药"，怕是很快要被拆了。

里面逼仄狭小，横七竖八的电线蜘蛛网似的杂乱无章地交织在半空中，斑驳破旧的房子高低起伏、里出外进，咸菜干似的衣服悬挂在竹竿上，在每家每户的露台上张牙舞爪地迎风招展。地面坑坑洼洼，狗屎、猫尿随处可见，杂物与垃圾一处，苍蝇和蚊子齐飞，烟囱的油烟与排污的臭水沟交相呼应……唐若虚一直觉得那画面太"销魂"。

关键是此地除了盛产"刁民"外，还有一些租住在这儿的落魄户，比如唐若虚与她。不过，唐若虚一直试图与南城建立更好的亲切感。对，回忆再深入一点，地方感的亲切源自日常生活经验的感受，特有的画面暂停与空间上的来回联动，加上对未来的希冀，他要把对地方的依恋无限放大，要从热爱脚下这片土地开始，所以他加入到了建设美好城市之一的工地搬运泥土工作之中。

同样的小区，同样的一批人，不同的只是后来也从搬砖工摇身一变，成了入住屋内的业主。当他拿到购房合同的那一刻，第一时间在手机通讯录上翻看那个多年来总是盯着却从来没有拨出来的号码。人特别有意思，如果有了自己一直特别想要的东西，总是很难忍住要去炫耀的。房子对于唐若虚而言，就是这么件"东西"。

唐若虚最后一次问她："你真的要和我分手吗？"

"对，我父母不可能同意我嫁给一个外地而且没有房子的人。"

"那我们的风花雪月、山盟海誓算什么？"

"算成语吧！"

而他自己却把这份纯真的初恋当成了诗，并且还给这诗取名字，他不知道是叫作"清泉""微风""春天"还是"未来"，直到最后现实将它吹进了成语字典里。

他一直相信人生百分之十的烦恼来自没对象，剩下的百分之九十来自有对象。这不，努力了8年，终于在出租屋的地盘上遇到他的姑娘，放下了诗的首页。

爱没有用，多爱也没有用，只有拥有一间可以相爱的房子才有用。

江月

城市的月亮终究没圆过家乡的。

"小月呀，妈妈想你了。"当电话那头再次传来这句话时，江月终于在思乡之情全面爆发的时候，拎起东西，迫不及待地回了家。

伴着广播中空姐甜腻的声音，飞机终于稳稳落地，江月那颗在万米高空悬了三个多小时的心，也终于安全着陆。毕竟乘飞机时间成本是优于普通交通工具的，何况她这次是有目的性地回家。

落地为安。她却很不舒服，甚至有种水土不服的熟悉感。

夏日的家乡依旧燥热无雨，一推开院子的门，弟弟江河就蹦跳着出来迎接她。

屋里水泥地上翻起的热浪，烫得灼人脚。

家里要准备盖新屋了，理由是她弟弟到了娶媳妇的年纪。江月这才明白父母近期频繁打电话的原因所在，原来被惦念的只是她的积蓄。

右侧眉梢挑起微妙的弧度，她用手机银行转账了过去。

八年了，她幻想过无数次自己返回家乡的情景，本以为会紧张得不知所措。但今天早上，当家人出现在她眼前的时候，所有的画面如同无数次在脑海中预演的那样，几乎没有偏差。

眼下，寂静的空气是奢侈的，可以让江月不那么烦躁。如果可以的话，她甚至想跟父母大吵一架，可转念一想，理智还是战胜了感性：示弱这种事，对着外人示一次是真情流露，对着家里人的话，就显得自己是真弱。

她偷偷调整深呼吸，尽量让自己平复情绪，努力隐藏从眼角眉梢流出来的悲伤神色。

"我，我尽量吧！我只有这么多了。"

江月几乎是用逃的方式打开了出租车的车门钻进副驾驶，示意司机把空调开到最大，用手兜着凉风使劲地往脸上招呼。

"你想想看，你不帮帮家里的话，我们还能依靠谁呢？村里那个王婶家的女儿嫁了一个好人家呢，现在连带她弟弟都找了份体面的工作。"江月母亲的话稠得跟一锅八宝粥似的。何况她的面子比天大，哪能掉地上？既然养了这么多年的女儿回家了，跟她提了这个口，自然是要把话说开为好。

"妈，可是我，我在南城那边，也很需要钱。"江月的声音小到连自己都怕是听不清楚。

母亲停顿几秒后，又跟故意抖包袱似的，声音小而迟疑，忽长忽短，跟蚯蚓爬似的说："可问题是你的什么事情，会有你弟弟这个终身大事急吗？你心里会好受吗？你从小到大一直是个特别懂事的姑娘呀！"接着她眉毛一提，"我知道你不会撒手不管的！"

"妈，我……你不知道我的事情也很麻烦。"江月知道这话一点都没有力量，桌上杯中的茶叶也随着话音沉到了杯底。

"小月，你得理解家里的处境。"这是父母在家门口对她说的最后一句话。

从小到大，她都理解这话所给自己双肩带来的负担以及是如何影响她的双脚方向的。如果她早些年回到家，想必已经被父母安排的相亲所摧毁，要么嫁给一个有钱的男人后好照顾娘家，要么自己出门去一线城市打工寄回人民币。她选择了后者。

城市那么大，何处是她的家！

回到南城，她依旧是坐飞机的，而且还不是飞家乡时捡漏的经济舱。江月第一次坐了头等舱。谁还不是一个宝宝呢？她就想好好宠爱自己一回，所以，她是"宝呗"女性，用花呗加借呗凑的银子。

远处几何形建筑拼凑的地平线上，落日仿佛被尖尖的高楼所刺破，从伤口流出的晚霞如同渗出的鲜血一般，快速地染红了南城的边缘。江月的额头抵在那面巨大的玻璃窗上，眼皮之下如蝼蚁般忙碌的车流穿梭不息，看得久了，人便晕眩起来，无力感悄无声息地向她袭来……

"弟弟，喜欢一个人要趁早，不然就会变得只喜欢钱了。"江月平静之后给江河发了这条信息。那个女孩叫春花，齐耳短发，皮肤白皙，右脸有一个酒窝，她在阳光下微微眯着眼睛，笑容灿烂。江月从来没见过这姑娘，只是他弟弟是这样形容的。

这番形容让江月想起了自己的初恋时光。那是一张青春无敌的脸，像一个刚刚拆开的少年盲盒递过来的美好。

"姐，春花已经跟我冷战了，我觉得我如果解决不了跟她的这个代沟，怕是真要分手了，而且她家里人一直希望她嫁到城里去。"江河再次发信息跟江月道德绑架。一听这名字，春天的花朵？又听到分手、代沟。江月有点烦躁起来了。

江河之前抱怨过他女朋友提分手原因，是对方姑娘指跟他之间有代沟。

江月吃惊地问："你俩年纪一样大，怎么会有代沟？"

江河叹了口气，说："她说她只是穷二代，我却是穷五代！这代沟大了去了！"

江月只有江河一个弟弟，她比谁都清楚自己在家里的地位。亲情满足了，重新回到南城后，她的生活里又开始了钱包的空虚。

"卡里的钱已经全数没有了，而且回次老家还欠了一笔。"这话江月对着弟弟实在说不出口。

她取掉指环、耳环、锁骨链，擦掉嘴唇上明亮色系的唇膏，接着又把长发在脑后高高束起，利落地绑了一个高马尾。

"我先去冲个澡。"

浴室里的玻璃镜面蒙上了一层雾气，镜子里的自己就开始变得轮廓不清。

江月很不喜欢这种模糊的感觉，她伸出手去，把雾气抹开，但雾气很快又漫了上来，把镜子里的自己再一次彻底遮挡。

在这座陌生的城市里，她的到来仿佛是一场看不到路标的奔跑，看似四处皆为道路，但却不知目的，同时，也堵死了许多失败后的虚妄借口。假如当初没有来南城，假如就在家乡找一份简单的工作，假如找一个人早早嫁了——别说没有假如，就算真的试过了种种"假如"，也仍难得到一个确切的圆满。像上一份工作，假如她能坚持下来的话，可能就有一笔不错的收入，但情感与外部事件的同步需要时间，她无法强迫自己的感情跟搬家货车或是新工作、新角色、新身份一样齐头并进。

从换第一份工作到换第 N 次租房，江月以为的生活是向上的旅程，是通往更美好境地的阶梯，每一阶都更上一层楼。然而现实远比想象更不确定，它有起有落，唯一确定的就是变化。

要活着，只能接受在这个现实生活中动态地生存。

上一份工作虽然激情不足但闲散有余，江月几乎是以最快的速度熟悉和了解了所处公司的操作模式，并且以最恰当的方式切入了这个行业，当上了主管。她不需要坐班考勤，只是每月要完成惊人的业绩指标。看到其他同事每天紧张忙碌的状态，她观察到这个行业看似无本生意，而且客户需求丰富，但是要命的是很多单客户不肯付出太多费用，项目往往无疾而终，或者中途变卦，又或者因为客户到头来在付款上耍赖打横，许多时候也是让她欲哭无泪。事实上这个带客做提成的行业并非传说中那么风光神秘，她最后果断从业务端往行政位置内卷起来。

随着疫情所带来的市场变化，一切高光时刻都被揭开了伤疤，没有了业绩压力却忽然被公司中疯传的"裁员"消息击中，将一杯奶茶增加成了二杯的奶茶的焦虑。对，她一直想开一家奶茶店，作为城市内卷的第一产物，这个奶茶的市场一直是有嘴就行的。

"而且，任何节日都点上一杯就有仪式感了。"江月盘算过奶茶市场，对他说。

"再喝下去，就要用胰岛素来化解了。真不懂你们女生为何老是喜欢过节。"他接话的语气透露着一丝丝不耐烦，毕竟首期的贷款还有一个缺口，而这个缺口可能需要"少过节日"以及不要再增加奶茶的费用才能补上的。

"你家里人不能支持你一些吗？"江月终于理所当然地问出了这话。

"本来就没什么存款，加上我妈生病又花了一笔钱。唉！"他也只能摆摆手叹气。

在一段关系里越没底气，就越渴望对方时时在乎自己的态度。早就猜到是这种结果，江月并没有多大失落。有能力爱自己，才有余力爱别人，不管是亲人还是他人。智者都不入爱河。在这个奢侈的世间，江月总是说不出爱他的借口，他没有文化，也不懂诗与远方，但他就是自己不选别人的理由。

"听说小仙女们都不谈恋爱了。"同事们经常这样打趣着。

"那是当然，我们神仙和凡人恋爱是触犯天条的。"江月也曾经这样回答过。可想在南城安个家，她还是需要下凡为人、落地生根的。

伴侣是帮不上多大忙了，只有加倍努力工作才有可能创造奇迹。大家在内卷的阴影下浑浑噩噩地过着日子，各部门之间见面也会小声嘀咕着各路打探来的消息。最好的同事似乎都变成了塑料关系，只维持表面上的微笑，而内心都明白只要对方先裁掉自己才有一点安全。都是千年的狐狸，玩什么聊斋，她懂这个圈内的玩法。

"加班吗？"格子间的同事们问候最多的一句话。

"肯定加呀！"频率最高的回答。

月亮与星星都上岗的时候，江月从来没有缺席过，只是晚上的路灯从暖不进她眼底。

这世间万般快活都比不上及时到账分泌出来的多巴胺舒服。好不容易跟他凑够了房子的首付，这是他们早就相中的楼盘，虽说旧了点，面积也小了点，但毕竟寸土寸金的这房子闪耀着人民币的光辉。江月觉得自己还可以再找份兼职，到时候也能补贴家用，再难的时候也挺过来了，还怕这最后的黑暗吗？

江月拿下挂钩上的紫色连衣裙穿上，拉上背部的拉链，右手娴熟地将一头黑发拢成高马尾，光着脚走出了浴室。

热水澡让她的思路完全苏醒了过来，血液也不像刚才那般亢奋涌动。客厅墙上的时钟指向一个熟悉的时间，她下意识地呼出一口长气，现在的状态比她想象中要好。

唐若虚

若虚把被子给她盖上，自己坐在床边静静地看着她。她的呼吸平稳均衡，白皙的脸颊透着红晕，右手习惯性地放在枕边，一切仿佛几年前的模样。再细细一看，就瞥见了她无名指上的那旧婚戒——因为全身水肿，玫瑰金边的白瓷戒指就像捆住火腿的棉绳，已嵌进肉里，勒得她手指周围的皮肤失去了血色。

这个时代太喧嚣，把很多人卷走了。

回望人生的前四十六年，唐若虚感觉自己就像是一直在被一只叫作"生存"的手推着走。"中年危机"是一座静默的火山，它的底色，是以人到四十被琐碎事缠身的视角瞥见人生的百般况味，俯拾人生的琐碎之光。

失业后，就连最后这点琐碎之光也不再拥有了。

"连代驾和外卖，也把我拒之门外了"。这是若虚在与昔日老家旧友相逢喝醉酒后，说得最真实又最难堪的一句话。整整两年了，受到疫情影响，四十六岁的他，不管如何努力还是失去了原有的工作。

"有健康证有什么用？已经招满了，招满了。"对方的HR部门总是如此横眉冷对。

"可明明我看到你们还在发布招聘海报呀！"唐若虚小心翼翼说完之后又回头看看边上另一个长得相对亲和的招聘人员问，"那还有其他适合我的岗位吗？我什么都可以做的。"

"不是你什么都可以做就行的，我们只招我们想要招的。"

唐若虚一直没有退路的，连宅在网络上吐槽的资格都没有，有那个工夫的话，他都可以再去拉一车水泥了。毕竟网络并不是大龄劳动者发声的主要渠道，相较于企业中"34岁职场危机"的热议，唐若虚的生活现象更多地被隐没在了舆论热潮之外。在互联网上，人们常常打趣说："35岁之后的归宿，不是滴滴，就是外卖。"那么，45岁之后的人生，又该何去何从呢？

"我们这里又不是养老的地方，都说了只要40岁以下的，走吧走吧，别耽误我们工作。"招工负责人当着他的面，很不客气地再次甩出了鄙视的语气。

唐若虚不像边上另一个同龄人因为这种答复而气得两耳通红，他太熟悉这个答案了，心中百般滋味早就已经浸染了两年之久。

他还去就业中心考取了电工证，可等到录取通知书的却是另一位比他小几岁的中年人。

如今，连工地上的包工头都开始嫌弃他了，几通卑微的电话之后，终于约好时间来面试。当时他步入那间几乎要耸入云霄也是他亲自服务过的办公室里，隔着大大的落地窗玻璃，望着楼底下川流不息的车辆，手心不断地冒汗。当初工作时一直觉得这是一座漂亮的大厦，到现在变得让他感到眩晕。

他并不畏高，却在今日感到莫名的焦躁。

包工头一身绸面阔身白唐装，有点像晨起打太极的老头子，但唐若虚又不敢笑。

听完包工头例行的一通训话之后，唐若虚双手给他点了烟："刘哥，不，刘总，别看我年龄大了，力气还是比那些新来的强。真的！"

"现在光有力气不行呀，老唐，不是我不照顾你，而是年龄越大，我们承包工程时的人工意外险越高呀。我还记得，前几年你的腿是不是摔伤过？"当年在工地上一起扛过包的包工头刘哥俨然一副职业经理人的派头，重新打量了唐若虚一番，"来来，不要这么紧张，喝点咖啡，这玩意儿要趁热才好喝。"

"那，那我自己签一份免责协议行不？"唐若虚早有了准备。

桌上的咖啡，小秘书进来换了二次，唐若虚都没敢挪动一下身体去喝上一口。刘总的烟蒂抛至地面，滚了两圈，残喘着吐出丝丝烟雾，若虚捡起来放到烟灰缸里，双手小心翼翼的样子像捧着一块价值连城的和氏璧。

近半小时，只是这么一直站着，他从不安变得更加不安。

尤其当刘总的助理小江敲门进来时，唐若虚的这种不安瞬间就到达了顶峰。小江确实年轻！

"老大，是时间要去工地了。"小江站在唐若虚的身前平静地报告着。

"看看，这个是小江，很优秀呀，也是从农村来的，其实年纪小不了你几岁，看看人家，啥活儿都行。"刘总说完拍了拍小江的肩膀。

唐若虚一听又抬头仔细看了看小江，有点熟悉，似曾相识的感觉，但又记不起哪里见过，又或许是看到了当初刚进城的自己，以及当初没被这座城市打击到的意气风发。

包工头抬手松了松颈间的领带："行吧，你走过来，走近些，我又不会吃了你。看看下面，往右方向那块工地。"

唐若虚这才呼出了一口气，拍了拍尚未麻痹的双腿走过去看向包工头所指的方位。

层层叠叠的巨大玻璃幕墙将这炫目的迷离和不安快速折射到这大楼右边的另一个角落。不过这一切似乎都与此时的这座高楼无关，跟这规规整整的高楼一比，右边那地块就像一块随意缝下的补丁，而街上来来往往的人们根本看不到远处的天际，只能在这高楼围成的藩篱中，穿梭在自己的目所能及的地方。

"看到了吧，像这样的地方南城已经很少见了，周围一块儿是南城这个区出了名的老棚户改造区，因为毗邻几个核心办公圈，再加上租金相对便宜的优势，让这里成了许多刚上班的年轻人城漂的聚集地。"

"是是是，你分析得对。"唐若虚还第一次发现自己敬佩起比自己学历还低了五年义务教育的包工头来，他如今讲起话来比开发商还像那么一回事。

"行了，你签了免责协议，就回去吧，今天也有点晚了，明日过去看看。"

终于盼来了这份工，他心满意足了，按下了手印，下楼时的脚步也欢快起来。

从大街上再抬头看这栋高楼，他又心生骄傲起来，不管多晚，今天终于有了盼头。

时间已经是傍晚时分，楼西边的日头就像贫血的病人，在他的仰视中吃力地挣扎，似乎已经找不到一点暖意。不大工夫儿，它那贫血的脸庞被他的视线彻底吞噬，远近的房屋顿时变得模糊起来。

江月

生活就像拆盲盒，偶尔也是有惊喜。江月在化妆包里挑了一只低调的豆沙色口红，轻搽在唇上，多少可以弥补一下近日萎靡的状态。都说年龄越大，化妆的时间越长，但在江月身上可以化妆的部分并不多。中跟的裸色皮鞋穿在脚上，还算是比较稳当，幸好通知她今天面试的岗位是不需要她每天穿着高跟鞋四处奔走的，何况她也过了能穿得起高跟鞋到处拉业务的年纪。

"应该是能赶得及这班地铁的。"江月自我催眠式跑了起来。

挤地铁，不仅能卸妆，还能卸载人生。

"你现在应该不会觉得自己是这座城市的漂泊之人了吧？"那个男人曾经这样安慰着问她。

江月把针织阔腿裤的褶皱抚平，四目相对，眼底都有火苗在蹿。

"漂泊之人？我们一直都只是在漂泊。"江月喃喃着，继续说道，"漂泊？从这些年我一推开出租屋门的瞬间，或是再次摊开来回返乡的行李箱，还是落座格子间工位的时候？"

这种漂泊感如同被猛然拔掉气阀盖的真空压缩袋里的被子一样，一点点充盈到恢复原状，蓬蓬松松的瘫软恰似现在刚买下房的恍惚感。

几年前，江月比她先生幸运，找到了一份至少外表看似白领的工作。

那个时候，只要MSN工作群组里那些小头像接二连三地由色彩斑斓变成暗灰色时，不用看表她也知道，下班了。前几年没有地铁，她一直是坐公交车的。

每天上下班她用两根纤细的手指头艰难地捏着公交车的吊环扣，随着公交车的剧烈起伏摇摇欲坠。跟她一起坐到终点出租屋那个站头的通常还有一个六十多岁的大婶，经常是提着一个菜篮子，鬓已霜，齿已摇，岁月在她脸上留下的不是痕迹，是真迹。还有一个小孩，肉嘟嘟的小脸极其可爱。脚下通常还有个铁笼子，笼子里关着几只各种颜色鸡冠的公鸡。这些都是她不敢碰的，所以她的身体不得不被挽成一个8字曲线，在相对狭小和拥挤的空间里艰难地坚持着。

到底月薪多少才能摆脱学历自卑？不，现在不是学历与月薪的问题了，现在是生存的挑战，江月只想要份带来收入的工作而已，到底是多少收入才能摆脱生存压力才是她这两年头疼的问题。

"我在家政中心看过你的简历，大概情况已经了解了，现在就想知道，你能不能在每晚十点左右下班？"雇主慈眉善目的问江月。

"十点？没问题。我还能坐最后一班地铁回去，当然早上也能坐第一班地铁赶过来做早餐。"

"好的，先试用三天吧！"

江月应征的是老板的生活助理，但实质上只是个比保姆高级一点的称呼而已，承担着老板家中两个孩子的家教，得会辅导孩子做作业，得会英语，更要懂奥数，要能开车接送孩子上下学以及做家务这类保姆的活儿，所以从烧早餐起，到晚上孩子入睡后她才算正式结束一天的工作。

左前方，白色裙摆走过来，是她带着的玫瑰香气的女主人。她抬头看她，凤眼红唇，眉青发浓，青葱十指，就连脚踝都是纤弱精致的弧度。有钱人就是懂得保养！江月时不时也在擦镜子时偷偷瞄自己几眼来跟她对比。

"阿姨，阿姨，你今天先去医院帮忙照顾一下病人，我老公生病住院了。"与她年龄相仿的女主人马上指挥她临时去医院照顾病人。

到了阿姨的年纪，还能做上阿姨的活儿，江月觉得还不错。面对人生琐碎，得依然抱有丰富饱满的情感，这年头，生活就是一个强盗，所以有个活法比什么都强！

人到中年，失业不可怕，最可怕的是，失去的是人生最后一份工作。

唐若虚的她与江月的他

雨点稀了些。老天爷似乎不大想继续看这出苦情戏，要鸣金收兵了。歪头看了看倒车镜，唐若虚将视线重又挪回到正前方的挡风玻璃上，前方是去寻他老婆的路。办理完出院手续后，他已经将记忆收拾得差不多了，可公交车到达不了目的地——南城精神专科医院。

"你躺了几天，当时你老婆神情有点怪，好像有点不对劲，你最好早点联系她。"中年大妈还是挺热心的。

"手机号码一直是关机状态呢，我今天就能出院了，应该就能见到了，谢谢你啊！"唐若虚轻轻点头致谢。

"对了，如果你有需要，当然，我是说如果，我是做家政服务的，有需要联系我。"大妈留下一张名片轻轻放在他的病床上，名片上写着两个字：江月。唐若虚又看了一眼大妈，似乎在心里头打量着眼前这个人跟这个名字有多么不和谐似的。不过，很快他就收住了好奇之心，只有心下一惊。其实江月说得过于委婉了，他老婆病得严重，只是他请不起家政护理而已。他早就想起来了，他老婆因为得知自己在工地上受伤住院昏迷不醒后导致郁症复发被送到心理医院治疗了，听医生的意思，她还有自杀的倾向，所以他得快点找到她。

车子很快就到达了目的地。

"请问你找哪位？"值班护士拿出了登记簿。

"春花，春天的春，花朵的花。"唐若虚马上报出了名字。他老婆是从农村来的，比她小很多，但跟他有共同的遭遇，都是跟老家的初恋分手后毅然决定来南城拼搏的，她不想一辈子跟一个男人生活在农村，这是当年她一直强调的话。在春花第二次搬出租屋的时候就遇到了唐若虚——这个对她照顾有加的老男人。

"我来了，我来了。"唐若虚终于见到了春花。

春花早上精心为某人而盘起的一头乌发此时又变得凌乱不堪，而她也无心顾及这些。

"我来帮你梳梳头发吧！"唐若虚对着她微笑，想起当年春花坐在梳妆台前缓缓地勾勒着唇线，他就从后面看着镜子，镜子里的她那般入画——柔顺的长发垂在两肩，精致的五官镶嵌在如玉石般光滑的脸，明媚的妆容配上暗红的唇色，妩媚又不失优雅。

"你想什么呢？"春花打断了他的春心。

"房贷我已经解决了，工地上也赔了钱过来。"若虚马上应话。

"你下次不能太相信别人了，现在这些包工头，真不是人，说得好好的，工程结束就有钱，唉，不然你也不会在工地上分神掉下来，对了，你现在脑袋还疼不？"春花怜惜地问。

"我没事了。仔细想来也不怪老刘了，他家里现在也是欠了一屁股债，听说他老婆都去给人家当保姆挣钱还债务了，还承包了小区的清洁工作呢。刘嫂子可是有文化的人呢，前些年一直在商务大楼里当高级白领呢，现在还不是为了他去做什么家政，听说那个女主人跟她同龄人，却叫她为阿姨呢。唉，老刘也是被那个什么狗屁小江的助理给骗了才承接了这个烂尾工程，幸好我摔下来也只是脑震荡，要真想不起老婆是谁的话，我也要进这个神经病医院了。"当然，他说完这个话也有点尴尬，马上拍拍自己的嘴，解释说，"说错了说错了，是心理病医院。其实你就没有什么病，就是太挂念我、担心我了。放心吧，现在我好了，你也能出院了。"

春花看着他，没有说话。

"都怨那个该死的小江，卷了好多钱逃跑了吧，我跟老刘早晚得找到他。哦，对了，这次是谁把你的医药费给垫付了呀？我得好好感谢人家。"

春花挺直了身体，她在灯光下微微眯着眼睛，笑容不再灿烂，所以右脸上的那一个酒窝似乎也消失了。

最后她抿了抿嘴唇，用光洁的牙齿轻咬下唇，不再接话。

道路上，昏黄的灯光照着光秃秃的枝丫，再透过树枝浸满路面，半明半暗。

江月离开第二份兼职的大楼后，骑上了共享单车，一右拐出去就是与商业街交错的小巷，推开侧门，穿过通道，街巷的残旧路灯从高处抛下一束暧昧不明的光，夜风躁动闷热，送来糅进尼古丁里的幽幽馥郁。前面似乎有一个小伙子在甜蜜地跟情人讲着电话，他们好似对刚刚的约会意犹未尽，像品尝着蛋糕般，细细回味着奶油的丝滑。

"等我买了房子就向你求婚！"江月听小伙子说了这么一句话后，笑了笑，加快了单车的前进速度。

台风没有过境，夏热余韵犹存，黏糊的江风自南向北卷起又一夜不醉不休的幕帘。江月无数次走过这条小巷子，她与老刘一起散步，有一天晚上，老刘突然幽幽地说："我突然，突然感觉现在四季都变慢了。"

江月一惊，不由诧异："这个包工头是受什么刺激了？居然能说出这么诗意的话来。"

毕竟受过文化教育的江月已经多年来没有听到这么温柔的话了。这座城市里有着家乡的远方与诗，更有想逃又逃不掉的各种各样的贷款与意外。

"你，怎么了？是不是想回家了？"

老刘一头雾水，半晌拿起手机晃了晃，说："是该换部5G手机了，信号这么差。"

江月苦笑起来了，时代与科技都在进步，为何生活的盼头却在倒退？她实在搞不明白了。

"对了，小江，最近让他回老家避避吧，我可从来没有跟工地上的人说起他是我小舅子。"老刘又交代了一句。

"知道了，弟弟早就回去了，你说你也真是的，明明他也是受害者，为何工地上的人都骂他呀？江河也是的，老家都建了房了，当初那姑娘却坚持要分手，还说要嫁给城里有房子的人。这不，小江他才找到城里来做事了，听说那女的嫁了一个比她大很多岁的老头儿呢，还得了病，住院费都是小江前几天过去付的，你说他是不是冤大头。"

"谁不是冤大头呢？怪谁呢？你看我年年在工地上搬砖，好不容易搬到了有自己家的房子，可这房贷与年龄这两道坎……唉……这日子过得，可不都得活着嘛！"

"这座城市，到底是不是属于我们的？"

完美计划

新年的到来是所有人心中的一个转机，不管是什么，总得有个完美的新年计划才行，这也是职场新青年必解锁的老技能。崭新的年头，赋予时间仪式感，用心锚住期望去安排计划。

所以，刘静决定和那个人见一面。下班后她就给介绍人陈姐打了一通电话。地点就定在东城书店。她必须给人一种知礼达理的知识分子印象，因此提早到了书店二楼，在卫生间里把服饰重新梳理了一下，又检查了一下妆容，对着镜子抹口红的时候发现自己眼角纹深了不少，脸上还有雀斑。难怪老是有人一直跟她推销："这款气垫特别好，特别修正气色！"原来是在暗示她。唉，这年龄着实尴尬。还有一两根白发支棱着，她心下一惊，马上用自来水将其捋平。这时，身后有人进来，刘静吓了一跳，赶紧将靠在镜前的上半身缩回，装作认真洗手的样子。

她从卫生间一出来就看到他了，之前加过微信，见过照片。他长得并不帅气，但魁梧结实，应该跟他从事的工作有关，笑起来的时候露出牙龈，看上去是爽朗之人。

"你好，吴先生，我是刘静。"她把嘴角往两边生硬地拉扯一下，一个不成熟的被迫营业的微笑才缓缓出来。

"你好，你喜欢看书？哦，对，陈姐好像说过。要么，我们到一楼书店里看看？"

她抬起头看他，脸上很平静，和他说话时声音一样，没有波澜。

"噢，当然，这边请，我这里很熟悉。"刘静打完招呼后，一边彬彬有礼地往一楼的阅读区指引，一边透过眼镜向他投来锐利的一瞥。离春天尚早，他穿得单薄，楼梯口的风把他的衣服吹得鼓起来，但不让人有瑟缩之感，而是另一种感觉，春天的感觉吧，准确地说，是意气风发。

他对她点了点头，这个点头里有赞许的成分，总之，他们又相互微笑了一次。

他的身材不错，能看出运动衫下微凸的胸肌，臀部有些翘。不像那些格子间的技术男，每天坐在椅子上对着平板电脑把屁股坐得又平又板。

"看书的最终目的不是家里书柜里硕果累累地买了多少书，而是自己真正看进去多少书，从中得到多少美妙的感受和指引人心的智慧。"他淡淡地说。

"是的，书仅仅是承载文字，也是承载我们思想的工具，讲究文字与思想以外的东西，就容易让人迷失。之前与几个书友讨论电子书与纸质书之区别，那时我开始有了藏书癖好，也许是抬高纸质书的好处，现在想来我也是在执着于书的外相。"

"你平时喜欢看什么样的书？不，别说，我来猜猜？"她微笑说，"第二排的书架上，也许会有你感兴趣的书籍。在那儿备有一套重印的丛书如《健身之后的思想》，或者，你也许想看看《健身时我在想什么》吧！"说着她朝一个销售员招了一下手。这表示，刘静能在片刻之间已推断出眼前的这个吴刚是什么样的人，而且应该喜欢看什么样的书。

"我想看看最新的书。"他此时却不按套路对话了。

刘静就顺势指了指右边那一排："那里是最新的畅销书，要么，我陪你先去看看？"

畅销书都印得很精致，装订得也很精美，但不能试读，因为都被一层广塑封着，如果不买是不可以撕掉塑封的。

吴刚观察起四周，手中却拿起其中一本儿童图书来，因为只有这一部分书没有塑封，可以随意翻看。

还没翻完开头的第一章，突然他的注意力就被刘静与另一个人的谈话吸引过去了。

"你肯定这是他最近的作品吗？"一个穿戴入时的女性在问她。

"哦，没错，我最了解他的作品了。"刘静确认这个距离的位置吴刚能听到她的对话，她十分肯定回答说，"我向你保证这是他最新的作品。真的，它们昨天才到店里的。"

"哦，没错，"边上的销售人员重复道，"这的确是周先生最近的作品。它销量可好啦！"

"那就行了，"那位女士说，"你知道吧，有时候还真容易上当，我上个星期来这儿，我是怕了，因为上次买了两本看样子很棒的书，回到家里之后才发现两本都是旧书，是六个月以前出版的。"

"不好意思，请问有哪些适合孩子的读物呀？"又走进来两位家长模样的人主动询问。

"那么，这些书都很适合孩子们看，当然，我家孩子却十分喜欢这本《完美计划》，全激光纸雕立体绘本，抚慰心灵的暖心童话。当然，这需要有一定的阅读理解能力，我的意思是说，早熟或是聪明点的孩子们可以读读看。"

那两位女士听完刘静如此认真负责的话就如获至宝马上就把原本已经挑好的一大堆儿童读物系列放了下来，挑都不挑直接拿起《完美计划》这本书前往收银台方向，好像如果不买这本书，她们就成了《皇帝新装》里那些假装看不见的蠢人。

"只是适合儿童吗？"另外又新来了一个顾客慵懒地翻了翻书，"这本书好看吗？是讲什么的？"

"这可是一本动人心弦的了不得的书，拿得起却放不下的阅读体验。准确地说，并不是儿童读物，但每个大人不都是由儿童长大的嘛！"刘静说，"《完美计划》听着感觉很简单，事实上，是大家手笔呀，我们常来书店的读者都应该听过业界评论家们都在说，本季度最动人的书恐怕是非此书莫属了。"说到这里刘静又停顿了一下，不知怎的，她的举止让吴刚想起自己在大学课堂里解释他本人也不懂的知识时的做派。"它有一种……一种……力量，就这么说吧，一种很不寻常的力量。事实上，可以毫不夸张地说，这是本月甚至是本年度最有力量的一本书。真的，"她举了一个自己更胜任举例的理由，补充说："它应该会上畅销榜首。"

"可书店里好像还有好多没卖掉。"那位女士说。

"哦，不能这样想，因为畅销，所以书店不得不大量备货呀，"刘静回答说，"来买这本书的人源源不断。的确，你知道这是一本必定会引起轰动的书。事实上，在某些地方，有人说这本书不应该——"说到这里，刘静故意把声音降得低微，一副特别隐秘的样子，吴刚压根儿没听见她的下半句，只知道那位顾客的好奇神情被她吸引过去了。

"哦，是吗？"那女士说，"那好，我就喜欢这样的书。无论如何，也该看看这些招来纷纷议论的东西讲的是什么内容。"

"哦，我差点儿忘了，"她又说，"我朋友过几天要去度假，有没有适合度假时阅读的休闲书。"那顾客不知是想送给正准备去度假的朋友还是为她自己以后的度假准备。

"哦，旅游读物和其他类似的东西。"那位新来的女士显然很信任刘静，所以她又补充了一句。

刘静指了指左边书架上那排漂漂亮亮的书："有《东城周边游》《带着你玩》，分上下卷。"

说着她把手又搭到了一堆新书上。

"哦，挺贵的，现在书都这么贵呀？"那位女士轻轻说道。

刘静倒热情洋溢地接着说道："您瞧，这书，贵就贵在插图上，货真价实的照片。"——她用手指快速地翻动书页——"用相机拍摄的。还有优质用纸，您看一眼准能明白了。事实上，这本书光制作成本就花了大价钱。书店当然没什么盈利，但还是喜欢卖这种书，当然，最贵的还是这本《完美计划》，我们都搞不懂为何它如此迷人。"

每个读者都乐于了解图书制作的详情，而且当然都乐于知道书商有没有赔钱。于是那位女士非常自然地放下了手中《东城周边游》，反而选择了两本《完美计划》结账去了。

接着书店的门口又有一位女士进店里来了。

这一回，即使是一个眼力很差的人，都可以从来客那华贵的深色丧服和阴郁的脸色，一眼就看出她是一个多愁感伤的少女。

"想要本新到的小说吧？"刘静又老调重弹，"有的，姑娘，这儿有本很感人的《完美计划》。"——她一副为书名着迷的痴态——"一个很可爱的故事，可爱极了，事实上，姑娘，评论家们都在说，这是周先生所写的最感人的小说。"

"这本书好看吗？"那位少女问。

吴刚开始意识到所有的顾客都喜欢这样问。

"好看极了，"刘静说，"是讲关于爱的故事——非常简单、甜蜜，但感人极了。真的，书评上都说这是本月最动人心弦的书。我妹妹昨天晚上还在大声朗读呢。她感动得热泪直流，简直没法再读下去。"

"是吗？"那位少女说，"我好久没有看小说了。"

"哦，那很适合你，"刘静几乎是长辈一般的语调说，"事实上，写法是很传统的，和过去那些可敬可亲的经典一样，就像"——刘静说到这儿停顿了一下，她的眼中明显地流露出一丝疑惑之光——"就像周先生等人的作品，一看你，就是属于那种读者气质的。"

于是，那位少女买了一本《完美计划》——店员用书店的袋子把它放了进去，然后她就出了店门。

"你们有适合假期读的轻松点的书吗？"接下来的一个顾客用轻快的声音大声问道，他那神气看上去像一个准备去公差的职场人员。

"有，"刘静回答说，她的脸几乎堆满了笑容，"这儿有一本棒极了的书，《完美计划》，是本季度最幽默的书——简直可以笑死人——我弟弟昨天还在动车上看完。他笑得直不起腰来，完全忘记了在动车上度过的漫长时光。"

"好的，帮我包起来吧。"

忙了半小时之后，书店空闲了一会儿。

"不好意思，刘静。"吴刚说，他立即表现出好奇本色，"《完美计划》？你好像觉得它棒极了，对吧？"

刘静这次是八齿微笑。她知道他心中的疑惑。

所以，她先摇了摇头。

"生意都难做啊，"她说，"出版商硬是把这类东西塞给书店，所以我们做销售员的不得不尽自己的努力。店里也陷入困境了，我明白这一点，这本《完美计划》利润最高，又花了大广告给推上了畅销榜首，所以，得大力推销吧？否则书店里就再没有什么指望了，虽然我也知道这本书可能不怎么样？"

"不怎么样？你没读过这本书吗？"吴刚问道。

"哈哈，肯定没有！"刘静说，"要是试图去读每一本新书的话，那就有我好受的了。别说去读，光是追踪它们的销售动态就够我受了。"

"可那些买了书的人怎么办？"吴先生继续说道，深感迷惑，"难道他们不会感到失望吗？特别是你刚才还介绍了这么多？"

刘静摇了摇头。"哦，不会，"她说，"你知道吧，他们不会去读它的。他们从来就不读书。他们就是喜欢买书，或是买来送人，或是就放在书架上陈列摆设用，但不会去读的。"

"但无论如何，"吴刚不甘心地说，"你妹妹或弟弟觉得这是一本好极了的小说。对了，你刚才好像还说，你家孩子？儿童读物？"

刘静哑然失笑。

"吴先生，"她说，"我是单身，而且我也没有妹妹与弟弟。"

吴刚不得不佩服她，接着问她："确实，你在书店的业务能力很强，可我为什么请你去当我健身房的店长呢？你又没有行业经验的。"

"一样的，吴老板，你开健身房这么久，应该清楚那些人只是过来办健身卡比较上心，或是打卡第一次发个朋友圈后，你有见过他们日后天天坚持来健身的吗？"

"好吧，你到我楼上健身房过来兼职吧！"

"谢谢，对了，这边有刚到的新年工作笔记本，也许你需要一本呢？"

是的，每年年初的时候，大家总是不忘去书店买上一两本新的日记本、日程本，就等着一月一号的那一天开户，同时心里摩拳擦掌想着："今年可不一样了，我要努力加油！每一天。"

刘静的话吸引了边上好几位看着事业有成的中年人，他们纷纷走过去挑起了各种工作或生活笔记本。这次吴刚的笑容来得很慢，从眼睛开始也就从眼睛消失。

"当然，这些珍贵的本子，假如幸运的话，也许会写上十页八页，再然后——就渐渐和桌子上的其他东西混在一起，泯然众物了。也许过了几个月，有一天会猛然想起，东翻西找，终于把它从一堆杂物中艰难地掏出来，又写几个字；终于，又到了一年将过完的时候，捧着那本几乎没再动过的本子，再一次志存高远：'明年我要用一本新的本子，好好把每天要做的事都记下来。'"

听完他的话，刘静默契地笑了起来，她明白这个健身房的吴老板是懂她的。

"怎么样，年关将至，你的新本子、新书、新健身计划准备好了吗？

"不管如何，总得先买上一本再说！"

"是呢，不管是健身还是阅读，身体与脑子总得有一个在路上对吧！"

两个人不约而同地相视而笑。

爱的方程式

一　猫与芦苇花的相遇

窗外微凉的秋雨淅淅沥沥地下着，整座城市沉浸在淡淡薄凉的水汽之中。来来往往的车辆和人流交织而成的喧嚣随着湿润的空气飘进来后，便冲淡了刚刚那个熟悉得仿佛自己上下眼皮而又陌生得像是别人眼皮的女人留下的气味。

"你好呀！"刘吟的微笑从眼角奔向下巴，又奔回眼角。

余火看到她的娇羞，比脚下的流浪猫还会撒娇。

于是他们就有了恋爱关系，宠物算半个孩子——某种程度上，这也算是奉子成恋。

余火对猫很好。有多好？一言以蔽之，但凡有他一口吃的，就少不了供应昂贵的猫粮。所以，刘吟打趣他走夜路都不用打灯，身上就能发出圣光。

对，想起当初她这话，余火才恍然明白，也许，她和自己能维持到今天，也完全是人道主义的光辉。

那年恼人的秋风，吹黄了树叶，也吹开了芦花，白茫茫一片，相当壮观。眼前颤颤悠悠飘着，一丛丛芦苇在风中摇曳，让人有种不期而遇的陶醉感。他们好不容易请了假相约到这郊区来玩上一天，试图找回家乡的气息。蒹葭苍苍，白露为霜，笔直的苇秆顶着蓬松的芦花，洁白的絮儿挂在上面，犹如她脑后扎的马尾辫在秋风中摆动。

"芦苇花的寓意是坚韧、自尊且自卑的爱，不管什么时候都要有韧性。问题是，你说芦花是不是也想过被人浇一次水呀？"

"傻不傻，芦花在这都能野蛮生长的，哪需要我们浇水。"

"能野蛮生长就不需要人呵护吗？它也是花呀！就像猫不是天生能抓老鼠吗？凭什么被人捧在了手心当上了宠物后，我们就得伺候它了呀！"

太阳休憩在远处的田野上，光芒柔弱了很多，她和树影被拉得细长细长。看着她给芦苇花浇完水之后，太阳也不见了，好像不是落下去了，而是一起被水浇到泥土下了似的。

在这个薄凉的人世间深情地活着，本就胜之不武，可如果用今天的心情重温昨日的剧情，又太过旁观者清。想到这些，他蹲了下来，莫名地抱头痛哭！这是成人式的崩溃，毫无凄美感，但那真实的悲伤和苍凉的无助，让路人无从安慰，只能默默别过头去，不忍直视，悄悄走开。

二　狼人杀与奶茶的焦虑较量

雨从天空飘下来，丝丝缕缕，像被撕碎了似的扔向墙角的他。之所以蹲在这墙角，无非也是将就猫的习惯而已。接着，之前那种悲痛又慢慢渗透出来。

大部分时间里，他与刘吟都像人们过节一样快乐。一起坐公交车，一起挤地铁，他基本上不怎么说话，而是冲着她笑。

猫粮与现实贵得像奢侈品，可怕的还是要坚持，因为贵在坚持！

生活非净土，各有各的苦，谁不是把自由卖了换成柴米油盐，谁不是把青春当了换成安置现实的筹码？他的要求不高，以前是一场说走就走的旅行，现在只想有一个能说走就走的下班。单位的业绩报表，跟老板的脸色一样难看，一个无心之失扣去了全部奖金，本想着就当交智商税了，可老板说他的智商还没到起征点。一遇到这样的糟心事，他就想要离职，但工作稍顺畅或者老板喂点鸡汤就又可以继续奋斗。

本以为去上市企业是可以镀金的，他却干起了贴膜的行当！

别人工作能力强，要不交际能力强，而他，只有消化能力强。因为他的社交圈已经小到只要电话响起来，他就能猜到是谁打来的。

散伙饭时，任何一张菜单都是对人情世故的统筹。

一桌人推杯换盏觥筹交错，酒过三巡，场面开始热烈起来。

原本就不太熟的同事开始勾肩搭背称兄道弟，唯独没人搭理他，备受冷落。

对，如果不是美女，只喝奶茶必然会受到歧视。原本也不算德高望重，因为不喝酒，只能沦为倒茶添酒叫服务员的杂役，倍感屈辱。为了掩饰尴尬，他只能像个没出息的吃货一样不停地夹菜，没多久就把自己撑得要死，偶尔也礼貌性地用酒润润嘴唇，转身又投入地喝奶茶。

没有什么烦恼是一杯奶茶解决不了的！如果一杯不行，那就两杯，可奶茶慢慢也失去了糖精的味道，无法成为生活的麻醉剂了，就如刘吟想起老家妈妈做的那些菜。本来食物是很安全的享受，可眼下的很多菜肴都缺少阳光和乡愁的味道，她无法毫无恐惧地在其中放松自己，更无法在奶茶中找到自由与慰藉。

这种应酬式的约饭结束时，大家手机里的剩余电量就是这场聚会的质量评分。

因为同事之间最好的距离就是下班后没有任何联系。

从秋天里的第一杯奶茶一直喝到冬天里的西北风，这已经成为他与她的工作常态，既无奈又心痛！

奶茶始终解决不了最终的焦虑，但老板还是有法子帮他们下定决心。公司采取了考核机制，一周三会议，有会必喊狼文化，当然了，他一直觉得这种末位淘汰制不是狼文化，这根本是在玩狼人杀呀！还是要人命的那种玩法！

三 外卖小哥与直播女郎的崛起

清透未寒，是一年中最惬意的季节，可生活总笼着一层薄暮。感谢光照的不充沛，否则他的肤色被晒得更深。工作服帽遮住了眼睛，只露出高高的鼻梁，从头到脚到指甲都彰显着外卖小哥的气质。离开了办公室的格子间，逃不开人间，靠双腿丈量城市的工作虽然有人觉得不体面，但至少还能养得起猫以及那芦苇花边上的信仰。

她害怕漆黑的影子世界，但是白昼般明亮的生活同样不适合她，所以，买来了直播间的柔光灯。

她开始穿裙子和高跟鞋，目光飞盼流转，脸虽还是那张良家妇女的脸，眼就是一双会飞的眼。

生活没有创造奇迹，这些年唯一的奇迹就是直播市场创造了全球经济奇迹，卖货的商家与买货的顾客都挣了，那不买的人就觉得亏了，商品买不起根本不是商品的问题，而是自己的经济出了问题。打不过就加入呗！在生物界，如果不能将它同化，就寄生于它。

所以，她与他决定，让自己的超能力变成钞能力，没有七十二般变化技能如何度过这九九八十一的生活之劫呢！

余火与刘吟都深知自己本非美玉，故而不敢加以刻苦琢磨，却又半信自己是块美玉，故又不肯庸庸碌碌与瓦砾为伍。结果便是一任愤懑与羞恨日益助长内心那怯弱的努力，与生活对抗。

毫无疑问，人性来不及粉饰，他们已经沉溺在一个"购物成瘾"时代。看似丰裕的物质生活背后，是一片满是诱饵的水域与飘荡其间的一个个无处可去的饥饿灵魂。

"看你这么闲，不如去直播里刷些礼物吧？"

"直播挣点回来的碎银，然后再转场去到别人的直播间购买吗？"

"你说话就不能正经点吗？我们现在不是被困在生活里了嘛，还有什么其他工作比这个更容易上手又来钱得快呢！"

"一个正正经经困在生活里的人是不会每隔几天就去重读一遍《红楼梦》的。"

"我看书无非是睡不着，拿起这本大块头就马上让眼睛犯困，还有，你每天说话不怼我几句是不是吃不下饭？"

人前博弈生活，人后臣服灵魂，熟悉与压力让对方的耳朵都变得不再宽容。

生活就是在一堆玻璃碴子里去找糖果。

四　遇见预知与预支惨败握手

月亮、星星、夜晚的云，还有与天空相连的建筑，那高楼豪宅，不，这并不属于他们。

余火要去买早餐，包子有咸的、甜的和无味的，他买了两个咸的肉馅的，两个甜的豆沙味的，找不开零钱又加了一个无味的，临走前看到有人买了蒸饺，他馋，又加了几个蒸饺与一碗豆花。而他本来只想买两个馒头的。

刘吟要在商场买一套直播用的"工作服"，服装得有饰品配，所以又买了包包、帽子、丝巾、耳环，当然，登对的鞋子也得来一双。

贪念无法控制，欲望层层叠加。

"钻石就是煤，化学成分就是碳，买那玩意做啥呀？"余火开始讨厌起这纪念日来了，如果没有买礼物这个恶习俗的话，他其实不会对着那闪着人民币之光的钻戒发火。

"能一样吗？你只会在微信里转520或是转1314，为何转不起5201314呀？"

刘吟一向视黄金屋与如意郎为同样的感情，可眼下为了生活，她可以舍弃很多，却无法舍弃被理解的需要与渴望。

"我来看你，你还能收到花与钱。我呢？我想我这辈子除了满月与住院外，没人会来看我时还需要花钱的！"

"说话也寒碜，你买不起钻石就说它本质上就是煤，因为温暖完后现在就只剩下渣了，放心，你真住院后，我也送花给你。"

"真的吗？"

"我就问你，你喜欢白菊花还是黄菊花吧？"

生活不仅有彼此的咒骂，还有纠缠在一起的贷款与信用卡。还不完的房贷、车贷，唯一不敢的就是把生育孩子的预知给预支了。在他们眼中，这一切生活运作的原则就是要挑动人体内的每根神经，让它们维持在最高度的人为紧张状态，要把他们的每个欲望逼到极限，并且尽量制造出更多新的欲望与人造的渴求。余火与刘吟被逼得似乎每个晚上都要陷入裂缝和没有阳光的深渊……最后沦陷到彻底的黑暗中，甚至是一种自杀式的绝望中。

天气开始降温了，他们也得学会适应这个世界的温度。他觉得，天冷了，要多穿衣服了；她说，天冷了，要买新衣服了。

五　孤独与寂寞达成了英勇的和解

唱着周杰伦的《稻香》回家了，他甚至想把肩膀也脱下来放进衣橱，就像松弛下来的弹簧，陷入自己的沙发，脸上的僵局不得不被打破。

洗脸洗废的毛巾，该拿去当抹布拖地了。操持与分担家务已经无法让一个男性变得靠谱了，因为还要简单的陪伴，还有看得见的在乎。生活，无非是爱自己和方圆两三米内的人，可最致命的是这一丈之内的人再也不争吵了。一个人的孤独不是孤独，一个人找另一个人、一句话去等另一句话，才是真正的孤独。所以两个人相处最戳心的不是总是一个人在家，而是他在她身边，她依然孤独。

沉默，开始成了沉闷生活的日常。

奋斗刚刚起了念头就马上阵亡了。

他还是会热情洋溢地加入每一个群聊，然后设置消息免打扰。当然，现在的他不再朋友圈发什么"孤独虽败犹荣，在寂寞中得大自在"了。

一个失落的灵魂能够很快杀死他，远比身体上的细菌快得多。

刘吟离开时，最后说了一句："爱秋天的人，都是老灵魂吧！"

他回答不上来，他本能以为只是自己老了而已。他带着猫，再去看这座城市里的芦苇花。

现实没有错，执着没有用。

这次的笑，是真的，没有假装与勉强！

伴随着猫的最后一声鸣叫，他想身体朝下坠入这一片芦苇地里，却又想着心灵向上随那芦苇花悠闲地飞上天！

寻找龙猫

月明星稀，整个世界松弛地摇晃着躺下来安睡了，那只猫却不合时宜地出现，是从下水道口边上突然蹦出来的，吓得正独自走夜路的苏敏本能地大叫一声。

口哨，她吹得那么轻，几乎连她本人都听不清自己的曲调。苏敏倒不怕猫，在农村这种猫随处可见，只是离自己的家还有一段路程，她只是一个十五岁的孩子，她还不懂得如何来掩饰自己的害怕，本来她哼的是歌，可后来已经让紧张逼出了口哨。

今天她身上是有手机的，她母亲生病了，所以，只要离开医院，她母亲就会把那部多少年的老古董手机给苏敏带在身上，毕竟这世上也只有这么一个至亲能联系了。她从出生起就没见过父亲，母亲也不准她提起，从穷人家的孩子早当家的成熟来猜测，苏敏慢慢知道了一些过去。母亲没有结婚，或说父亲可能都不知道这世上有她这个女儿的存在，母亲是不顾家人反对执意要单身生下她的，所以，来到了这个偏远的山区，独自抚养她长大。到了初中时，她考上了镇上的学校，因为之前村里的房子也是租的，所以母亲为了方便照顾她的起居，到了镇上摆地摊度日。可是前一个月突然来的一场疾病让母亲晕倒在地，被路人送到医院，查出来是癌症。她的母亲没有任何保险，而她，自然是身无分文。今天医院已经最后一次通知缴费了，母亲主动提出从病房里到走廊上挂针。

"喵！"想不到身后小猫一直跟着她来到她与母亲住的地下室门口。苏敏天生长了一双桃花眼，看猫都深情些许，她觉得这猫跟她一样可怜，在这个世界上没有房子、没有钱，没有父亲，没有兄弟姐妹或是好朋友，更没有衣服、家具。它所有的财产，只有它自己的一身皮毛、四肢、尾巴和一条命，或许还有一点陌生人类给予它的善意。

母亲一直吵着要出院，但吵完之后她连站立的力气都没法支撑她的"出逃"。看着账单，苏敏才知道作为人的器官有多值钱。明明母亲一直说她这条命、她这个人是最不值钱的呀，可为何病了的人要修复身体的各种零件却要如此值钱！

"猫猫，你是不是也没人要了，你妈妈也不要你了是吗？"苏敏抱着它，一边轻松地打开连成人男子都难打开的地下室的铁帘门。是的，母亲眼看她自己逃不出医院，就一直骂苏敏走，用力说着最难听的话，说不要她了，让她一个人滚出去，离开她的视线，说这些年都是她这个拖油瓶才害了自己一生。

猫猫一点都不怕生，苏敏跟它说话的时候，它好像听懂了。黑、白混色，外加一片狸花纹，这是苏敏在农村里常见的那种猫。可眼前这猫不同，绝对是高颜值，全纯白色的毛、漂亮的面庞和机灵的大眼睛。

也许这是镇上的流浪猫，是镜子一样的生灵，能照出苏敏内心的善恶，它最懂得察觉人的情绪，如果你对它付出爱意，它自有办法让一个柔软的内心生出暖意。所以，猫猫用爪子轻轻挠挠了苏敏的手。

苏敏把锅里早上出门留下的面条热了一下，自己一半，给猫猫一半。却不料想，这猫竟然不领情，压根不吃。苏敏见过很多猫需要在人类与其他野猫的地盘里艰难求生，甚至连地下道的脏水都喝，想不到眼前这猫竟然面汤也不饮用，这倒让苏敏有点好奇起来了。对于那些没有固定被人收养的猫来说，洁净的水源也是生命的源泉。它们中相当一部分猫一辈子都没喝过干净的水，只能喝空调滴的水、下水口排出的水、污水，这些水让它们中的很多死于肾衰竭。她见过有些流浪猫攻击性强，野性十足，而这只猫不是，它"是只很有教养、特别通人性的好猫"，仿佛生来就该做苏敏的好朋友。之前的端丽坐姿变成慵懒横卧，仍是那玉色般温润的眼神，无声胜有声地投向苏敏，一点都不像以逮老鼠为食的猫吧。接着她就找来一个纸箱子，让它当窝过夜。

但是，清晨过去一看，纸箱没有入住痕迹，苏敏打开门，发现它找了个更好的住所——就栖在她母亲平时摆地摊用的三轮车的踏板上，车上有个厚棉布挡风帘，正好挡住观者的视线，又透气，便于观察周围以便及时逃离。苏敏觉得猫的生存真是像极了自己。

心生怜惜后，苏敏把它抱进屋里来，猫猫毫不戒备地亲近她。今天无论如何也得想办法去借到钱才行，刚看到这辆三轮车，就想着是不是可以给卖掉，再找找出租屋里还有哪些值钱的物件。在收拾三轮车的时候，她发现电线杆上贴着一张图，准确地说，是发现了一张画着猫的启事，这不巧了吗？"寻猫启事"，有人家丢失的这猫，图上的跟她手中抱着的一模一样。

苏敏取笑它："原来你还有名字呀，叫龙猫。哈哈，龙猫，我就说，你怎么跟我平时见过的猫都不一样呢，原来是有家的呀！"

"重金酬谢？"换在平时，就算没有任何酬金，苏敏也是一位拾金不昧的好品性的人，但此时，她竟心生出新的想法来，然后照这上面的电话拨了过去。

从五千谈到了一万的酬金，是苏敏出生以来谈得最多的一笔交易。她没想到对方答应得这么快，唯一的要求就是希望她将猫亲自按电话中说的地址送上门去。

送猫上门有何难的？只要给到她救急的钱就行。苏敏从来没想到过一条猫的命会远远高过人的命。

她已经会用共享单车，那地方距离她的这个出租屋简直天南地北，也不知这猫到底流浪了几天才出现到这一区域的。

猫主人家是一栋独立的豪华别墅，开门的时候，出来的是一位与苏敏年龄相仿的小姑娘。

"你有买东西给它吃吧，就是买猫粮，或是买冻干、鸡胸肉和小鱼干？"小姑娘一边问一边开始观察起自己的龙猫。

苏敏无法回答，她自己都吃不起东西，怎么可能还买这些给猫？她无心打量这家人的幸福生活，她只想快点拿到钱去医院救她的母亲。可偏偏这小姑娘也热情，拉着她就往自己的"公主房"里走，想让她看看龙猫的生活日常。因为她父母还没回家，所以无法马上给钱，所以苏敏也只能乖乖跟随她。

"对了，你也很喜欢猫吧，否则你不会主动收养龙猫的。你看它现在有吃有喝，还有自由呢。上次就是太给自由了，就给走丢了，现在得把它看好了、锁好了。"

苏敏笑了笑，接话道："龙猫，真是很尊贵的名字呢，它的窝真漂亮。"

小姑娘又开始说道，"不过，我也不想锁着龙猫，也许有一天它对远方好奇了，想去旅行，当然，玩累了还能回来。我要随时给它准备点干粮，听它说说旅行奇遇。我常幻想龙猫像童话里那些历险记主角一样，有丰富开阔的猫生多好呀！"

真是一个小公主的思想，苏敏羡慕她的说法，这样的猫生比她的人生可幸福多了。

从小到大，她总是尽量压低声音说话，削弱自己的存在感，只想安于一隅，静静与母亲厮守度日，哪还想过去远方看看，还有什么旅行？

"你看龙猫，这个点了，到了饭点了。"小姑娘指着它，果然它就三两步跳上楼，轻轻地用头和爪子触屋门，小灰姑娘赶紧开门，就给它端上猫粮、猫冻干，挤好猫条，拌上猫罐头，再备好一碗洁净的水。

"龙猫真幸福。"苏敏一边接过小姑娘递过来的小蛋糕，一边看着猫。

"我们也很幸福呀！"小姑娘一脸天真地又给苏敏拿水果，"我以前有一个梦想，就想打造一台造梦机，因为我在梦中，梦到过跟猫一起去旅行，说不定，猫也有梦，我就想知道龙猫的梦是什么样的。如果有一台造梦机，在龙猫做梦的时候放在它里面，梦境就会显示在机器上，那样我就可以想办法把龙猫的梦想也去努力实现呀！对了，你有什么梦想吗？"

"梦想？"苏敏本来想说自己从来没有梦想，而此时，她的梦想，就是想来世能投胎做一只猫吧！

"说说呀？"小姑娘可爱地又问她。

苏敏回答道："我想创造一台出生意愿机，就是每一个母亲要生下孩子之前，需要让胎儿来选择他或她是否愿意出生。"

"怎么会有这么奇怪的机器呀？胎儿还能选择愿意不愿意出生吗？"

"因为被迫出生的孩子……很可怜。"苏敏很认真地回答，"生命的自主权不应该交给父母，如果胎儿就能参与做决定多好呀！"说完，有种恨在咬啮她的脑髓，每根神经里面都有一阵阵的刺动，像锯子锯一样，又像神经被人猛力拉扯。

小姑娘有点听不懂苏敏的神神叨叨。一个温室中长大的小公主怎可能听懂苏敏的成长经历？

"你妈妈，何时回家呀？我，我还有事，我得先走。"苏敏不能再等下去了。

小姑娘挺懂事的，毕竟是同龄人："是不是耽误学校的课了，没事，我有家庭老师，你可以晚点回去，我让家庭老师过去帮你补课就好。"

苏敏苦笑道："不是，我，需要钱。"

"需要钱？哦，对，我爸爸答应过我的，一万对吧？要不，我从我压岁钱里先拿给你。"

苏敏此时听得更加发愣了，这个金额对于她是个天文数字，是她与母亲多少个没见日出的清晨的辛苦劳作，而对面的姑娘，轻轻松松地从压岁钱里一部分就可以拿出来打赏她。

压岁钱？苏敏打小的时候只听过，但从来没有收到过，母亲会以实物来跟她贺岁，比如买一件实用的衣服或是鞋子。

"来，谢谢你照顾我的龙猫，也谢谢你送它回家。"小姑娘递给她红包，又礼貌表示感谢。

面对这么一个同龄人，苏敏觉得自己是一个小人，是一个卑鄙的小人，她只能以一个天真无邪的微笑来接过这笔酬劳。当然，这是救母亲的希望，所以充满希望的微笑照亮了她的面孔，微笑从她的嘴唇延伸到她的脸庞，到她的前额，使她的眼睛和原有阴沉的双颊闪着欢乐的光辉，这种光辉足以掩盖她内心的羞愧。

"你怎么了？是不是想拿这钱去听谁的演唱会呀？"小姑娘感觉出来她对钱的渴望，在她数钱的时候又多嘴问了起来。

"不，我妈病了。她住在人民医院。真的，三楼304。不，现在已经被赶到过道里了。"苏敏觉得要尽快拿到钱就必须说实话，而且她清楚眼前这个姑娘是善良的。

一切如愿！一个多小时之后，母亲又回到了病房。只是用药恢复力气后正训责苏敏，说这笔钱应该还回去。

"你这是敲诈，怎么可以坐地起价呢？平时我是怎么教育你的？哪怕是对方提出来给的酬金，也不能双倍要求别人呀！"苏敏母亲气得有点骂不动了。

苏敏沉默着，她知道自己很不光彩，可是她没有其他办法了。她还没好好劝说呢，身后有人接话了。

"你也知道这是敲诈呀？真是的，有妈生没爸教的小骗子。"一个男人气势汹汹地出现在病房门口。

苏敏紧张极了，她正后悔临走时告诉小姑娘母亲的具体病房了，果然，对方家长现在肯定上门投诉来了。

她母亲弱弱地看向男子，苏敏连转身的勇气都没有了，她只能期待母亲能用病态换取对方的同情与理解。可她清楚，怜悯只会让母亲更加痛苦，会使她原来虚弱的身体更为衰弱。

可是，半分钟过去了，身后的男子不再说话了，苏敏抬头看了母亲，发现母亲突然笑了起来，嘴角一直在抖。苏敏觉得，这种表情就像在刚烧过的纸的灰烬上跳动的火星。

"苏敏，你站起来。你不是很羡慕那只叫龙猫的猫吗？你去他家把它抱回来吧，你十五岁了，再过四天就是你的生日了，就当从来没有见过你面的父亲送你的生日礼物了。"母亲对着男子莫名其妙地说了这一通话。

苏敏不明白母亲这是怎么了，但她清楚地看到，母亲的眼神是坚定的，是那种带着仇恨的坚定以及唤醒了对生活与生命的希望的坚定。

哑巴与猫

一

我叫陈菊，是个退休医生，人生并不像季节那样四季分明，到了多少岁才算是老年并没有一个明确的界定。但是，衰老的的确确在偷偷向我们靠近。正因如此，我们才更加需要"认清自己"的能力，即所谓"人贵有自知之明"。我就是这样的一个人。

我是在二〇〇二年刚住进103房来的，之前102这房间的人去世不到一周，其他人都忌讳不愿意住，而我偏挑了这间。我在医院时经常送走病人，经常看到老人死得嘎嘣脆，所以不讲究这个。我希望自己能在这里体面地老去，那才是我最大的幸福。

我跟101房的人并不熟，只见过几次面。

老姐姐性格很内向，遇到时总是低着头，似乎只会摇头，大家也不怎么找她聊天。老哥哥倒还好，虽然也从来不说话，但打照面时会点点头笑笑。据我所知，他们屋里还养了一只猫，我们离得近，听得清，他们两个人没什么交流，但猫倒叫得欢。不是说猫很高冷吗？很奇怪，他家的猫不一样，虽然也乖巧，但特别喜欢叫。偏偏我喜欢清静，晚上十点我准时入睡，早上五点半我就会起来喝开水，就会听到猫叫声。我又不好意思直接去说希望院里的工作人员去管管，毕竟我们这里是养老院，不应该让他们携带宠物。何况这猫有没有打疫苗也不知道，如果被猫的爪子抓伤那可不得了，这院里只有基本的卫生保健措施，并没有及时处理伤口感染的设备。

二

我是刘明亮，没退休前是教数学的，我是在六年前的4月5日，星期五，下午一点半搬进103房的。算起来，我应该是这所院里居住时间排第二久的人了，年龄的任何数字都无法打倒热爱生活的人。一个人真正变老，不是从第一道皱纹、第一根白发开始，是从他服老的那一刻开始的，我就不服老，哈哈。诺，110房的那位住得最久，在这里九年多三个月了。我计算过我们院里的老人，最大的是九十二岁，最小的是六十八岁，平均年龄为八十一岁，共有一百一十二位老人；八十间单人房，十五间双人房，目前入住率达到百分之七十二。男女比例为三比七，女性居多，一对老夫妻都入住的仅仅占全人数的百分之九。还有，本地人居多，外地的老头子、老太婆好像只有四个。子女探视以三个月左右计，其实大多数孩子都是一个月会过来一两次看看，主要这个平均数是被个别老人的家庭拉低了，我都严重怀疑他们的孩子是出国了还是怎么了，有几年都不过来探望的。对了，我最近在研究用函来代替数据录入，可能会统计得更精确些。

哦，你打听的是101房那为数不多的一对老夫妇是吧？我跟那老头儿下过棋，绝了，别看他一声不吭的，从来不说话，但下棋是高手呀！我跟他下过至少五回，每回都是他胜出。老头儿被我们拉出来下棋时，那只猫就躲屋里陪老太婆，到了饭点，那猫就寻着过来了，很有时间规律的。至于猫叫嘛，对我没有影响，也有可能当中隔了一间102房，我看那老头儿只会点头、老太婆只会摇头特别有意思，哈哈，哑巴有哑巴的福气呢！

三

这所老人院是我在负责。说是负责人，还不如说是收租的。

王招男是我姐，张波是我姐夫。我叫王德仁。我姐姐、姐夫在城里投资了新的大项目，姐夫就把这镇上的这所老人院给了我，让我收租，租金全部归我，当然，房产本本还在他们手里。你们别觉得我很挣钱似的，这老人院不像儿童游乐园，我姐夫搞的那个儿童项目利润是相当高，而老人院的利润是他儿童游乐园的零头都不如，所以，他就当赏我饭吃一样。老人院不是福利院，可社会人老给它披道德外套，以为是慈善机构一样。要不是我心狠，我请的那个代理院长就经常收一些交不起费用的老人进来。偶尔帮忙过渡我能理解，但如果长期这样，我们全都要喝西北风了不是？所以，代理院长换了三个人了。上一任代理院长因为其中有二位老人住院里的费用都延续不了被请了出去，他就过来跟我理论。唉，我也得生存嘛，大多数老人和儿女都是很孝顺的，不仅在费用上会多给一些，还经常带好吃的过来陪陪老人。个别的就干脆失联的也有。那怎么办？坏人只能我来当。你以为我听不懂那个什么"老吾老以及人之老"的话吗？我也想呀，但我自己还靠这点收入来给我爸妈安享晚年呢！最不能理解的是，现在的老人自己都很难养活了，还喜欢养宠物。201房的老人有次开窗户，看到楼下101房的猫正沿着树干往上爬呢，说把她吓个半死，我翻看了记录，101房入院手续登记表上是有说明了是带猫的，谁叫我当初贪图多收两个人呢？带猫带狗的自然也就没在意。

四

我叫李小红，在养老院四年了，主要的工作是负责老人们的日常健康记录，比如每天的量体温与测血压等。早操也是我带的，每周一、三、五还教教太极，二、四、六练练嗓子，大家都说我是文艺与护士的结合体，我是学护理专业的。当然，我并没有觉得在这里工作浪费了青春，因为我得照顾我妈，院长答应过让我妈免费住在104房，我还可以领取工资，我很喜欢这里。我妈在几年前就病了，她认不了家里的路了；后来，晚上不能睡觉；最后不能吃饭、不能大小便，把身上搞得臭烘烘的。刚到这里的时候，她吵着要出院，我们到处阻拦，其他护工只好把妈妈绑在凳子上。药不肯吃，我把药打成粉，和水一起灌进去，妈妈经常吐我一身，再灌。晚上睡觉时，我还得给她床上垫上纸尿垫，给妈妈换上纸尿裤，一晚换几次。现在倒好些了，就是胃口不好，她的腿受了风就又酸又痛，头也痛，全身哪儿都不舒服，经常彻夜难眠，我就陪在边上给她讲故事，就像小时候我每晚入睡前她给我讲故事一样。

对了，那个食堂打菜的是我的小姨。我妈与我小姨的身体都不大好。什么病？我妈的精神不大好，反正医院说是有家族遗传史，婚后没几年我小姨夫借这个理由跟我小姨离婚了。这也是我当初学医的理由，可惜专业没考上，只学了护理，这样也好，我也不嫁人了，我就陪着我妈还有我姨一辈子。你看，我妈哪来的神经病？精神好着呢，这个院里谁不喜欢她呀，每个人都说她人特别好。再看我小姨，哪看得出来有任何生病的样子？她也就是生气小姨夫如此对她，自愿跑到这里来的。我小姨虽然脾气怪，但人还是很有爱心的，经常把自己碗里的鱼省下来给那只猫吃，可惜那猫只会对着她"喵喵"两声却不大亲近她。我们私底下经常说，这猫都成精了，对那101房的老人可忠诚了，你们根本想不到，有一次，晚上老太婆起来上厕所摔倒了，他们都不会说话，倒是这只猫竟然跑到我这里来呼救，所以，我还给它取名叫"忠义八猫。"

我就负责打扫，我什么也不知道。垃圾桶我每天换两次的，别人都说猫特别爱躲在垃圾桶里，但我没发现过。每个屋里的被子之类的正常情况下我们一个月换洗一次，但这不像家里。有些老人爱干净自己喜欢清洗，有个别的可脏可脏了，幸好那个小红小姑娘也会帮我一些，她可真是一个好姑娘呀。我没文化，但清楚大部分家长都甘心没日没夜照顾孩子，却很少有耐心照顾年迈的父母。人到晚年呀，你就会发现，离你最近的孩子是来报恩的，小红对她妈妈就是报恩的。唉，除了她外，其他人，特别是还有大小便失禁的，对，楼上之前有个孝子说他有一天在家里看到母亲从厕所里走出来，身上的睡衣和手上的毛巾上沾满了大便，实在照顾不了就送到这里了，到这里，就是我的工作了。讲起来我都觉得恶心，可谁叫我只能做这个活儿呢！唉，我父母中风时瘫痪在床我都没有如此伺候过呢！一个人赚的每一分钱，都是老去后的尊严。不管任何时候，利益才是社会关系最后的底线。我就趁现在提前给自己的晚年预留一份尊严。我也不图以后孩子能送我来养老院，也不像那几个退休的老太太都有退休金什么的，所以我就自个儿挣点钱，等干不动的时候我就用在养老院挣的钱在这里给自己养老。像101房那老太婆多好呀，虽然说不了话，但还能在这里让我们伺候得好好的，我听说他们养老的房子都给了子女，这次到养老院的费用还都是靠自己的退休金办理的呢。但我绝对不喜欢养猫，猫是畜生呀，还得给它洗澡，给它买猫粮，可贵了，有钱我给自己买好吃的，把猫伺候成主子一样的事情我不会干，所以说那101房的老人特别奇怪呢！上辈子这猫怕是他们的救命恩人吧，哦，对，我听小红倒说起，这猫通人性，还救过那老人的命。

五

我吃过了，是呀，牙齿不好，咬不动，咬不动。你说什么？猫？我没见过，我胃口不好，最近那粥也不好喝，天气不错，是呀，我就出来走走，吃不了好东西咯。你刚问什么？我没养过猫，我们家邻居以前倒是有养过狗的，那小子，对他亲爹都没有对那狗好。哦，对，他爹被送到养老院里来了，他经常带着那只狗一起过来探望的。这天气是不错，我今天没吃几口，那猫吃什么我不知道呀，人老了，听不清楚，也看不清楚，你凑近了说也没用，没用。我看那女同志朝我招手我就知道要过去吃饭了，向我挥挥手我就知道让我回屋去。我住的那屋有阳光，几号房不记得了，反正就从这操场上向右边数过来第一间就是了。对，我手上还有一个手环，是我儿子的电话号码，你问他吧，我儿子很孝顺，你们问他，他都知道的，他小时候喜欢养猫的，哈哈，小时候他长得很可爱，脑子也比一般的小孩子聪明。我告诉你啊，我儿子三岁就会背《三字经》了，就是经常读着读着还能睡着了。他最爱吃我做的可乐鸡翅了，光他自己一个人就可以吃掉整盘鸡翅。对，我咬不动了，我也没胃口，我记忆不好。我不知道你要问什么。你刚说什么？我儿子叫孙俊，对，"英俊"的"俊"，他没养猫。这猫是那对哑巴养的。

六

我叫明宝，大家习惯叫我大宝，"大宝天天见"嘛。你应该知道我可能是这个养老院里学历最高的人了吧？哈哈，文化高有什么用？我退休后就想找点事情做，在家里我老得更快。在老年大学我也当过教授，但那里我还是找不到自己的意义，

我就喜欢来这里，我就守着这个门，所以谁送进来了，谁又走了，我最清楚。这不，还有一个登记表。101房的哑巴我知道的，老太婆经常抱着猫在我门口等着，刚来那会儿，几乎从早上等到晚，我见她可怜，还会搬个椅子给她。我以为她等她儿子来看她们呢，后来听说是等孙子，因为这是孙子养的猫，让他们把猫给带到院里来了，想必是看猫的时候可以看看爷爷奶奶吧。

我们院里可不只是他们一家这样的，那个，就刚刚往屋里走的这个就像个小朋友，她经常故意做错事情，只要做了坏事，她女儿就会来领她回家再住上一段时间。刚登记离开的这个老头儿也一样，老小孩，他经常找我们工作人员的麻烦，然后我们就会打电话给他儿子，他儿子没办法了也会过来探望一下，表面上是安慰一下我们工作人员，毕竟我们投诉了这个老爷子

的无理取闹。但实际上闹腾了几次后，我就发现原因了，这老爷子其实修养可好了，他就是故意的，知道儿子今天要来院里"批评教育"他，就早早在我这里守着，那等待的眼珠子都快掉地上去了。唉，失去老伴，失去儿女的探望，便是养老院里无数老人的常态了。这个大爷前脚刚走，听说家里有喜事需要接他回去几天，然后我就看到那一排的大爷，对，就那边，全都坐在走廊的椅子上，似乎在聊些什么又似乎在等待着什么。他们其实早早就收拾好要拿的东西，等待着孩子们搀着他们往大门口走。唉，被接走的老人走后，我这个大门再次关闭时，我回头看了看，那些老人的视线似乎就从未离开过，像极了小时候放学看到别人家的父母都来接自己孩子时的表现——为何自己家的还没来？还不来？有焦急，更多的是失落与绝望。爱孩子是天性，孝顺父母的才是人品呀！

七

你好，林爷爷，林奶奶，我是流浪猫收养所的工作人员。哎呀，急死了，我不会手语，你们坐着先，你们是能听到我说话，不是，能听懂，也不是，是能听到我说的话对吧？那我说，你们听，如果表示同意就点点头，不同意就摇摇头好吗？我之前听院长说接到几起投诉，也不算投诉，就是大家觉得这里是养老院，而你们还养着猫，怕不适合，所以就联系了我。我刚也问了几位工作人员与爷爷奶奶们，大家都很喜欢你们，只是怕这猫是不是没打疫苗之类的。

你们年龄大了，就更难照顾好猫，所以就是想让我把它带走。当然，你们放心，我们都是专业的，对猫的习性特别熟悉，你看可以吗？摇头？不同意吗？为什么不同意呢？那，你看，这猫越来越大了，有时大晚上的突然跑出来也会吓到人对不对？又摇头，那，你们别紧张，爷爷奶奶，你们坐着，我再重复一次，是就点头，不是就摇头？还有，还有什么其他的话要么你们写在纸上，写出来可以吗？真是不好意思，我也知道你们两位不方便用语言交流，我应该找一个会手语的朋友过来帮忙。好了，纸来了，林爷爷有什么问题可以写在纸上。对，爷爷字不错呀，这两个字真漂亮。什么？哑巴？哦，我知道，爷爷，我知道你们不方便说话，所以你想把说的写在纸上。奶奶你别摇头，不用紧张，我会尊重你们的意思，你写出来就好了。

八

姑娘，是猫的名字叫哑巴。你别吃惊，是的，我们两个并不是哑巴，只是，只是不愿意说话而已，入院以来你们一直跟我说是就点头、不是就摇头，我们也就听懂了。要问我们为何不说话？唉，都有多少年头没张嘴了，说话也不利索了。

我儿子从小就嫌弃我与老头子啰唆。那年高考时，跟我们大吵了一架，说让我们闭嘴，从早上叫起床到晚上催睡觉，烦不烦。然后我们就很少在他面前说话了，哪怕担心他，都是远远地，默默地去做好就行。

后来他结婚了，工作忙倒没跟我们说上几句话，但儿媳妇也觉得我们话太多，有时我们也不知道说错了什么弄得她不愉快，我们就更不敢多说话了。

再后来，有了小孙子，我们想着帮忙带孙子总得跟孙子说话，孙子得学说话呀，可问题就出在这里了，儿媳嫌弃我们说话有口音，为这事还跟我儿子也吵上了，说孙子要讲标准的普通话，不能跟着我们讲一口乡下口音，会被人嘲笑的，再过一二年还打算给孙子报英语，说小孩子的语言就是得从小好培养。他们出去的时候，我们就会跟孙子逗上几句话，可后来他们还安装了监控，儿媳就给我们下命令了，要么让我们不要带孙子了回老家去，如果想留在儿子身边帮忙带孙子那就永远闭嘴。唉，人长着嘴，怎么可能不说话呢？刚开始我与老头子就用胶布把嘴唇给贴着提醒自己，久而久之的，我们就习惯不说话了，反正在家里就做做家务，拖地、烧菜、洗衣服，帮忙看着孩子，也不让我们跟孙子玩的。这些都不用说话，家里来客人了，我们两个就回自己的屋里去也不给他们丢脸。

　　前些年孙子长大了，得有个更大的房间，就把我们那间小屋打通了给他住，我们就住进养老院了。孙子在外地上学，不好回来看我们呢，主要是他知道我们不说话，就算过来了也没有话好说呀。不过他有打电话给院长，我听院长有次跟我说了，孙子打电话过来问我们和猫呢。对，那猫是我孙子的，可我儿子儿媳不给他在家里养，所以我们就带出来了。我想着，只要把猫带在身边，那我的孙子肯定会过来看我们的，肯定会过来看我们的。这猫可乖了，像我们养大的孙子一样乖巧。可能大家嫌弃它叫，希望它是哑巴吧，所以我们也就直接给它取名叫哑巴了，因为每次跟它在一起的时候，我总是听到别人指着它说"哑巴，哑巴"。

　　"喵喵。"哑巴叫了！

烟盒纸上的秘密

东屿岛的气候着实让人不大适应的，夏日的炎热还没有褪去，空气里的潮热止不住地袭来，让林晓晓时刻想要藏匿在干燥的摩天大楼的空调室里。现实是，随着车子的前进，视线里鳞次栉比的高楼一一退后，建筑物逐渐变矮、变简陋，她的心情也变得越来越烦躁。提议来东屿岛老家是她爱人李听安的意思。李听安的父母过世多年了，这次回老家是处置老屋的事情，她觉得那老屋已经没有用了，不如廉价卖掉算了。正逢儿子放暑假，一家三口开了三四个小时的车就进村了。林晓晓自嫁给李听安后就没怎么来过这地方，以前逢年过节只让李听安打几通电话，后来公婆去世了，清明节前来了一回还是为了村里弄了一个什么乡村网红打卡节。这次她也准备了一些拍照的道具，想着就当度假也好，至少得把朋友圈的惬意风景给点赞回来。

结果刚下车，一场雨浇下来，浪漫没有了，狼狈倒是实打实的。现在的她，光着脚走在一个陌生村里的一座桥上，手里拎着高跟鞋，衣服上溅满泥点子，脸上的妆也掉得差不多了。

她嘴里一直发着牢骚：什么破地方！

"东边日出西边雨"是根据空间的不同区域分的，可这里不一样，同一片地，按时间说了算，是前一秒还急雨乱打，转瞬就阴云四散，道路两侧的榕树叶上还挂着雨珠，金灿灿的阳光已洒得到处都是。

李听安与儿子倒是另一番情趣，他边走边给儿子讲自己小时候的往事。

他们老李家的老屋不知是何时建盖的，只模模糊糊地记得是在李听安三四岁的年龄时。盖这座房子，他的祖辈们经历了千辛万苦。用他爷爷的话说："为的是争那一口气，给我们子女有个落脚的归宿。"

那时，他们一家五口人与爷爷奶奶挤在一间屋里。当时的农村家家都是木质结构的房子，再后来就泥一堵墙、几根支撑的柱子，然后糊上泥隔出几个小房间，就成了农村人一代一代传衍子孙、劳动完休憩的地方。他和两个姐姐都是在这样的木屋里长大。

冬天的夜晚，风呼呼地刮着，真冷。他母亲在灯下做手工活添补家用，兄妹几个争抢着填柴火，那里面，有星星点点的温暖在跳跃。墙壁被火熏得黑乎乎的，也许只有这些黑乎乎的墙壁才能证实它曾经是多么的温馨，多少双手臂伸在一起，多少肩膀聚集在一起，欢声笑语曾经震碎多少檐下的冰冷。

"爸爸，那不就是篝火晚会吗？"儿子天真地想象着父亲小时候填火柴的情景，这可是学校里组织的最热门、最好玩的项目一。

李听安摸了摸儿子的头，苦笑着说："那个时候夏天没有空调，后来倒是买了一台电风扇，但你奶奶嫌费电，总是用蒲扇给我们扇。你看前面那个地方，现在变成了操场，以前有几棵大树，我与姑姑们经常在那树下玩。"

"那蒲扇我知道，奶奶不是说，她手关节不舒服，就想多动动手来活动一下吗？"儿子想起前些年奶奶在世时还是习惯在装有空调的屋子里手握着一把发黄的破扇子摇晃。

李听安轻叹一声："安装空调是给我们用的，你奶奶自己还是舍不得用电呢，还什么活动关节，以前蚊子多，没有电子灭蚊器，全靠你爷爷用烟来熏。"

"烟？"

"是呀，有草烟，当然，也有香烟。对，你爷爷，以及我的爷爷，都特别爱吸烟。不说了，前面快到了。"

此时的老屋对于李听安而言，如同鸟儿归巢般亲切又急切。拐过几道胡同，就到老屋近前了。一眼看去，一排排的青砖红瓦，水泥打底，石灰抹顶，可见斑驳的墙皮，瓦楞间摇晃着的青草，岁月斑斓的屋上刻画的是年迈的裂痕，被雨湿润后有些滑腻至极。没有所谓的大门，只有用布满绿色铜锈的钥匙简单一扭一推开"吱吱"作响的木门。呈现在眼前的是满院的荒草，足有半人高。西边屋子的墙已经坍塌，太阳照到一个专门洗衣服的天井，东边的屋子还矗立着，但也是多处漏水不能住人。屋里也已狼藉不堪，顶窗糊的报纸已经破烂不堪，隐隐地掉着尘土。墙角布满了蜘蛛网，蜘蛛却已经干瘪地吊死在那里。灶台上的尘土有手指粗那么厚。看到此番景象，李听安真有些恍若隔世的感觉。

再推开一间算是窄小的房屋，一台破烂不堪的贴着彩纸的黑白电视机、一张桌子和几把椅子正安静地立在里面。

幽暗的光线？简陋的破旧家具？漏雨的屋顶（下雨便有交响乐），布满蛛网，落尽灰尘，屈指可数的几件摆设，空荡荡、狭窄、阴暗，但这却曾经是李听安觉得世间最美的地方。

"这是灶台对吧？"儿子在外面指向所谓的厨房，"真好，你们可以天天吃到柴排饭呀！还有一个烟囱，可以通向天空吧？"

是呀，年少时的黄昏在整个村庄袅袅飘荡的炊烟肆意蔓延，都是早早成熟的孩子们在准备晚饭等待大人们劳作晚归。

"爸爸，你们真幸福呀，我们现在只有到了学校组织去研学的时候，老师才让我们玩这些呢！"

李听安没回答孩子的话，而是把目光落在那一张八仙桌上。它已经找不到一个平整的摆放位子，四个脚总有个角要用砖瓦片垫起来。当年的夏天，雨打在老屋的泥瓦上，他坐在下面的八仙桌前听得那声音清清脆脆、抑扬顿挫。到了晚上，微黄的灯光下，与他的姐姐们挤在一张方桌上，吸收着改变命运的精神食粮。那时，黑乎乎的老屋显得那么明亮。那副"书山有路勤为径，学海无涯苦作舟"的字是他沉默的爷爷亲笔书写的。他爷爷希望李听安走出农村，不再和祖辈一样背着日头过山，让他们奔赴一个个未知的梦想而去。

"妈妈，你快来看呀，这里有奥数题呢。"儿子指着掉落在地上却写着几个数字的碎纸片惊奇地大叫起来，希望在外面嫌弃屋里灰尘太大而不愿迈进屋的妈妈能一起进来看看。

"你们快点出来吧，有什么好看的。"林晓晓已经越来越不耐烦了，但随着儿子再三的"邀请"，她只得极不情愿地进去。

"那是香烟纸，你看，这三面木墙上都是香烟纸，是我爷爷与你爷爷抽过的香烟盒外面的纸盒摊开后糊上去的。"李听安抚摸着那一张张破旧发黄的盒纸片，"有几张还能看得出来是船牌香烟盒呢！"

"那为什么有数字呢，还有，还有文字。"一听这话，林晓晓也凑近前去看了一眼。

"欠李伟家……什么字，这是？"那些字迹已经模糊不清。

"是砖头吧，还是木头几根？"

"什么呀，这些东西也有欠？也要借？还借砖瓦的？"

"邻居老张记二十天帮工。"

"欠三伯家十四元。是这几个字吧，后面划了一道，代表已经还了对吧？"林晓晓觉得这就跟儿子玩拼图游戏一样，把一张张纸盒撕下来去辨认白色背面纸上的那些字。

"我只记得以前谁家建房子，是有借这些的，也有借板车的，还有家族里过来帮忙借人力的。"

"这些应该都是我爷爷建老屋时所欠下的债务吧！"

"这里的比较新，字还能看得清，妈妈，你来看。"儿子指着离床边最近的几纸烟盒纸说。

"今借二婶八千五百元。"

"今借大伯一万二千元。"

…………

林晓晓刚想说这些金额怎么变大了，突然发现数字下面的日期不对："这，这些借条的时间怎么……"

李听安苦笑起来："这时间很熟悉对吗？是我们结婚摆喜宴前的几个月。我爸妈只说一切都会解决的，想不到他们一直在东凑西借。"

林晓晓还记得当初嫌弃摆喜宴的那家酒店有些菜品不够好，这个时候突然心里觉得很不是滋味。"没钱为何不说呀，还借，借了不得还呀？"她拉不下脸来，只能责备李听安。

"他们已经还了，你看，都一一划掉了。本来我妈是想把当年外婆留给她的那些银饰给你的，你嫌弃款式老旧不要，所以她也拿去卖掉了。其他的都是我爸执意坚持种蔬菜瓜果的原因了，听邻居们说，他们清晨就挑着蔬菜去菜市场卖了，这样几年下来就慢慢还完了吧！"

林晓晓看到儿子还在用手挖那些烟纸盒，就扯住他说："别剥了，留着吧！"

"那接下来我们做什么呢？"儿子抬头看向她。

"我们好好收拾一下屋子，然后让你爸爸找人修缮好这座宝藏。"

李听安的心安了下来，过来握住林晓晓的手："你同意，不卖掉这老屋了。"

"爸爸，哪里来的宝藏？我也要去看看。"儿子说。

第六位租客

　　房子高，大榕树树冠宽，爬满爬墙虎的围墙下面还有一溜儿的桃紫相间的三角梅向天疯长。有时候，草木过于旺盛，人气就被比了下去，"五好花园"的人间烟火气息全靠这几棵上百年的大榕树底下打太极的老头儿与跳广场舞的老太太支撑着。大热天的，带娃的主妇与保姆都已经进了屋享受空调，只有舍不得电费的大爷大妈还在树底下打着扇子，张着嘴。

　　此时，见大门口有人进来，他们就习惯齐刷刷望出去，像一群站岗的哨兵。

　　谷辉个儿很高，头发稀少，穿着短袖白衬衣和驼色休闲短裤，要不是脚上配一双扁扁的白色帆布鞋，会让人觉得他是上了年龄的中老年人，可他，明明三十岁不到。大伙看完之后又转回头继续聊天。

　　"肯定又是过来租那房的，今年第几个了呀？"

　　"反正是租不出去了，搞不懂怎么一直还有人上门来看房。"

　　"自从房东那年欠了高利贷在这里跳楼后，我怀疑他的鬼魂就没离开这个屋。"

　　"那肯定是呀，你们还记得之前，就前年那生娃的女人不？说是什么产后抑郁，八成就是被那魂缠上呀！"

"谁说不是呢，那娃一直哭，就是见到了不干净的东西。"

谷辉并不理会那些人的对话，其实房子的信息他都是查过的，他要找的四栋四单元就在榕树旁，一楼有扇小铁门围住水泥楼梯口，墙上401室的招租信息叠了一层又一层，最新的一张也被雨淋透了。

这是传说中的那间凶宅，看样子确实一直租不出去。

他用食指对着数字一个个辨认，拨通房源信息上联系人的电话。

"喂，谁呀？"接电话的是个男人，说话声很大。

电话那头吵吵嚷嚷的，谷辉问："你好，我想问一下你五好花园的房子在招租吗？"

他的声音不大，榕树下的大爷大妈们都望向他然后竖起耳朵听。

估计接电话的联系人很快能赶回来，没两句话就见谷辉挂掉了电话。

"小伙子，你，你哪里人呀？外地刚来的吧？"热心的大妈主动问。

"我本地人，西城区的，怎么了？这里只租给外地人？"谷辉的语气似乎不大友好。

"不是不是，误会了，你不知道这房子，就你刚问的房子出过什么事情吗？"大爷也搭话了。

"知道呀，听说以前有房客进了精神病医院的，也有自杀的，还有一个失踪什么的。"谷辉的回答倒把大爷大妈吓住了，吸引了树底下的人更多的好奇心。

"那房子死过人的，你还敢住吗？"

"是凶宅，风水很不好，阴着的，不吉利懂不懂呀？"

"你不要觉得那只是传闻随便说说的，是真的。"

谷辉并不接话，而是转身去门外的一个共享单车上取下一个大行李袋子进来。很快就看到一个男人跑进来的，他猜是接电话的联系人，就紧跟着上楼看房了。

身后传来了大爷大妈们的叹息声。

"我是三房东了，先跟你说明啊。"这个男人倒也直接，"之前中介应该也跟你说了，你自己也说是查过的，没问题对吧？这屋你自己决定啊，我不强租的。"

说话间，四楼很快就到了。

谷辉只是点点头，示意这个拥有这出租屋钥匙的三房东快点开门。大门上毫不避讳地贴着黄色的纸符。

"那个，你不介意的话，就贴着吧！"三房东指着那些符条很严肃地说。

推开门，里面整理得很洁净，但还是旧了。门边手能摸到的墙面染了一片黄渍，地面翻新过，贴了亮闪闪的白瓷砖，映得黄墙更惨淡。在时间的锈蚀下，只有实木沙发变好了，它沉淀出细腻如羊脂的质感，端庄地放在墙下。房间直通小阳台，有一张床和顶窗的书桌。书桌旁，架在过道的白板通道上有一些掉落的纸符，三房东推开门后，穿堂风就扫过磁石般吸在地上的纸，哗啦啦响，像一双双鼓掌的白色双手。

三房东特意叮嘱谷辉，别的家具类都可以扔，但纸符最好给他留着。

谷辉按网络上搜集到的租房攻略，先去卫生间看水压、马桶功能、热水器的通风管道，最后转到主卧。正对床的一面墙有两幅宗教风格浓郁的壁画，云飘雾浮，半裸的男女们迷醉在教堂与花荫中。

"这是谁画的？"江辉问。

三房东往前走了走，戳了一下角落处不易察觉的落款：刘智。

"他是上一任租客？是做什么工作的？"他问道。

"画家，艺术家。哦，还在小区楼下社区那儿贴了个招生简章的，要开培训班什么的。"三房东拼凑着信息来回答。

"可能艺术家嘛，有点神经质，也没招到什么学生，反正就有点想不开了，就精神有点问题进医院去了。"三房东一脸苦笑，欲再说点什么，可见谷辉似乎一点都没有兴趣就止了嘴。

谷辉看了看窗外，脸上似乎透着满意的微笑。

"这屋子我就租下了。"他说这话的时候，三房东听着倒有点寒冷。见对方都要拿手机要往他账号转租金了，就上前两三步，按着他的手问："我，我想知道你为什么租这间凶屋。"

谷辉抬头看了看，嘴角上扬，还是那副无所谓的表情："为什么？还能为什么？你租金便宜呀！我穷啊，穷可比鬼可怕。反正里面死的人不是我杀的，疯的人我也不认识，对吧？这年头，谁还怕鬼呀。"

三房东的手机"嘀嘀"两声显示租金已到后便离开，脑海中还在重复谷辉那一句看似随意的"穷可比鬼可怕"。

楼下的大爷大妈们似乎还没有停止谈论这个话题。

"怎么本地的也要租房子呀？是不是离家出走呀？还是骗我们说不是外地人呀？"

"这年头，真是什么人都有。"

室外，天色被涂抹成葡萄紫，晚风送出一阵阵炊煮食物的香气时，楼下的这群人才散开。谷辉已经打扫完了房间，正熟练地徒手撕开袋装泡面，取出里面的调料包倒入一个大碗里面。可拿什么东西盖上面呢？他在脚底下的大行李包里找出一本书，里面似乎还夹带着一支笔，他小心翼翼地把笔捏在手中，另一手再轻轻把书放在碗上面。

等候泡面的时候，他坐在书桌前发呆，指尖上旋转的笔跌下去，啪的一声响，又被他捡起来随着记忆接着旋转。

这笔有些年头了，是他刚接到大学录取通知书时父亲送他的，而笔在他父亲手中已经是第二任，是父亲的老师当年送的。他父亲本以为寒窗苦读之后，儿子会是全家的希望，可没想到，他大学一毕业就失业了。随之而来的寻找工作以及换工作之中，谷辉发现，人生处处是选择题，想走得更远、爬得更高，就要不断做出选择，前进还是后退，向左或者向右……如同打游戏通关，稍有差池就game over（游戏结束）。

泡面还没有泡好，谷辉的心先冷了。日子再往前些，半年前的冬天，他还有父亲的冬天。

时至年根，北风呼啸，荒山上该秃的秃、该落的落，遍地枯枝败叶。最后的生机只剩下零星的矮松和这柿子树尖上的几颗果子。

也许他父亲的这条命也跟树上的柿子一样，熬不过这个冬天了。

西城区不大，300公里的狭长带，有人烟的地方不过二成，早在20年前就是这座城市的穷乡僻壤之区，难以撑得起一个"城"字，是个在地图上都略过标注的地儿。后来因为附近通了省道成为次枢纽区，在谷辉出生时，才初步发展成一个类似于城乡接合部的地方。

"要致富先通路"，通路之前还要打通一个过山隧道，可还没打通呢，却发现了一处天然的旅行景点。有人流经过的地方，就有了工作机遇。

开饭店，开旅馆，拉着从南到北的过路人贩售一些本地农副产品，开办特色民宿。有不少"敢吃螃蟹"的人都赚到了钱，致富经一传十，十传百，有野心的去了外地的年轻人也回乡跃跃欲试。

谷辉是那一波从外地毕业回到家乡准备"创业致富"的众多青年中的一位。

头脑空白、四肢发达的他们想得很简单。

去年这里开始开发景区，才算是慢慢有了旅游旺季。

可今年的旺季还没热闹起来过，游客稀少。

景区开发的这个本地特产街窄长的巷子里，好多固定摊位也没开张，瞧着有些萧条。

谷辉的父母开了一家面店，父亲是厨师，母亲就是服务员。此时，他的父亲手里夹着根卷烟，正溜达到小巷子里的一个土特产的小摊前，伸手捏了几颗干果，扔进嘴里。

"怎么回事呀，我都把儿子叫回来了，可偏偏一个游客都没有。这还怎么做生意呀。"

"老谷头，你快别吸烟了，越吸越咳嗽。"小摊的老板劝着他，又往面店处瞧了瞧，"辉子回来啦？在外地不是好好的吗？真是的。"

"我儿子在城里面那个五好花园小区里买了房咯，我本也可以享福的了，唉，要不是……"老板的声音似乎被风吹断了一样，然后又开始了"祥林嫂"般的讲述，"都好好的，你说一个大活人，怎么会犯什么事给逮进去了呢，我就不明白了，他好好地工作，辛苦工作，卖个产品也有错吗？"

谷辉父亲已经无数次回答过，那不叫卖个产品，他儿子是电话销售，附近的人都知道是怎么一回事，什么"来钱快又轻松的活儿，适合年轻人的又有着挑战百万年薪的诱惑力"这种传销的勾当，实在不好在人家父母面前说是诈骗而已。

"没事没事，过一年就出来了，重新开始，重新开始。"谷辉的父亲只能这样有一搭没一搭接话安慰。

"对了，谷辉上次打电话说自己也住那一带，五好花园可是上好的小区呢，他去看过吗？"

谷辉父亲不回答，只是摇了摇头，又走回自个儿的家去。他知道自己的病是拖不过这个冬天了，临终前谁不想让孩子在自个儿身边？但如果说病重让他回来，又担心儿子压力大，所以就编了个大家都流行的说法，说是让他回家乡致富。

可现在这光景，面店里几乎每餐就只有自己三个人下面吃，哪来的富可致？所谓的景区也没人再开发投资，就是一阵网红打卡之后就仿佛没人再往那隧道山上的景点上讲"商业故事"了。

"爸，大志哥怎么骗叔说是自己在五好花园买了房呢，他是租过那里的屋，我去过那儿，挺不吉利的。大志哥的上一任租客在里面死了半个月才被邻居闻到臭味才发现的呢！"

"死过人的屋子怎么还能出租呢？这房东想什么呢，应该卖掉，不会大志就是那个时候觉得自己发了点非法之财从房东那低价转过来的吧？"

"有可能的，反正我听说有二房东，那屋，反正死过人的，转过来也没人租呀！"

"呸呸，大过年的，别说什么死不死的，不吉利呀，辉子，反正，你以后不要在那些死过人的地方租房就是了。"谷辉母亲端着一碗面过来急着打断父子的谈话。

谷辉笑着拍了拍母亲的肩膀："放心吧，我肯定租一个让自己舒服的屋子，才不会让自己大晚上睡着都硌硬呢！"

谷辉的父亲是在大年三十走的，母亲并没有太悲伤，似乎早就在等待这一天了。他处理完后事之后，想带着母亲出去找工作，可母亲还是坚持守着老面店。

谷辉重新背上行李包那天，母亲是偷偷往他包里放了现金的，可他事先并不知情，这年头都是习惯用手机支付了，他也不曾想到母亲还是会像以前上学时一样给他塞现金。直到从动车下来时，他发现行李包被划了口子，里面还有两张百元现钞时，他就马上打通了母亲的电话。

"妈，你是不是放钱了？你放了多少钱呀？"他着急说了一半时，又改口了，"我有钱呢，下次不要给我偷偷拿钱了。"

谷辉又当上了外卖骑手。

他讨厌与顾客毫无情绪的通话以及每天飞快地穿梭在各小区与办公大楼之间，然而很不幸，为了工作——确切点说是生存——而且在目力所及的未来，这种情况怕是很难有所改变。他知道生活里百分之八十的痛苦都来自这份工作。但如果没有这份工作，就会有百分之百的痛苦来自没钱。像他这样的普通人，其实不是工作需要他们，而是他们需要工作。租房也一样，他如果能抢到桥洞底下也不会有所难受，自然是越便宜越好。死过人又怎么样？只要他能租得起就是最好的房子了。何况他相信刘智的，那第五任房客。他给刘智送过外卖，后来也是他发现刘智病了送他去的医院。那天，谷辉看他疯疯癫癫地在屋内乱画，但表情却是那种彻底放飞的快感，那发疯的快感或许正来源于刘智太善于压抑地画画。

以前，人们总调侃说，成年人的崩溃总在一瞬间。实际上，成年人的发疯也在一瞬间。发疯不过是心着凉了而已，一个艺术家都能窘迫到那份儿上，何况谷辉还只是一个应届毕业生。而刘智老师租这个房子前是清楚第四任租客如何自杀的，那是他的学生，为生计的现实又为情所困的一个学生，之所以选择在这里，无非也是因为房租便宜，加上离奇"凶宅"的前任租客都跟自己有着熟悉的一面，所以他们怕什么呢？他们并不怕鬼，他们也是穷鬼而已。

而抑郁症等疾病，或许正如身体疾病一样，是一场精神的感冒，谁都有可能成为下一个穷人，为贫穷"去污"的方法只能是逃避。

三十七度的嘴怎么能说出如此冰冷的话？谷辉自己笑了笑，拿起泡面哧溜哧溜地吸了进去。他得先填饱肚子才能去送美食给顾客呢！

最后一段视频

夜里又下起雨，密密地打在动车小窗的铁皮车顶上，一片繁响。手机又开始振动起来，吴苏星并不打算接，又给按了。他已经多少年没有回老家了，哦，应该是四年。四年前他的父亲用毕生在乡下劳作的积蓄给他支付了买城里大房子的首付，而他如今要给老父亲送还一个小木盒。

吴苏明是吴苏星的哥哥，比吴苏星早几年成家，一直在镇上经营小买卖。本来两兄弟也没有什么交流相处的机会自然也没任何冲突，只是父母生前把所有的积蓄都给了吴苏星之后，吴苏明当天就大吵一番甚至动手打了吴苏星，接着两兄弟老死不相往来。

吴苏星此次一早赶回村里，是为了父亲的后事，他要去派出所打个证明。这是一个老派出所，他至今都记得小时候，父亲当年给他上户口本的情景，而如今，他能为父亲做的事情就是注销父亲的户籍。

过了沉沉黑夜，两个兄弟都没有接彼此的电话。

经过镇上的桥洞之后，抬眼看去，感觉依旧满目疮痍，工业区连着工业区，到处是蛮横干渴的钢筋水泥，只是多了一排排高耸的商品楼，无数黑洞洞的窗口。这就是曾经的老家吗？吴苏星很感慨，车窗外，山河人家皆是今天，纵他想要怀古也难。

吴苏明过了隔壁小村，麦田在广袤平原上铺开，暮色苍茫，远近散落着一些村庄，这时才有了小时候的熟悉感。出了镇，篱落场圃，不时见桃树一二株，花不甚盛，仍满眼鲜明。

想起来，小时候，兄弟两个经常会在这一带结伴捉知了，上树摘果子玩。循一道田塍路，往吴家村方向走。田野油菜花灿开，一片耀眼的金黄，走到跟前，微辣香气扑鼻而来，蜜蜂嗡嗡嘤嘤，倾耳聆听，吴苏星如身在醉醺醺的梦中。沟畔路边，杏花梨花，花白如雪，自开自落，就像以前放学归来，吴苏星经常调皮偷跑到那里玩，而作为哥哥的吴苏明却经常要给他打掩护而落父母几句打骂。

清明没到，坟头坡地种着小麦，麦苗已起深，眼看在拔节。田间时或扑棱棱飞起一只野鸡，被他的到来而惊起，拖着长长的赤铜色尾羽，雏雏叫着，飞向远处，栖落在树梢头。一切美好似乎都回来了，只是有点荒凉。吴苏星看了看山下的老宅，他始终不明白一辈子老实不识字的父亲为何会学别人要生前立下那么几句遗嘱。

山后就快到吴家村的小沟时，再次邂逅了一片桃花林。眼前的桃花林，没法和陶渊明笔下的相提并论，没有落英缤纷，也没有芳草鲜美，林间杂着灌木荆棘，地上积着枯枝落叶，吴苏明可没有闲情来欣赏这些，只是，目的地越来越近，他的脚步越来越慢了。

他知道打小自己就不是读书的料，考试永远比弟弟差，作业还经常让弟弟代笔，怨不得父亲当年要培养弟弟继续读大学，而他复读一年也没考上后，是自己赌气弃学去闯天下的。其实父亲没有偏心弟弟，在这片桃花林中，弟弟还把奖学金偷偷塞给他花。

脚下一滑，踉跄几步，吴苏星拍拍裤脚，索性坐在湿地上，靠着身后那粗杆大树，不由得陷入沉思，渐渐觉得他的回忆慢慢地被时间侵蚀着，余下的残辉，让他回想起旧往紧锁的日子，更让他的少年时期跟那棵大树融合在一起。那年他发高烧，哥哥一口气背着他跑过这片林间，摔倒过几次。把他送到乡间诊所时，哥哥的裤脚都摔破了，腿上手臂一片淤青不说，手上还摔破了皮，小碎石子进了皮间，他硬是没吭声，只让那医生快帮他看看弟弟的病。

再往前走走，吴苏明就到了山间那灵动的小溪，他自然记得，以前一到这里，就迫不及待地扔下书包，解开衣裤，"扑通"一声跳进了小溪，当然，家乡的小溪也温和地将汗流浃背的小子深情地拥抱在怀中，任由他与弟弟如鱼儿般地畅游。但有一次遇腿抽筋，是弟弟使尽全身力气把他拉回石头边上，为了不让父母知晓挨训，弟弟还帮他撒谎。想起来，当年两兄弟为躲过父母的盘问后得意在被窝里傻笑，一串串笑声之音便在此时小溪的怀抱中荡漾开来，一声声地传向山那头的少年时代去……

吴苏明似乎明白了。他明白得比吴苏星要早些。那些日子时常洗涤着他的心，萦绕在脑海。

父亲生前留了视频遗嘱，他不识字，无法写一封信，也不会说普通话，只是用浓厚的家乡话交代了几句，让邻居帮忙拍成视频发给了他们两兄弟。父亲花了近三分钟不到的时间回顾了他的一生，把想说的话、要交代的事都放进一个"匣子"里。这个过程，便是立遗嘱。当这个"匣子"被打开时，他已经不在了，但"身后"的延伸故事，将被他的两个儿子打开……

是啊，那故乡的山、故乡的水、故乡的人如今都随着时间的流逝而消失得无影无踪了吗？不，听，那些儿时的纯真余音不还在自由地唱着吗："拉手，光脚丫，摸黑走回家……"走向那儿时的家！

好似旷野里拂面的风，种下坚硬的种子，让美好终有力量打败一切，这就是吴苏星对父亲交代的身后事的答案吧！

以前的时光就像小溪的一束束浪花，有水平如镜的平静，有微微泛起的涟漪，也有汹涌澎湃的波涛。

从前的时光犹如小溪流水，时而和缓平静，时而微泛涟漪，时而也会有急流。

吴父去世后，吴家兄弟关于老家的这块老屋遗产的纠纷一度闹到了法院调解室。后来，兄弟俩又闹到了村委会，希望村里的老人出来主持公道。再后来，就有了那段视频在他们的面前完整播放。吴家老爷子只字不提财产的分割，虽然那也只是一些老宅。他只说了一声"我走了，家不能散"，然后，提到了让两个兄弟一个去帮他买木盒，另一个帮他去销户，都要走一次过去几十年里，他和大儿子、小儿子经常走过那几条山路，就是那条最原始的回家之路。

两兄弟见面的时候，是在下午的三点了。

吴苏明全程不说话，吴苏星哭个不停，最后，还是作为大哥的吴苏明先开了口："爸最后应该是想再说一句，让我还要继续让着弟弟的。"

吴苏星停止了哭："不，哥，以前都是你让着我，往后，我要照顾好你。"